돌아온 여기사

돌아온 여기사 3

초판 1쇄 인쇄 2019년 8월 8일
초판 1쇄 발행 2019년 8월 30일

지은이 이하린
발행인 오영배
편집 편집부
디자인 디자인그룹 헌드레드
본문 디자인 오정인
제작 조하늬

펴낸 곳 (주)삼양출판사 · 피오렛
주소 서울시 강북구 도봉로 173
대표 전화 02-980-2112 / **팩스** 02-983-0660
편집부 전화 02-987-9393 / **팩스** 02-980-2115
블로그 blog.naver.com/dan_gul
출판등록 1999년 3월 11일 제9-00046호

ISBN 979-11-283-9698-4 (04810) / 979-11-283-9695-3 (세트)

+ 이 도서의 국립중앙도서관 출판시도서목록(CIP)은 서지정보유통지원시스템홈페이지(http://seoji.nl.go.kr)와
+ 국가자료공동목록시스템(http://www.nl.go.kr/kolisnet)에서 이용하실 수 있습니다. (CIP제어번호: CIP2019030438)

fio ret 은 (주)삼양출판사의 로맨스 판타지 문학 브랜드입니다.

돌아온 여기사

이하린 장편소설

III

fioret

목차

17
보호해 주고 싶었다

이레나는 자신을 속인 칼라일이 얄미워 죽겠는데, 그는 그런 심정도 모르고 그저 즐겁다는 듯이 쳐다볼 뿐이었다.

'내가 얼마나 찾아 헤맸는지도 모르고…….'

어린 시절의 칼라일은 뭔가 위태위태해 보여서 자신이 손을 뻗지 않으면 금방이라도 사라져 버릴 것만 같은 위험한 분위기를 풍기고 있었다.

그래서 철없던 그 시절 칼라일을 상대로 말도 안 되는 약속을 했다.

나중에 블레이즈 저택으로 돌아가고 난 후, 황궁에서 일하는 비슷한 나이 또래의 시종들을 이 잡듯이 뒤졌는데도 그를 찾지 못해서 얼마나 실망했는지 모른다.

'그러고 보니까 이 구슬 반지는 카릴이 준 거였어.'

이레나는 새삼스러운 눈빛으로 자신이 끼고 있던 푸른 구슬 반지를 쳐다볼 수밖에 없었다.

깨닫고 보니 칼라일의 푸른 눈동자와 비슷하게 생겨서 왜 지금까지 알지 못했나, 자괴감이 생길 정도였다.

"이 반지, 그때 어머니의 유품이라고 하지 않으셨나요?"

"그랬지."

"늦었지만, 지금 돌려드릴게요."

이레나가 당장이라도 반지를 빼서 건네주려고 하자, 칼라일이 빠르게 손을 들어서 그녀의 행동을 제지했다.

"그건 그대가 가지고 있어."

"하지만……."

"이제 와서 돌려받을 생각은 없어. 어차피 그대는 나의 비가 될 테니, 내가 가지고 있는 것이나 마찬가지기도 하고."

이레나도 저번 생부터 간직하고 있던 반지라 의미가 남다르긴 했다. 하지만 칼라일의 친모가 준 반지라고 생각하니 뭔가 기분이 색달랐다.

"정말 제가 가지고 있어도 괜찮겠어요?"

"그대가 그 반지를 가지고 있어서 그나마 안심이 되는 부분도 있어. 그러니 가능한 빼지 말고 끼고 있어 줬으면 좋겠군."

"제가 이 반지를 끼고 있으면 안심이 된다고요?"

"그래, 믿기 어렵겠지만 부적 같은 거라고 생각해. 위험한 상황이 찾아오면 그게 그대를 한 번 정도는 지켜 줄 테니까."

도통 의미를 알 수 없는 말에 이레나는 의문스러운 표정을 지어 보일 수밖에 없었다.

하지만 칼라일은 그에 대해 자세히 설명해 줄 생각이 없는지 그저 의미를 알 수 없는 웃음을 지을 뿐이었다.

"그동안 궁금한 게 있었는데 이제는 물어볼 수 있겠군. 그때 나와 헤어지고 날 다시 찾으러 와 주었나?"

당연히 그랬다.

몇 날 며칠을 칼라일을 찾아 황궁의 시종들을 일일이 만나 보았다. 하지만 이레나는 있는 사실을 그대로 말해 줄 생각이 없었다.

"아니요. 어린 시절의 약속인데 금방 기억에서 잊혔어요."

자신을 속이고 또 모습까지 감춘 칼라일에게 솔직하게 말해 주기엔 그동안의 세월이 조금 억울하게 느껴졌으니까.

순간 칼라일이 씁쓸한 표정을 지으면서 나지막이 중얼거렸다.

"……그랬나."

뭔가 미묘한 분위기를 감지했지만 이레나는 대수롭지 않게 넘어갔다.

그보다 그때의 그 꼬마가 지금의 칼라일이라는 게 여전히 신기하게 느껴졌다.

물론 어린 시절의 칼라일은 지저분하긴 했지만, 생각해 보면 꽤나 준수한 외모를 지니고 있었다. 기억을 떠올릴수록 생김새는 매치가 됐는데 성격적인 부분에서 많이 달라진 것 같았다.

그때는 보호 본능을 일으킬 정도로 작고 연약해서 안쓰러워 보였는데, 지금은 거만하고 잔혹한 성격의 황태자가 되어서 눈앞에 나타나니 감회가 새로울 수밖에 없었다.

그 긴 세월 동안 칼라일에겐 무슨 일이 있었던 걸까?

그는 그동안 어떻게 자랐을까?

문득 그에 대한 궁금증이 물밀 듯이 밀려왔다. 이런 말을 그에게 직접 물어보면 그는 뭐라고 대답할지 모르겠지만.

이레나는 빤히 칼라일을 쳐다보고 있다가 불현듯 화들짝 놀랐다.

"아, 맞다."

갑자기 떠오른 그와의 기억 때문에 미라벨을 바깥에 두고 나왔다.

한시라도 빨리 칼라일을 만나고 싶은데, 그렇다고 연약한 미라벨을 데리고 달릴 수는 없어서 잠시만 거기서 기다리라고 말을 해 놓은 상태였다.

세상에나! 잠시라도 미라벨을 잊고 있었다니, 있을 수가 없는 일이었다.

"미라벨을 기다리게 해 놓고 깜빡했네요. 금방 가서 데리고 올게요."

"그래."

서둘러 방을 나서던 이레나가 문득 칼라일을 향해 뒤돌아보았다.

칼라일은 평상시와 변함없었지만 왠지 그와의 숨겨진 추억을 떠올려서인지 어쩐지 아련하게 느끼지는 순간이었다.

"카릴……."

그 작은 부름에 칼라일의 푸른 홍채가 이레나를 향해 움직였다.

허공에서 두 사람의 시선이 마주치자, 이레나가 나지막한 목소리로 말했다.

"지난번에 미라벨에게 다정하게 대해 주고, 또 이렇게 같이 황궁으로 초대해 줘서 고마워요. 어쨌든…… 우리가 커서 다시 만났다고 생각하니 좋네요."

그 말에 칼라일은 그저 별거 아니라는 듯이 피식 웃으면서 대꾸했다.

"저번에 말했잖아, 고마우면 나중에 갚으라고."

"알겠어요. 이 빚은 꼭 갚을게요."

이레나 역시도 희미하게 웃으면서 다시 미라벨이 기다리고 있는 장소를 향해 서둘러서 걸음을 옮겼다.

점점 멀어지는 이레나의 뒷모습을 칼라일이 물끄러미 바라보고 있을 때였다.

뚜벅뚜벅, 바깥에서 기다리고 있던 제너드가 다시 방 안으로 들어왔다.

"전하, 그럼 저번에 말씀하신 것처럼 아가씨들이 머물 잠자리를 마련할까요?"

"그래."

오늘은 이레나와 미라벨이 황궁에서 하룻밤 기거하면서 자유롭게 관람할 수 있도록 조치를 취해 놓은 상태였다.

어차피 이레나는 결혼하면 이곳에서 살게 될 테니 미리 지리를 익혀 두는 것도 나쁘지 않았고, 미라벨 또한 황궁 구경을 하고 싶다고 했으니 겸사겸사 같이 부른 것이었다.

"……다정하다, 라."

칼라일은 방금 전 이레나가 남기고 간 말을 되새기며 저도 모르게 비릿한 미소를 지었다.

세상에 많은 말이 있다지만, 그중에 다정하다는 말은 정말로 칼라일과 어울리지 않는 단어였다.

'그대는 내가 얼마나 음험한 남자인지 알지 못해.'

정확히는 다정한 게 아니라 똑똑한 것이었다.

그는 이레나의 가족들을 상대로 밉보일 만큼 눈치가 없지 않았다.

'내가 그대를 얼마나 원하는지 알면, 아마 깜짝 놀라게 될 텐데…….'

이레나를 갖기 위해서라면 그는 천사도, 악마도 될 수 있었다.

*　　*　　*

이레나는 길 안내를 해 주는 시종을 따라 미라벨이 기다리고 있는 장소로 빠르게 걸어갔다.

그러다 문득 잊고 있었던 사실을 한 가지 깨달을 수 있었다.

'그러고 보니까, 카릴은 과거의 만남 때문에 나한테 잘해 준 게 아니었나?'

지금까지는 그가 유달리 잘해 줬던 이유가 당연히 자신이 기억하지 못하는 과거의 인연 때문이라고 생각했다. 그래서 거창한 사건일 거라 추측하고 이리저리 떠올려 봤지만, 그중에 칼라일과 연관된 추억은 하나도 없었다.

오히려 그와의 관계는 무척이나 사소한 것이었다. 어떻게 보면 어린 시절 만나서 하룻밤 같이 뛰놀았던 게 전부였으니까.

'그런데 그게…… 내게 이토록 잘해 줄 만한 이유가 될 수 있을까?'

이레나 또한 그 시절의 칼라일을 애타게 찾아 헤맨 건 사실이다. 하지만 그렇다고 몇 달, 몇 년씩 수소문을 한 것은 아니었다.

황궁 안에 칼라일 같은 시종은 없다는 사실을 알고 포기했었다.

물론 어쩔 수 없는 일이긴 했다. 그때는 칼라일의 인상착의 말고는 그에 대해 아는 게 하나도 없었으니까.

당시의 짧은 인연이 이레나의 기억 속에도 애틋하게 남아 있긴 했지만, 그게 지금처럼 칼라일이 자신에게 잘해 줄 이유라고 보기엔 부족한 게 사실이다.

'뭐지? 내가 모르는 게 더 있는 건가?'

그와의 첫 만남이 떠올랐다는 생각에 쉽게 지나쳤지만, 다시 기회가 오면 칼라일에게 물어봐야겠다는 생각이 들었다.

그때였다.

"언니!"

이레나가 혼자만의 생각에 빠져서 시종의 뒤만 따라

걷다 보니, 어느새 미라벨과 헤어졌던 장소에 가까워져 있었다.

문득 미라벨의 목소리에 고개를 돌리니 그녀가 밝게 웃으면서 허공으로 손을 흔들고 있는 모습이 눈에 들어왔다.

이레나는 미라벨을 발견하고 절로 희미한 웃음을 머금을 수밖에 없었다.

"나 없는 동안 뭐 하고 있었어?"

"황궁에 신기한 게 많아서 이것저것 구경하고 있었지. 전하는 잘 만나고 왔어? 무슨 일로 그렇게 급하게 간 거야?"

"아, 그게…… 갑자기 할 말이 생각나서."

두루뭉술한 표현이었지만 미라벨은 다 안다는 듯 고개를 끄덕이며 말했다.

"그래, 연인 사이에는 둘이서만 해야 하는 이야기도 있는 법이지."

"그, 그런 거 아니야."

당황한 이레나가 소리쳤지만 미라벨은 그저 짓궂게 웃을 뿐이었다. 칼라일과의 사이를 알고 난 다음부터 미라벨은 이렇게 이레나를 놀리는 데에 재미를 들린 상태였다.

이레나가 슬쩍 붉어진 얼굴로 미라벨에게 서둘러 말했다.

“전하께서 기다리시니 일단 가서 인사부터 드리고 오자.”

“응. 벌써 또 보고 싶어진 거야?”

“아니라니까.”

방금 전보다 더 붉어진 이레나의 뺨을 바라보며 미라벨은 소리 없이 웃음을 삼킬 뿐이었다.

이레나는 자신이 이렇게 쑥스러워하는 게 재밌어서 미라벨이 더욱 놀린다는 사실을 전혀 모르고 있었다.

그렇게 이레나와 미라벨은 따스한 햇볕이 내리쬐는 황궁의 화려한 정원을 즐겁게 대화하면서 거닐고 있었다.

이레나는 미라벨을 데리고 다시 칼라일이 있던 방에 도착했다.

칼라일은 방금 전과 마찬가지로 조각상처럼 근사한 외모를 뽐내며 창가에 우두커니 서 있었다. 그 모습이 마치 범접할 수 없을 만큼 고고해 보여서 문득 어린 시절에 만났던 꼬마란 사실이 실감이 나지 않았다.

두 사람이 다가오는 기척을 느낀 칼라일이 천천히 고개를 돌렸다. 그 푸른 눈동자와 시선이 맞닿을 때였다.

미라벨이 먼저 환한 얼굴로 인사를 건넸다.

“안녕하셨어요, 형부.”

그 말에 이레나의 눈이 크게 뜨여졌다. 저도 모르게 벌어진 입가에선 ‘아’하고 소리 없는 탄식이 터져 나왔다.

칼라일도 순간 의외라는 표정을 지었지만, 곧이어 기꺼운 표정으로 대꾸했다.

"그래. 잘 지냈나?"

미라벨은 자연스럽게 푹신한 소파로 가서 자리에 앉았고, 칼라일은 그런 붙임성 있는 모습이 싫지만은 않은 분위기였다.

이레나 혼자서만 이 상황에 적응하지 못하고 얼어버릴 수밖에 없었다.

'미라벨이 애교가 많은 줄은 알았지만…….'

이건 상상 이상이었다.

물론 이레나가 사랑하는 남자라고 생각해서 더욱 친근하게 구는 것이겠지만, 실상은 그렇지 않았기에 당황한 마음을 감출 수 없었다.

"처제가 좋아할 만한 과자를 준비하라고 시켰는데 지금 내오라고 할까?"

"꺄아— 네, 감사해요. 형부."

둘이서 나름 화목하게 대화하고 있는 모습을 보고 있자니, 이레나는 기가 막히면서도 한편으론 마음이 굉장히 싱숭생숭해졌다.

이런 모습까지 기대하지는 않았는데 마치 이렇게 지켜보고 있으니 정말로 그들이 가족이 된 것만 같은 기분이었다.

"언니도 얼른 와서 앉아."

미라벨이 서둘러 손짓하자 이레나는 뒤늦게 그곳으로 다가갔다.

자연스럽게 미라벨의 옆자리로 앉으려고 했는데, 눈치 빠른 미라벨이 서둘러 저지하더니 눈짓으로 칼라일의 옆을 가리켰다.

"언니는 저기 앉아야지."

"아……."

이레나가 뭐라고 말을 하려고 입을 뗄 때였다.

칼라일이 본인의 옆자리를 당겨서 이레나가 앉기 편하도록 만들어 주었다.

"이쪽으로 와."

간단한 말이었지만 그의 기다란 팔이 둘러진 의자에 앉기가 쉽지만은 않았다.

이레나는 저도 모르게 얼굴로 뜨거운 열기가 몰리고 있었다.

괜히 민망해지려는 마음을 추스르며 이레나는 속으로 몇 번이나 다짐했다.

'이건 연기일 뿐이야.'

소중한 미라벨의 앞에서 이런 행동을 하려니 더욱 민망한 것일 뿐이다. 이제부터는 다른 사람들 앞에서 숱하게 보여 줘야 하는 모습이었다. 대내외적으로 칼라일과 이레나는 아주 열렬히 사랑하는 사이였으니까.

이레나는 왠지 술렁거리는 마음을 가라앉히고, 평소처럼 최대한 차분한 표정으로 칼라일의 옆자리에 가서 앉았다.

아직은 어색하게 느껴졌지만, 이제부턴 여기가 자신의 자리였다.

그때 똑똑, 방문을 두드리는 소리에 고개를 돌려보니 제너드가 직접 쟁반을 가지고 왔다.

"맛있게 드십시오."

보기만 해도 앙증맞은 쿠키와 초콜릿이 가득 들어간 핫초코를 테이블 위에 내려놓아 주고 제너드는 다시 방을 나갔다.

칼라일이 먼저 말을 내뱉었다.

"그대들을 위해서 저녁에 인형극을 준비해 놨으니, 황궁을 구경하다가 언제든지 돌아와서 관람하면 돼."

"우와— 정말요?"

미라벨이 감탄했고, 이레나도 생각지 못한 배려에 깜짝 놀랐다.

인형극은 말 그대로 소수의 인원만 즐기는 취미라 가격도 굉장히 비쌀뿐더러 쉽게 접할 수 없는 공연이었다.

이레나가 칼라일을 향해 막 감사의 인사를 전하려 할 때였다.

벌컥!

방금 전에 나갔던 제너드가 다급한 표정으로 방 안으로 뛰어 들어왔다.

'무슨 일이지?'

갑자기 들이닥친 제너드를 보며 칼라일의 표정에도 불쾌감이 어렸다.

제너드는 가타부타 설명도 없이 칼라일에게 다가와서 귓가에 대고 작게 속삭였다.

"황후 측에 잠입했던 쿤의 행방이 묘연해졌다고 합니다."

그 순간 칼라일의 얼굴이 험상궂게 변했다.

* * *

엘렌은 요즘 하도 울었더니 눈이 팅팅 부어 있었다.

모든 의욕을 상실하고 슬픔에 잠겨 있을 때 갑자기 생각지도 못한 일이 벌어졌다. 바로 황후가 직접 만나자고 연락이 온 것이다.

뜻밖의 제안에 엘렌은 부랴부랴 준비를 해서 일단 황궁 안으로 들어온 상태였다.

수도에 도착하자마자 황후에게 만나고 싶다고 기별을 넣었지만, 그땐 바쁘다는 핑계로 만남을 거절당했었다.

그런데 오히려 그 전보다 엘렌의 평판이 떨어진 상황에서 황후가 먼저 연락해 왔다.

꽤나 의아한 일이었지만 지금의 엘렌으로서는 어쨌든 거부할 이유가 없었다.

'그 걸레 같은 년 때문에 내 이미지가 완전히 망가졌어.'

그동안 이레나와 연관돼서 손해를 본 게 너무나도 많았다.

남부에서 있었던 소금물 사건부터, 수도에서 벌어진 악성 소문까지.

문제는 전부 엘렌이 시작했지만 결과는 자신에게 항상 좋지 못한 쪽으로 끝이 났다는 점이다.

이제는 사교계에 얼굴을 똑바로 들고 다니지 못할 정도로 이미지가 추락했다.

사람들은 자신을 이레나를 시기해서 그녀의 얼굴을 망가뜨리려 했을뿐더러, 거짓된 소문을 퍼뜨린 악녀라고 생각하고 있었다.

이레나가 조금 살을 보태서 소문을 내긴 했지만, 대부분은 있는 사실 그대로였다. 하지만 엘렌은 자신의 치부가 드러났다는 사실에 억울해서 죽을 것만 같았다.

'이게 다 이레나 블레이즈 때문이야.'

처음부터 자신이 괴롭히는 대로 순순히 당해 줬다면

여기까지 오지는 않았을 것이다. 그런데 자꾸만 건방지게 자신에게 맞서려고 하니, 점점 더 짓밟고 싶나는 오기가 생겨서 멈출 수가 없게 되어 버렸다.

처음에는 단순한 오기였지만 지금은 완전히 증오로 탈바꿈이 되어 버린 상태였다.

'나 혼자서만 이렇게 당하고 물러설 줄 알아? 영원히 저주할 테다.'

이레나는 언제나 엘렌이 가장 가지고 싶어 하는 것만 빼앗아 갔다. 이번에 파티장에서 만났던 칼라일을 떠올리며 엘렌은 어금니를 꽉 깨물 수밖에 없었다.

그때였다. 바깥에서 기다리고 있던 엘렌에게 시녀장이 다가오더니 말을 건넸다.

"황후 폐하께서 들어오라고 하십니다."

"네."

엘렌은 최대한 예의 바른 걸음걸이로 황후궁으로 들어갔다. 그리곤 가장 드높은 의자에 앉아 있는 오펠리아를 향해 넙죽 허리를 굽히며 인사했다.

"제국의 황후 폐하를 뵙습니다. 루퍼드 제국에 무한한 영광을."

"오랜만이에요. 셀비 영애."

황후는 나이가 들었음에도 여전히 변하지 않는 아름다운 미모로 인자하게 웃고 있었다.

그 다정한 모습을 보니 엘렌은 순간 울컥 눈물이 치밀었다.

"……화, 황후 폐하."

"오래전에 내 친정인 아니타 가문과 셀비 후작가가 결혼으로 맺어진 적이 있었죠. 어떻게 보면 우리는 먼 친척이나 다름이 없는 사이인데 그동안 내가 너무 소홀했어요."

아니타 가문과 셀비 가문 사이에 혼약이 있었던 건 사실이지만, 그걸로 오펠리아와 엘렌을 엮기에는 무리가 있었다.

하지만 엘렌은 무조건 고개를 끄덕거렸다.

어떻게 보면 지금 자신의 처지를 구해 줄 수 있는 사람은 황후인 오펠리아밖에 없었다.

오펠리아는 황궁에서…… 아니, 사교계의 정점인 여성이었으니까.

"이번에 사교계에서 셀비 영애에게 떠도는 소문을 들었어요. 하지만 내 생각에 과장된 내용들이 많은 것 같더군요."

오펠리아가 왜 그렇게 생각하는지 알지 못했지만 엘렌은 일단 울음부터 터뜨리고 봤다. 자고로 눈물을 흘리는 여자를 이길 사람은 없었다.

"맞아요, 황후 폐하. 저는 너무 억울해요. 흐윽."

그 모습에 오펠리아의 미간이 슬쩍 좁아졌지만, 그럼에도 입꼬리에는 여전히 부드러운 미소가 머금어져 있었다.

"그대를 모함한 사람이 블레이즈 영애라고 했던가요?"

"네, 네! 맞아요!"

"평소에 행실이 좋지 못하다는 얘기를 내 익히 들었는데 결국 이런 사건이 터졌더군요. 덕분에 셸비 영애가 많이 억울하게 되었어요. 진실이야 어쨌든 사교계의 암투에서 지면 꽤 혹독한 벌이 따르는 법이니까요."

"흑, 흐윽…… 저는 어떻게 하면 좋을까요?"

처연한 표정을 짓는 엘렌을 바라보면서 오펠리아가 어딘가 섬뜩한 표정으로 말했다.

"오늘부로 셸비 영애를 내 황궁 시녀로 임명할게요."

"……네?"

엘렌은 깜짝 놀랄 수밖에 없었다.

황궁 시녀라는 것은 사교계에서 꽤나 힘 있는 권력자들만 들어갈 수 있는 직책이었다. 물론 오펠리아가 직접 임명하는 것이었지만, 시녀라고 해서 막일을 하는 하녀들과 똑같이 생각하면 안 된다.

황궁 시녀는 알아주는 귀부인들로 구성된, 귀족 여성이라면 모두가 꿈을 꾸는 자리였다.

바로 옆에서 황후를 모시면서 친분을 쌓아 갈 수 있다는 건 엄청난 기회였다. 그리고 그건 오펠리아의 최측근이 된다는 소리였으니까.

보통은 결혼을 안 한 영애보다, 결혼을 하고 지위가 확실한 귀부인들이 주로 뽑혔다.

그런데 그 기회가 엘렌에게 찾아온 것이다.

정말 그렇게만 된다면…… 아무도 엘렌을 두고 수군댈 수 없었다.

엘렌은 잠시 멍해졌던 정신을 추스르고, 재빨리 오펠리아를 향해 넙죽 허리를 수그렸다.

"정말 감사합니다! 제가 이 은혜를 어떻게 갚아야 할지……."

그 모습을 보고 오펠리아의 눈동자가 서늘하게 빛이 났다. 하지만 그런 차가운 눈동자와 달리 목소리는 여전히 부드러웠다.

"아니에요. 안 그래도 오늘 황후궁에 몰래 잠입한 사람 한 명을 잡았어요. 요즘 황태자와 나 사이를 이간질하려는 무리들이 많아요. 내가 보기에는 블레이즈 영애도 그리 좋은 영향을 끼치진 않는 것 같고요."

"어머나, 한눈에 블레이즈 영애의 이중성을 간파하시다니 황후 폐하의 눈은 정말 혜안이세요."

"뭘요. 셀비 영애만 원한다면 내가 그대의 억울함을 풀 수 있도록 미력하나마 조금 힘을 보태 주도록 하지요."

그 말에 엘렌의 얼굴이 환해졌다.

그러나 오펠리아는 직접적으로 이레나가 마음에 들지 않는다는 말은 단 한 마디도 하지 않았다. 그저 엘렌이 원한다면 도움을 주겠다고 했을 뿐.

그러므로 혹시 일이 잘못돼도 모든 건 엘렌이 짊어지게 될 것이다.

이게 바로 오랫동안 사교계에 몸담아 온 오펠리아만의 방식이었다.

* * *

'이게 무슨 말이지? 쿤의 행방이 묘연해졌다고?'

이레나는 칼라일의 바로 옆에 앉아 있었기 때문에 의도치 않게 제너드가 다급하게 속삭이는 말을 엿듣게 되었다.

저절로 머릿속에서 지금까지 몇 번이나 보았던 쿤의 무표정한 얼굴이 떠올랐다.

'뭔가 위험한 일이 벌어진 건가?'

정확히는 알 수 없었지만, 좋지 않은 일이 생긴 것만은 분명했다.

찰나의 순간 이레나의 표정도 심각하게 굳었지만, 그보다 칼라일의 내뿜는 무시무시한 기운은 눈앞의 상대방을 움츠러들게 만들기 충분했다.

아무것도 모르는 미라벨은 절로 위축된 표정으로 조심스럽게 물어보았다.

"무슨 일 있어요? 형부."

"……아무것도 아니다. 방금 말한 것처럼 영애와 같이 황궁을 구경하고, 천천히 인형극도 관람하도록 해. 안내해 줄 사람을 붙여 줄 테니 혹시라도 불편한 사항이 있으면 뭐든 말하고."

"앗, 네."

"나는 급한 일이 있어서 먼저 일어나지. 그럼 즐거운 시간 보내도록 해."

순간적으로 뿜어져 나왔던 짙은 살기는 감춰졌지만, 칼라일의 표정은 여전히 딱딱하게 굳어 있는 상태였다.

곧바로 자리에서 일어나는 칼라일을 바라보며 이레나는 무슨 일이 생긴 건지 궁금했지만, 차마 미라벨의 앞에서 그런 질문을 던질 수는 없었다. 어찌 됐든 공식적으로 이레나는 아무것도 모르는 귀하디귀한 백작 영애였으니까.

황급히 제너드를 따라 이 방을 나서는 칼라일이 뒷모습을 물끄러미 바라보고 있을 때였다.

미라벨이 신이 난 목소리로 말했다.

"헤헤, 형부는 진짜 최고인 듯! 난 아무한테도 언니를 못 보낼 줄 알았는데 볼수록 마음이 놓여."

미라벨이 즐거운 듯 테이블 위에 놓인 쿠키와 핫초코를 음미했다.

이렇게나 좋아하는 미라벨의 모습을 보고 있자니 이레나도 기분이 좋았지만, 한편으론 칼라일의 날카로운 반응이 계속 마음에 걸렸다.

하지만 이레나는 고개를 절레절레 흔들며 괜한 걱정을 머릿속에서 지웠다.

미라벨과 함께 황궁으로 오게 된 날이다. 어차피 칼라일을 따라가서 도와주지 못할 거라면 지금은 눈앞에 있는 일에 집중하는 게 맞았다.

"우와— 역시 황궁 쿠키는 뭐가 달라도 다른가 봐. 너무 맛있다. 언니도 얼른 먹어 봐."

"응, 많이 먹어. 모자라면 더 갖다 달라고 하자."

"그럴까?"

꺄르르 웃으면서 즐거워하는 미라벨을 보니, 이레나도 점차 방금 전에 느꼈던 찜찜함을 떨쳐 버릴 수 있었다.

칼라일은 오늘의 이레나와 미라벨의 방문을 위해 나름대로 많은 준비를 해 놓은 것 같았다.

두 사람은 지금껏 남부 지방에서 지내느라 제대로 구경해 본 적이 없었던 황궁을 자유롭게 둘러볼 수 있었다.

온갖 희귀한 꽃과 나무, 사람이 직접 만들었다고는 믿

기지 않을 만큼 정교한 인공 호수부터 시작해서, 역대 황제들이 그려진 초상화까지.

뿐만 아니었다. 황궁 안에는 박물관을 방불케 할 정도로 온갖 진귀한 미술품과 예술 작품들이 존재했다.

거기엔 다른 왕국에서 바친 공물들도 포함되어 있었기에 루퍼드 제국에서는 볼 수 없었던 특이한 물건들도 상당히 많았다.

무엇보다 황궁 안에는 여러 가지의 궁이 각양각색으로 존재하고 있어서 그에 따른 건축물과 아름답게 꾸며진 정원을 감상하는 것은 매우 즐거운 일이었다.

도란도란 이야기를 나누며 이곳저곳을 둘러보던 이레나와 미라벨의 발걸음이 어느 화려한 궁 앞에 당도할 때였다.

지금까지 조용히 길 안내를 해 주던 시종이 갑자기 그 둘의 앞을 가로막았다.

"아, 여기서부턴 들어가시면 안 됩니다."

그 말에 미라벨이 의아한 표정으로 물었다.

"왜요? 여기는 어떤 궁인데요?"

"이곳은 황후 폐하께서 기거하시는 곳이라 함부로 출입할 수 없는 장소입니다."

"아, 그래요?"

미라벨이 호기심 어린 눈빛으로 황후궁을 쳐다볼 때였다.

드드드드.

마침 궁 안에서 화려한 마차가 나오는 모습이 눈에 들어왔다.

워낙 빠르게 달려가는 통에 마차 안에 있는 사람을 제대로 확인할 수는 없었지만, 순간적으로 눈에 들어온 외형은 꽤나 익숙했다.

"……셀비 영애?"

미라벨의 중얼거림에 옆에 있던 이레나가 의아하다는 듯이 물었다.

"무슨 말이야? 셀비 영애라니."

"지금 마차를 타고 황후궁에서 나간 사람이 셀비 영애였던 것 같아서."

"그래?"

소문에 엘렌은 저택 안에 틀어박혀서 외부에 모습을 드러내지 않는다고 했다.

물론 엘렌이 황후궁에 오면 안 되는 건 아니었지만, 이런 시기에 아무런 접점도 없어 보이는 두 사람이 만났다는 건 뭔가 이상했다.

이레나가 주의 깊게 마차의 뒷모습을 쳐다보고 있자, 미라벨이 신경 쓰지 말라는 듯 가벼운 목소리로 말했다.

"내가 잘못 봤을 수도 있어."

"그래…… 그럼 다시 가 볼까?"

그렇게 두 사람은 순순히 황후궁에서 발길을 돌렸다.

어차피 오늘 하루 종일 어디서도 보지 못할 진귀한 것들을 많이 구경했다. 황후궁까지 보지 못해도 충분할뿐더러, 오랫동안 돌아다녔더니 배도 고프고 슬슬 피곤해졌다.

이레나가 느끼는 피로감이 이 정도일진대, 체력이 약한 미라벨의 상태가 걱정되었다.

"이제 돌아가서 저녁 식사도 하고, 카릴이 낮에 말해준 인형극도 같이 관람하러 갈까?"

"응, 그러자. 언니."

무엇 하나 부족할 게 없는 완벽한 외출이었다.

이레나 또한 미라벨과 이런 시간을 함께 보내게 되어서 무척이나 만족스러운 마음이 들었다.

더구나 이것이 끝이 아니었다. 이레나와 미라벨이 다시 황태자궁으로 돌아오자마자 준비된 저녁 식사는 말 그대로 상다리가 부러질 지경이었다.

미라벨조차 깜짝 놀란 얼굴로 이런 말을 내뱉었다.

"헉! 언니, 우리는 단둘뿐인데…… 이건 한 스무 명이 먹어도 될 정도의 양인데?"

"……그러게."

이레나조차도 혀를 내두를 수밖에 없는 푸짐한 상차림이었다.

애피타이저부터 디저트까지, 무엇 하나 최고급이 아닌 게 없었다.

산해진미를 배 터지게 먹는 것으로도 모자라 푹신한 의자에 앉아서, 전문가들이 해 주는 인형극을 관람하고 있자니 이레나조차도 이런 게 천국인가 싶을 지경이었다.

그런데…… 이 즐거움 속에서도 계속해서 마음에 걸리는 게 한 가지 있었다.

'……한 번도 카릴의 모습이 보이질 않네.'

워낙 바쁜 사람이니 합석하지 못할 수도 있었지만, 그래도 저녁 식사는 함께하지 않을까 하는 생각이 있었다. 만나게 되면 혹시 안 좋은 일이 생긴 거냐고 몰래 물어보려 했는데, 아예 나타나질 않으니 그런 기회조차 잡을 수가 없었다.

미라벨과 함께하는 이 자리 자체는 굉장히 흐뭇했지만, 자꾸만 칼라일이 목에 걸린 가시처럼 떠올라서 걱정이 되었다.

이레나는 결코 그에게 일어나는 일을 나 몰라라 하고 내버려 둘 수 없는 입장이었다. 이런 행복한 일상을 계속 지속해 나가려면 무엇보다 그가 황제가 되어야 했으니까.

짝짝짝!

인형극이 끝나자 미라벨이 크게 박수를 치면서 환호했다.

난생처음 보는 인형극은 신기할 뿐만 아니라 상당히 재밌었다. 문제는 이레나가 다른 생각을 하느라 집중을 하지 못했다는 것뿐이다.

그렇게 하루의 일과를 마무리하고 두 사람에게 정해진 숙소로 안내를 받았다.

달칵, 미라벨이 본인의 방문을 열면서 이레나에게 말을 건넸다.

“언니, 내가 잠옷으로 갈아입고 찾아갈 테니까. 오랜만에 같이 잘까?”

“아냐, 난 너무 피곤해서 금방 곯아떨어질 것 같아. 내일 일찍 보자.”

“그래, 알겠어.”

이레나는 미라벨과 서로 손을 흔들며 작별 인사를 마쳤다.

그렇게 미라벨이 방 안으로 들어가는 것까지 확인한 이레나는 그대로 발길을 돌려서 처음 칼라일을 만났던 방으로 향했다. 거기에 가면 칼라일의 행방을 아는 사람을 만날 수 있을 것 같아서였다.

그런데 다행히도 근처에서 방금 전까지 사신들을 안내해 주던 시종을 마주칠 수 있었다.

"어? 아가씨, 어째서 쉬지 않고 나와 계시죠?"

"전하가 있는 곳으로 안내해 줘요."

"지금 전하는 급한 용무 때문에 만나실 수가……."

"당장이요."

이레나는 표정을 굳히면서 단호하게 말했다.

그러자 움찔한 시종은 곧이어 어쩔 수 없다는 듯 고개를 끄덕이며 대답했다.

"아, 알겠습니다. 그럼 이쪽으로."

시종의 안내를 받으며 이레나는 오늘 낮부터 계속 마음에 걸렸던 걱정거리를 잠시나마 내려놓을 수 있었다.

언제나 최악의 상황은 칼라일의 신변에 문제가 생기는 것이었다.

그것만 아니라면 이레나가 가서 무엇이든 도움을 줄 수 있었으니까.

그렇게 시종의 안내를 받고 도착한 곳은 이레나가 숙소로 배정받았던 건물과 완전히 떨어진 다른 장소였다.

이레나와 미라벨의 방은 황태자궁에서 가장 풍경이 좋고 외곽에 위치한 한적한 건물이었고, 지금 이레나가 안내받은 장소는 군사들의 훈련장과 가장 가까운 곳이었다.

갑작스럽게 도착한 이레나를 보며 칼라일의 미간이 일순 좁아졌다.

"그대가 여기까진 어쩐 일이지?"

"낮의 일이 계속 마음에 걸려서요. 혹시 무슨 일이 벌어진 건가요?"

칼라일은 이레나의 질문에 먼저 대답하지 않고, 그녀를 따라온 시종을 향해 나지막한 목소리로 말을 내뱉었다.

"수고했다. 가 봐."

"네, 전하."

시종은 깍듯한 인사와 함께 두 사람이 있는 곳에서 물러났다.

마침 칼라일은 혼자 있었기 때문에 이곳엔 오직 두 사람만 남을 수 있었다.

시종이 사라지는 것까지 치밀하게 확인한 칼라일이 가라앉은 목소리로 입을 열었다.

"아무리 내 궁이라지만 다른 데서 심어 놓은 첩자들이 있을 거야. 함부로 움직이다가 정체를 들킬지도 모르니 조심하는 게 좋아."

"그래서 더욱 이렇게 늦은 시각까지 참고 있었던 거예요."

"……이 시간까지?"

딱딱했던 칼라일의 표정이 한순간에 풀어지며, 작은 바람 소리 같은 웃음이 새어 나왔다.

"위험한 발언을 하는군. 그대와 나 단둘이서만 방 안에 있는 걸 알면, 남들이 무슨 상상을 할지 모르고 하는 말인가?"

"알아요. 아니까 더욱 의심할 여지가 없겠죠."

그 말에 순간 칼라일의 시리도록 푸른 홍채에 어린 열기가 짙어졌다.

"……그대는 자각이 부족하군."

갑자기 무언가 콕 집어 말할 수 없는 묘한 분위기가 흘렀지만, 그보다 이레나는 대체 무슨 일이 생긴 건지에 대해 관심이 쏠렸다.

"이제 둘뿐이니 말해 주세요. 카샤 경에게 위험한 일이 생긴 건가요?"

칼라일은 애초부터 감출 생각이 없었던 듯 자연스럽게 대답했다.

"그대가 잡은 놈들을 취조해서 플라워 브리지를 무너뜨리려고 한 배후가 황후라는 자백은 받아 낸 상태야. 그런데 상대가 상대다 보니…… 그런 놈들의 증언만으로는 부족하거든. 그쪽이 워낙 꼬리 자르기를 잘하는 바람에 확실한 증거 잡기가 어려워서 큔에게 황후궁에 잠입해서 증거 조작을 하라고 명했지."

그 말을 듣자마자 이레나는 '너무 위험한 일 아닌가요?'라고 반문하려다가 참았다.

보나 마나 칼라일도 생각이 있으니까 지시를 내린 것일 테고, 쿤도 본인이 할 수 있으니까 수락했을 것이다.

이레나가 침착하게 물었다.

"그래서요?"

"그리고 현재는 황후궁에 잠입한 쿤의 행방이 묘연해진 상태야."

이레나의 표정이 어둡게 변했다. 그렇다는 건 크게 한 가지의 가능성으로 좁힐 수 있었다.

"……잡히거나 죽었을 확률이 높겠군요."

"그래서 가능한 죽기 전에 구해 내려고. 위치만 파악하면 바로 움직일 수 있게 준비해 놓은 상태지."

이레나는 자신이 미라벨과 함께 즐거운 시간을 보내는 동안, 칼라일은 쿤의 행방을 찾기 위해 동분서주했을 거란 사실을 깨달았다.

쿤과 엄청나게 정이 든 건 아니었지만, 그래도 그동안 이레나의 일을 꽤나 야무지게 처리해 줬던 수하다.

이대로 쿤이 죽을 수도 있다고 생각하니 이레나의 기분 또한 그리 좋지는 못했다.

더군다나 칼라일이 이런 중대한 일을 쿤에게 맡길 정도라면 어느 정도 신뢰를 하고 있는 수하란 증거다. 그에게 보탬이 되는 사람을 가능한 한 잃고 싶지 않았다.

"……제가 입을 만한 갑옷을 마련해 주세요."

이레나의 연이어 흘러나온 말에 칼라일의 미간이 보기 좋게 구겨졌다.

*　　*　　*

미라벨은 잠옷으로 갈아입기 전에, 욕조에 준비되어 있는 따뜻한 물에 몸을 담글 생각이었다.

향긋한 향기가 나는 향신료를 가득 첨가한 것도 마음에 들었고, 그 위에 띄워져 있는 붉은색의 꽃잎들도 좋았다.

이레나는 최대한 미라벨이 무리하지 않게끔 배려해 주었지만, 하루 종일 꽤나 많이 걸어 다녔던 통에 다리가 조금 부은 것 같았다.

워낙 체력이 약했기 때문에 조금만 움직여도 금세 지치고 힘든 건 어쩔 수 없었다.

이런 상태에서 따뜻하게 데워진 욕조의 물을 보니 당연히 그냥 지나칠 수가 없었다.

"목욕은 혼자 할 수 있으니 괜히 따라 들어올 필요 없어요."

"네, 아가씨."

미라벨은 오늘 하루 자신의 시중을 들어주는 하녀들에게 명령했다.

블레이즈 저택이었다면 편안히 하녀들의 목욕 시중을 받았겠지만, 처음 보는 사람 앞에서 옷을 벗기가 조금 껄끄러웠다.

더군다나 미라벨의 취향에 맞게 세심하게 만져 주지 않는다면, 차라리 혼자 하는 게 더 편하다는 걸 그동안의 경험으로 깨우친 상태였다.

"랄라라—"

미라벨이 기분 좋은 콧노래를 흥얼거리며 드레스를 벗어 내리려 할 때였다.

덜컹!

갑자기 욕실의 창문 쪽에서 커다란 소음이 들렸다.

미라벨은 설마 황궁인데 무슨 일이 있겠냐는 생각을 하면서도 저도 모르게 소리가 난 방향을 향해 천천히 걸음을 옮겼다.

그때였다.

욕실의 창문을 열고 누군가 안으로 툭 떨어져졌다.

눈으로 먼저 알아차리기 전에 엄청난 피비린내가 풍겨왔다.

"꺄아악!"

미라벨의 비명 소리에 욕실 바깥에서 대기하고 있던 하녀들이 재빨리 다가왔다.

그들은 당장이라도 문을 열 것처럼 거칠게 문고리를

돌렸지만, 미라벨이 이미 잠가 놓은 상태라서 쉽게 들어올 수가 없는 상황이었다.

"아, 아가씨 무슨 일이십니까?"

다급한 하녀의 목소리를 들으며 미라벨은 차츰 정신을 차릴 수 있었다.

지금 갑자기 눈앞에 나타난 남성은 상당한 부상을 입고 있는 상태였다. 그리고…… 매우 익숙한 짙은 파란색의 머리카락을 가지고 있었다.

"……곰?"

나지막한 미라벨의 중얼거림에 상처를 입고 쓰러져 있던 쿤이 고개를 들어 쳐다보았다.

허공에서 두 사람의 시선이 딱 마주쳤다.

미라벨은 남부 지방에서 올라오면서 잠깐 마주쳤던 남성을 떠올렸다. 바닥에 쓰러져 있던 자신에게 곧바로 사람을 불러 주었지만 끝내 누구였는지는 찾을 수 없었던 사람.

기억은 흐릿했지만 그럼에도 잊히지 않는 것이 있었다. 바로 어머니가 유품처럼 남겨 주신 곰 인형을 닮았다는 것.

아무리 찾아도 찾을 수 없었던 그가, 지금 미라벨의 눈앞에 나타난 것이다.

"아가씨, 대체 무슨 일……."

"아, 아무것도 아니에요! 벌레가 한 마리 나타나서 깜짝 놀라는 바람에 소리 지른 거예요. 지금은 창밖으로 날아갔으니 괜찮아요."

"아 다행입니다. 혹시라도 저희가 필요하시면 바로 불러 주세요."

"네 고마워요."

미라벨은 문밖의 하녀들에게 대충 둘러대고는 재빨리 쿤을 향해 다가갔다.

어디가 어떻게 다쳤는지 모르겠지만 옆구리에서 흘러나오는 피의 양이 어마어마했다.

"괜찮아요?"

그 질문에도 쿤은 그저 눈만 미세하게 움직일 뿐이었다. 제대로 대답할 기력조차 남아 있지 않은 것 같았다.

"도대체 어쩌다가……."

하지만 미라벨의 말은 끝까지 이어지지 않았다.

바로 바깥에서 들려오는 소란스러운 목소리 때문이었다.

"황후궁에서 나왔습니다. 저희가 쫓고 있는 범인이 이 근방으로 도주하는 것을 목격했습니다. 잠시만 수색하겠습니다."

"이보세요. 여기는 지금 황태자 전하의 궁……."

"꺄아아!"

바깥에서 들려오는 하녀들의 비명 소리를 들으니 미라벨은 자연스럽게 알아차릴 수밖에 없었다.

'지금 저들이 찾는 것은 어쩌면…….'

미라벨의 눈동자가 다친 쿤을 쳐다보며 흔들릴 때였다.

쾅쾅쾅!

잠긴 욕실의 문을 두들기는 소리가 들려왔다.

그리곤 바깥에서 고함을 치는 남성의 목소리가 다시 들렸다.

"이 문은 왜 잠근 거죠? 이 안에 누가 들어 있는 겁니까?"

"여, 여기는 황태자 전하의 귀한 손님이 들어 계십니다."

"열어."

타앙, 타앙!

무언가 단단한 쇠로 문고리를 내리치는 소리가 났다.

미라벨은 최대한 침착하기 위해 노력했다. 심장은 빠르게 벌렁거렸지만 이럴 때일수록 긴장해 봤자 아무런 도움도 되질 않는다는 걸 잘 알고 있었다.

무의식적으로 '이레나 언니였다면 이 상황을 어떻게 극복했을까?'라는 생각이 들었다.

잠시 고민하던 미라벨은 재빨리 쿤이 들어왔던 창문을 다시 원래대로 닫고, 입고 있던 드레스를 벗어 내렸다.

머뭇거리고 있을 시간이 별로 없었다.

생각지도 못한 미라벨의 행동에 바닥에 쓰러져 있던 쿤의 음울한 잿빛 눈동자가 크게 흔들렸다.

미라벨은 쓰러진 쿤을 있는 힘껏 부축해서 꽃잎이 가득 뿌려진 욕조 안에 넣었다.

"크윽……."

상처에 물이 들어가니 쿤이 고통스러운지 얼굴을 찌푸렸지만, 지금은 그런 세세한 것을 신경 써 줄 만큼 여유가 없었다.

"들키고 싶지 않으면 참으세요."

단호한 그 말에 왠지 쿤의 표정이 미묘하게 변한 것 같았다.

그렇게 쿤의 무게가 욕조에 더해지니, 욕조의 물이 바깥으로 차오르면서 바닥에 남아 있던 핏물을 씻겨 냈다.

하지만 그것만으로는 부족했기에 미라벨은 재빨리 바구니에 놓여 있는 붉은 꽃잎을 한 움큼 손에 쥐고는 바닥에 뿌렸다.

카아앙!

방금 전보다 커다란 소음이 울려 퍼졌을 때, 미라벨은 두 눈을 질끈 감고 마지막 남은 슈미즈까지 벗어 던졌다.

그때 벌컥, 하고 누군지 모를 남성들이 문을 열고 안으로 들어왔다.

미라벨은 가슴 부위를 양손으로 가린 채, 크게 놀란 표정으로 그들을 쳐다봤다.

미라벨의 매끈한 등허리가 완전히 노출되었기 때문에 남성들은 재빨리 고개를 돌릴 수밖에 없었다.

"꺄아아아아! 당장 나가세요!"

미라벨은 온몸을 동그랗게 말며 크게 소리를 질렀다.

귀족 영애가 얼굴도 모르는 생판 남에게 신체를 노출했다는 건 굉장히 치욕스러운 일이었다.

힐끗 서로 눈짓을 주고받던 남성들은 일단 빠르게 욕실 안을 훑어보고 쾅, 문을 닫았다. 그리곤 바깥에서 나지막한 목소리로 말을 이었다.

"옷을 입으시지요. 영애. 저희는 이곳을 확실하게 수색해야 하는 임무가……."

하지만 그들의 말이 채 끝나기도 전에 또 다른 소음이 들려왔다.

척척척, 수십 개의 발자국 소리와 함께 지금까지와 다른 남성들의 목소리가 흘러나왔다.

"당신들 누구야? 여기가 대체 어딘 줄 알고 침입한 거지?"

"우리는 황후 폐하의 명을 받고 왔습니다."

"하. 설령 그렇다 해도 황태자 전하의 허가도 없이 들이닥치다니 간이 배 밖으로 튀어나왔군."

"뭐라고?"

미라벨은 살금살금 걸음을 옮겨서 방문 가까이 귀를 대었다.

그러자 차앙, 하고 검을 뽑는 소리가 울려 퍼졌다.

눈으로 직접 보지는 않았으나 금방이라도 서로 칼부림이 날 만큼 위험한 상황인 듯싶었다.

방금 전 그들이 다시 한 번 욕실 안으로 들어온다면 이번엔 쿤이 숨어 있다는 걸 들키고 말 것이다. 아까의 상황은 그저 임시방편이었을 뿐이니까.

꿀꺽, 미라벨이 절로 마른침을 삼킬 때였다.

"그만! 우리는 일단 철수한다. 하지만 황태자 측에서 이번 일에 대해 직접 해명하셔야 할 겁니다."

"그쪽이야말로 전하의 허가도 없이 무단 침입한 것에 대해 설명해야 할 거다."

"……가자."

다행히도 미라벨의 우려와 달리 사람들이 돌아가는 발소리가 들려왔다.

조금씩 멀어지는 그들의 발소리를 남몰래 귀 기울여 듣고 있을 때였다.

놀란 하녀들이 서둘러 욕실 쪽으로 다가오면서 말을 건넸다.

"세상에나, 아가씨 괜찮으세요?"

문 안으로 하녀들이 들어오려는 걸 미라벨이 재빨리 제지했다.

"오, 오지 마세요. 이런 모습 아무에게도 보이고 싶지 않아요."

"아, 죄송합니다. 아가씨. 옆방에 계신 블레이즈 영애를 불러 드릴까요?"

"아니에요. 이런 소란을 언니가 알면 가만히 있지 않을 거예요. 제가 내일 직접 형부를 뵙고 말씀드리겠어요."

미라벨의 확실한 의사 표현에 하녀들은 자동으로 고개를 숙일 뿐이었다.

미라벨이 문 바깥의 하녀들을 향해 다시 입을 열었다.

"혼자 있고 싶으니 모두 방에서 나가 주세요. 그리고 이젠 아무도 들어오지 못하도록 해 주세요."

"알겠습니다, 아가씨."

미라벨이 꽤나 상처받을 수 있는 상황이었기 때문에 하녀들은 별다른 말 없이 서둘러 방 바깥으로 사라졌다.

그제야 미라벨은 욕실 근처에 놓여 있는 샤워 가운을 대충 입은 채, 하녀들이 모두 나가고 사라진 방문을 잠갔다. 욕실의 문고리는 이미 부서진 상태라서 누군가의 침입을 막으려면 이 방법밖에 없었다.

덜컹, 쇠고리가 맞물리는 소리를 듣고 나서야 방금 전까지 느껴지던 긴장이 조금은 사라진 느낌이었다.

"……하아."

미라벨은 저도 모르게 낮게 한숨을 내뱉었다.

자신의 손바닥을 내려다보니 부들부들 떨리고 있는 게 보였다.

거짓말로 사람들을 속이려고 하니 심장이 터질 것만 같았다. 하지만 다행히도 아무에게도 들키지 않고 지나갈 수 있었다.

잠시 마음을 진정시킨 미라벨은 재빨리 쿤이 있는 욕조로 돌아왔다.

커다란 욕조 안의 쿤은 거의 기절하다시피 쓰러져 있는 상태였다.

창백한 얼굴이 정말로 이대로 더 놔두었다간 죽어 버릴 것 같아서, 미라벨은 재빨리 쿤을 욕조 밖으로 건져냈다.

그 간단한 동작 하나만으로 미라벨의 전신은 땀으로 흠뻑 젖어 버렸다. 가뜩이나 체력이 약한 미라벨에게 축 처진 성인 남성의 무게는 꽤나 버거운 것이었다.

미라벨이 간신히 그를 욕실의 벽에 기대어 앉히자, 쿤이 힘없는 표정으로 가늘게 눈을 뜨며 말했다.

"……이러실 필요까지 없었습니다."

애써 구해 줬더니 온몸의 힘이 쭉 풀리게 하는 말이었다.

미라벨이 발끈한 표정으로 물었다.

"제가 이렇게 안 했으면 어떻게 되는 건데요? 방금 전 그들에게 잡혀갔으면 살아 돌아올 순 있었던 건가요?"

"아가씨가 참견하실 일이 아닙니다."

"……!"

냉정한 쿤의 태도에 미라벨은 순간 할 말을 잃고 말았다.

괜스레 서운한 마음이 밀려들었지만, 그래도 그들에게 잡혀갔다면 쿤이 무사하지 못했을 것 같아 아무것도 안 한 채 내버려 둘 수가 없었다.

'본인이 죽을지도 모르는 상황인데, 나보고 상관하지 말라는 거야?'

쉽게 납득할 수 없는 생각이었다. 보통이라면 구해 줘서 고맙다는 말이 먼저 나오는 게 맞았다.

미라벨은 저도 모르게 고개를 절레절레 저으며, 일단 상처 부위를 확인해야 했기에 젖어있는 쿤의 상의를 낑낑거리며 벗겨 냈다.

쿤이 말했다.

"그냥…… 내버려 두십시오."

"그건 제가 알아서 판단할게요. 자꾸 힘 빠지는 소리 할 거면 아무 말도 안 하는 게 더 도움이 될 것 같네요."

지금 미라벨이 한 말 때문인 건지, 아니면 더 이상 대꾸할 기력이 남아 있지 않아서인지 쿤은 그 뒤로 정말 아무런 말도 하지 않았다.

그렇게 미라벨이 힘겹게 상의를 다 벗겨 내자, 쿤의 탄탄한 복근이 드러났다.

쿤은 호리호리해 보이는 체형이었음에도 불구하고 막상 옷을 벗기자 탄탄하게 짜인 근육들이 자리하고 있어서 꽤나 놀랄 수밖에 없었다.

이런저런 상처들이 그의 몸에 잔뜩 나 있었지만, 무엇보다 담뱃불로 지진 것 같은 화상들이 눈에 들어와서 궁금증이 일었다.

하지만 미라벨은 아무것도 묻지 않은 채 하얀색의 실크로 된 자신의 잠옷을 찢어서 그의 상처 난 부위를 동여매 주었다.

현재로선 더 이상의 피가 흐르지 않도록 지혈을 해 주는 수밖에 없었다.

'……이레나 언니한테 도움을 요청할 수 있었다면 좋았을 텐데.'

이레나가 도와줬다면 지금보단 할 수 있는 일이 더 많았을 것이다. 가령 치료에 도움 되는 약을 구해 온다든가 하는 일 말이다.

하지만 이런 상황에서 이레나를 부를 수는 없었다.

일단 정체불명의 존재가 자신의 곁에 있는 것을 절대

로 용납하지 않을 것이다. 이레나는 언제나 자신이 위험한 상황에 연루되는 것을 극도로 싫어했으니까.

뿐만 아니라 미라벨은 아직 쿤이 무슨 잘못으로 쫓기고 있는 건지 알지 못했다.

혹시나 그가 칼라일에게 안 좋은 존재라면 이레나의 입장이 매우 난처해질지도 모르는 일이었다.

물론 그렇다면, 미라벨이 지금처럼 쿤을 감싸서는 안 되는 일이었다.

그런데…… 보호해 주고 싶었다.

이 남자가 무슨 잘못을 저질렀건 간에 눈앞에서 죽는 꼴은 보지 못할 것 같았다.

'내 하나뿐인 곰 인형…….'

황궁까지 가지고 오지 않았기 때문에 곰 인형은 블레이즈가의 저택에 얌전히 놓여 있을 것이다. 예전에 쿤이 남기고 간 외투를 입고, 언제나처럼 침대 머리맡에서 자신을 기다리고 있겠지.

더 이상 어린아이도 아니고 고통으로 시름시름 앓던 그때처럼 쿤이 자신의 곰 인형이라고 착각하는 것은 아니었다.

그는 그저 자신의 곰 인형과 같은 머리 색을 지닌 남자일 뿐이다.

그런데도 내버려 두질 못하겠다.

왜인지 이유는 알 수 없었다. 그저 마음이 자꾸만 움직였다. 다른 사람에게 신체를 내보이는 것보다 그가 끌려가는 모습을 지켜보는 게 더 싫었으니까.

미라벨은 본인도 이해할 수 없는 감정 때문에 혼란스러운 표정을 해 보일 수밖에 없었다.

이레나에게 감추면서까지 누군가를 이렇게 감싸 줘 본 적은 처음이었다.

'언니도 황태자 전하와 연애했을 때, 이런 감정이었을까?'

머리는 자꾸 아니라고 하는데, 마음은 자신이 한 행동에 대해 일말의 후회도 갖지 않았다.

미라벨은 기절하다시피 눈을 감고 있는 창백한 쿤의 얼굴을 내려다보면서 혼자만의 상념에 잠길 수밖에 없었다.

*　*　*

"쿤의 일은 내가 알아서 할 테니, 그대는 그만 방으로 돌아가도록 해."

"하지만……."

이레나가 호위 기사 렌으로 활동하는 것을 쉽게 허락하지 않는 칼라일 때문에 두 사람이 잠깐의 말다툼을 하고 있을 때였다.

똑똑, 누군가 방문을 두들겼다.

그 소리를 들은 두 사람의 시선이 허공에서 딱 마주쳤다.

이레나는 재빨리 침대 주위로 처져 있는 휘장으로 걸어가서 몸을 감췄다.

오늘 하룻밤을 여기서 같이 보냈다는 거로 이레나의 알리바이를 만들면, 호위 기사 렌으로 활동하는 데 전혀 지장이 없었기 때문이다.

칼라일은 이레나가 몸을 감춘 침대 쪽을 힐끔 쳐다보더니, 이내 하는 수 없다는 듯 낮아진 목소리로 입을 열었다.

"들어와."

다급하게 문을 열고 나타난 사람은 다름 아닌 제너드였다.

"송구합니다, 전하. 하지만 긴급히 보고드릴 일이라 어쩔 수 없이……."

제너드는 칼라일과 이레나가 같이 있다는 사실을 알았기에 자연스레 변명이 길어졌다.

칼라일이 차갑게 말을 잘랐다.

"본론부터 말해."

"황후궁에서 저희 구역으로 수색대를 파견했습니다. 전하의 허가도 받지 않고 무단으로 황태자궁을 들어왔다고 합니다. 명목은 황후궁을 침입한 범인을 쫓고 있다고 하는데 아무래도 그게 쿤 같습니다.”

“다행히 황후궁에서 탈출을 했나 보군. 지금 황후 측에서 보낸 수색대는 어디 있지?”

“전부 바깥으로 내쫓은 상태입니다만, 계속 주변을 배회하며 쿤을 찾고 있는 것 같습니다.”

“……건방지군.”

순간 칼라일의 눈빛이 서늘하게 일렁거렸다.

하지만 칼라일은 그런 감정을 빠르게 갈무리하며 제너드를 향해 나지막이 말했다.

“혹시 모르니 황후궁에 심어 놓은 첩자들에게 계속 쿤의 위치를 파악하라 명하고, 황후궁에서 가까운 외곽부터 모든 애들을 풀어서 쿤을 찾아봐. 나도 곧 가겠다.”

“네, 전하.”

제너드는 깍듯하게 인사를 하고 방에서 물러났다.

그러자 지금까지 침대의 휘장 뒤에 숨어 있던 이레나도 바깥으로 모습을 드러내었다.

“이래도 절 빼놓으실 생각이세요?”

“……가능하다면 그러고 싶군.”

“뭐, 철 갑옷을 빌려주지 못하겠다면 알겠어요. 저는 제 방식대로 움직이죠.”

그 말에 칼라일이 멈칫하더니, 이내 내키지 않는단 표정으로 말을 이었다.

"알겠어. 그대가 입을 만한 갑옷을 마련할 테니, 이번엔 절대로 내 옆에서 떨어지지 마."

"카릴, 우리의 계약을 잊지 말아요. 호위 기사로 돌아갈 때마다 이렇게 반대를 하시면 저는 제 방식대로 다른 방법을 찾을 거예요. 그리고 그건 아마 당신의 마음에 들지 않는 것일 수도 있어요."

이레나가 검을 들 때마다 칼라일이 반대를 하니, 매번 마주하게 되는 이런 상황이 상당히 번거로울 수밖에 없었다.

이미 계약서상으로도 합의를 했던 내용이고, 플라워 브리지에서도 충분히 이런 자신의 모습에 대해 설명했다. 이레나는 더 이상 칼라일에게 말로서 설득할 생각이 없었다.

칼라일이 말했다.

"그대가 무척이나 유능하다는 걸 알아. 그래서 걱정이 되는 거야."

"……?"

"그대의 실력만큼 결국에는 위험한 일을 도맡게 되는 상황이 올까 봐."

"저는 이미 각오했어요."

"……알아. 이 모습도 이레나 블레이즈라는 걸 저번에 듣고 충분히 이해했어. 하지만 내 말도 잊지 말고 명심해 줬으면 좋겠군.”

칼라일의 푸른 홍채가 똑바로 이레나를 직시했다.

“절대로 다치지 마. 위험한 상황이 닥치면 뒤도 돌아보지 말고 그대의 안전부터 확보해.”

“그건…….”

그게 무슨 호위 기사냐고 반문하려고 할 때였다.

그보다 먼저 칼라일의 한층 낮아진 목소리가 다시 이어졌다.

“내가 말했지? 그대가 다치면 내가…… 미쳐 버릴지도 모른다고.”

칼라일의 말은 이상하게 허투루 넘겨 버릴 수가 없었다. 그는 정말로 자신이 다치면 무슨 짓을 벌일지도 몰랐다.

저번 파티장에서 귀족 남성의 목을 잘라서 나타난 걸 보니 충분히 그럴 가능성이 농후했다.

이레나는 그를 안심시키기 위해서라도 일단 고개를 끄덕일 수밖에 없었다.

“알겠어요. 다치지 않도록 항상 조심할게요.”

“좋아.”

칼라일이 정말 흡족한지 조금 전과 달리 흐릿한 미소를 지었다.

하지만 이레나의 말은 거기서 끝이 아니었다.

"카릴이 위험에 처하지 않는 선에서 만이에요. 당신이 위험에 빠지는 순간 저도 물불 가릴 수 없어요. 당신의 안전은 나한테 그 무엇보다 중요해요."

그 말에 왠인지 칼라일의 눈동자가 조금 커졌다. 곧이어 그가 고개를 반대로 돌리더니 한쪽 손으로 입가를 가렸다.

어쩐지 그의 귓바퀴가 조금 붉어진 느낌이었다.

"……그대는 그런 달콤한 말을 너무 아무렇지 않게 하는군."

"네?"

생각지도 못한 그의 발언에 이레나가 되려 놀라고 말았다.

생각해보니 그동안 자신이 황후가 되고 싶어서 그를 황제로 만들겠다고만 말했지, 지금처럼 대놓고 그의 목숨이 중요하다고 말을 꺼낸 적은 없었다.

뭔가 더 부연 설명을 해야 하나, 고민하고 있을 때였다.

칼라일이 한쪽 벽면을 가리키면서 말을 이었다.

"저쪽에 철 갑옷이 있으니 그대의 마음에 드는 거로 골라 입으면 돼."

뭔가 분위기가 요상하게 돌아가는 것 같았지만, 여유로운 상황이 아니었기에 이레나는 고개를 끄덕일 수밖에 없었다.

"알겠어요. 그럼—."

이레나는 그가 가리킨 방향으로 걸어가면서 왠지 얼굴이 뜨거워지는 듯한 느낌을 받았다.

칼라일이 쑥스러워하니 이레나 역시 자신이 내뱉은 말이 괜히 부끄러워지는 기분이었다.

'……뭐야, 별것도 아닌 말을 가지고.'

방금 전까지만 해도 진지한 대화를 나누다가 갑작스럽게 바뀐 이 미묘한 분위기에 이레나는 좀처럼 적응할 수가 없었다.

그가 가리킨 방향으로 가 보니 여러 가지의 철 갑옷이 일렬로 세워져 있었다. 아마도 훈련장 근처다 보니 칼라일이 골라서 입을 수 있도록 마련이 된 것 같았다.

이레나는 그중에서 가장 사이즈가 작아 보이는 것으로 골라 입으며 곧이어 머리 위로 철 투구를 착용했다.

붉어진 자신의 얼굴을 가릴 수 있어서 다행이었다.

18
호위 기사, 렌

칼라일과 이레나가 쿤의 도주 처로 추정되는 황태자궁의 외곽 지역에 도착할 때였다.

먼저 당도해 있던 제너드가 재빨리 칼라일에게 다가와서 목례를 했다.

"오셨습니까? 그런데 옆에는……."

"저번에도 봤을 텐데."

"아, 그때 플라워 브리지에서……! 그런데 언제부터 황태자궁 안에 들어와 있었던 겁니까?"

칼라일이 힐끔 이레나를 쳐다보며 나지막이 말을 이었다.

"비밀 업무를 수행하느라 오래전부터 있었어. 덕분에 계속 얼굴을 가리고 있는 중이니 그렇게 알고 있어."

"아 네, 알겠습니다."

제너드는 입으론 알겠다고 대답했지만, 눈빛으로는 여전히 경계심을 내비치고 있는 상태였다.

오랜만에 호위 기사 렌으로 제너드를 만나니, 불과 얼마 전에 이레나로 만났을 때와 너무 판이하게 달라서 적응이 되질 않았다.

'내가 꽤나 싫은가 보네.'

제너드의 못마땅한 시선을 받으며 이레나가 그렇게 생각을 하고 있을 때였다.

저 멀리서 칼라일의 군사로 보이는 수십 명의 남자들이 이쪽을 향해 다가왔다.

그중에 유독 덩치가 큰 남자가 눈에 띄었는데, 자세히 바라보니 플라워 브리지에서 이레나에게 시비를 걸었던 메건이라는 남자였다.

다가오던 메건도 마찬가지로 이레나를 알아차렸는지 은근슬쩍 손을 흔들면서 아는 체를 해 왔다.

'뭐지? 그때는 그렇게 시비를 걸더니…….'

그 무리들은 곧장 칼라일이 있는 곳으로 오더니, 가장 선두에 서 있던 남자가 깍듯하게 인사하며 보고를 올렸다.

"전하, 서남쪽은 저희가 수색했는데 아무런 증거도 발견하지 못했습니다."

"그럼 서북쪽으로 가 보지."

칼라일이 말과 함께 앞장을 서자, 그 뒤로 줄줄이 따르기 시작했다. 그중에서도 칼라일의 바로 뒤편에 바짝 붙어 있는 건 바로 이레나였다.

철 투구 사이로 붉은 눈동자가 반짝 빛났다.

이제 수색 시작이었다.

황태자궁의 크기는 상당히 컸다. 물론 황제나 황후가 머무는 궁만큼 넓은 것은 아니었으나, 황궁에서 세 번째로 커다란 지역이 바로 황태자궁이었기에 절대로 그 크기가 작지만은 않았다.

황태자궁 안에는 가장 중심이 되는 건물 제외하고도 훈련소와 마구간, 그리고 하녀들이 머무는 숙소 등 여러 가지의 크고 작은 건물들이 함께 공존했다.

이레나와 미라벨에게 지정해 준 숙소 또한 마찬가지였다. 그곳은 황태자궁 내에서 가장 편안하게 휴양을 즐길 수 있도록 중심부에서 멀찍이 떨어진 한적한 장소였다.

칼라일이 말했다.

"아직도 우리 궁 근처로 황후 측의 사람들이 돌아다니고 있나?"

그 물음에 한 걸음 떨어져서 걷고 있던 제너드가 즉각 대답했다.

"네, 그렇습니다."

"그쪽에 감시하는 사람을 더 붙여. 쉽게 발견되지 않는 걸 보아하니 어딘가에 잘 숨어 있는 모양인데, 혹시라도 황후 측에서 먼저 발견하면 뺏어 와."

"그렇다면 무력 충돌을 피할 수가 없습니다, 전하. 황후 측에서 가만히 있지 않을 텐데 뭐라고 설명하실 생각이십니까?"

"내가 굳이 설명할 필요가 있나?"

"……네?"

제너드가 도통 이해가 안 간다는 듯이 되물었다.

그러자 칼라일이 아무렇지 않은 표정으로 나지막하게 대답했다.

"전부 죽여. 아무런 증거를 남기지 않으면, 우리 쪽에서 쿤을 데리고 갔다는 걸 증명할 수 없겠지."

"아, 하지만 증거가 없어도 상대가 저희라는 건 알아차릴 겁니다. 괜찮으시겠습니까?"

"상관없어. 이미 그들도 그런 방식으로 빠져나간 적이 한두 번이 아니지 않나."

무시무시한 대화 내용과는 다르게 칼라일은 마치 산보라도 나온 것처럼 여유로운 태도였다.

"……감히 우리 궁에 함부로 침입한 대가를 치르게 해줘야지."

"네, 알겠습니다."

이레나는 거침없는 칼라일의 판단이 나쁘지 않았다. 아니, 오히려 숱하게 전장을 돌아다녔던 이레나의 시각으로는 칼라일의 사고방식은 말 그대로 뛰어난 장군감이었다.

사교계에서는 그의 이런 부분이 너무 잔혹하지 않나 우려했지만, 지금처럼 무력 다툼으로 넘어오니 빛을 발하는 것 같았다.

어디서든 마찬가지겠지만 특히 전쟁터에선 절대로 적에게 만만하게 보여서는 안 됐으니까.

칼라일이 말했다.

"그럼 황후 측의 사람들을 감시하러 갈……."

그의 말이 끝나기도 전에 이레나가 먼저 입을 열었다.

"제가 가겠습니다."

이레나는 결코 증거를 남기지도 않을뿐더러, 그들이 먼저 쿤을 발견한다 해도 무사히 빼내 올 자신이 있었다.

중요한 임무일수록 다른 사람에게 맡기는 것보다 직접 움직이는 게 더욱 확실했다.

하지만 그 말에 칼라일의 미간이 인정사정없이 구겨졌다.

"제너드, 네가 직접 가라."

"제가요?"

이미 이레나가 가겠다고 의사를 밝힌 상황에서 갑자기 제너드를 지목하니, 그조차도 당황스러운 표정을 감출 수 없었다.

"두 번 말하게 하지 마."

"죄송합니다. 그럼 바로 출발하도록 하겠습니다."

제너드는 의아한 표정을 지으면서도 재빨리 고개를 숙이고는, 칼라일의 뒤편으로 빠져서 다른 장소로 이동했다.

그렇게 제너드의 모습이 시야에서 완전히 사라질 때쯤, 칼라일이 어둠 속에서 푸른 홍채를 번뜩이며 말을 이었다.

"……렌, 벌써부터 약속을 어기려고 하면 곤란해."

이레나는 그를 보고 있자면 마치 까만색의 재규어가 먹이를 사냥하기 전에 어슬렁어슬렁거리는 동작이 떠올랐다.

그는 그만큼 위험한 맹수 같았고, 상대방을 긴장케 만들었다.

순간적으로 내뿜는 칼라일의 위압감에 뒤편에서 따르던 다른 군사들도 방금 전보다 더욱 숨을 죽이고 있는 상태였다.

이레나가 차분한 목소리로 말했다.

"전하야말로 저를 너무 무시하시면 곤란합니다."

이레나라고 해서 방금 전에 한 약속을 벌써 잊어버린 건 아니었다.

"……?"

"고작 이 정도의 임무로 다치지 않습니다. 저는 전하의 가장 날카로운 검이니까요."

칼라일에게 가능한 다치지 않겠다고 했으니 최대한 조심할 생각이었다. 하지만 이런 임무로 상처 입을 만큼 이레나의 실력이 허술하진 않았다.

이레나의 나직한 음성에 오히려 뒤편에서 따라오던 군사들의 표정이 황당하게 변했다. 이렇게 자신만만한 말을 들어 본 것은 처음이었다.

아무리 패기가 넘친다고 해도 이처럼 스스로를 치켜세우기는 쉽지 않았다.

이런 말을 내뱉는 사람은 크게 두 가지의 부류로 나눌 수 있었다. 정말로 본인의 실력에 자신이 있거나, 아니면 허풍을 떠는 사람이거나…….

칼라일은 이레나의 말에 수긍하는 것처럼 낮게 웃음을 터뜨리더니, 이내 나지막한 목소리로 말을 이었다.

"그래도 오늘 밤은 내 옆에 있어. 아직은 떨어지고 싶지 않으니."

"네, 전하."

두 사람은 전혀 아무렇지 않게 나누는 대화였지만, 뒤편에 있는 군사들은 이 내용을 쉽게 납득할 수가 없었다. 이 분위기로 따지자면 정말로 이레나가 칼라일의 수하 중에 최고의 실력을 가졌다는 것인데, 과연 그게 사실일까?

모두가 궁금증이 담긴 표정으로 이레나와 칼라일의 뒷모습을 쳐다보고 있을 때였다.

뒤편에서 묵묵히 걷고 있던 메건이 커다란 덩치에 맞지 않게 양손을 모으며 중얼거렸다.

"……멋있다."

* * *

황태자궁의 서북쪽 방향에 도착하자 미세한 단서들이 발견되고 있었다.

나뭇가지에 묻어있는 핏자국을 따라서 칼라일과 무리들이 걸음을 옮기고 있을 때였다.

누군가가 거친 숨을 몰아쉬며 칼라일을 향해 다급하게 달려왔다.

"저, 전하. 황후궁에서 정식으로 황태자궁을 수색하는 걸 허락해 달라고 사람을 보내왔습니다."

그 말을 들은 칼라일의 입가에 비릿한 미소가 감돌았다.

"선 잠입, 후 통보인가?"

이미 한차례 황후궁의 사람들을 이곳에서 쫓아낸 상황이다. 그럼에도 주위를 맴도는 그들을 감시하기 위해 제너드까지 보낸 상태인데, 이제야 허가를 해 달라니 한참이나 늦은 연락이었다.

칼라일에게 소식을 전하기 위해 이곳까지 뛰어온 남자가 재차 물었다.

"어떻게 할까요? 전하."

칼라일이 잠시 본인의 턱을 어루만지며 생각에 잠길 때였다.

쉬쉬쉭, 누군가가 숲 속을 헤매는 기척이 느껴졌다.

이곳에 모인 자들은 모두 검술 실력이 빼어난 기사들이었다. 아무리 미세한 움직임이라 해도 놓칠 리 없었다.

이레나가 칼라일을 향해 나지막이 속삭였다.

"벌써 황후 측의 사람들이 들어와 있는 듯합니다."

칼라일이 쿤을 찾아 헤매는 동안, 황후 측에서도 사람들을 더 투입시킨 모양이었다. 제너드가 감시하고 있는 자들 말고도 다른 무리들이 이렇게 황태자궁 안을 버젓이 돌아다니고 있는 걸 보아하니 말이다.

아마도 칼라일이 쿤의 행적을 발견했듯이, 그들 또한 이 부근에서 남겨진 핏자국을 발견하고 수색을 하고 있는 것 같았다.

칼라일의 눈빛이 싸늘하게 변했다.

"나는 지금 자고 있는 상태다."

"……네?"

전혀 의미를 알 수 없는 말에 칼라일에게 보고하기 위해 달려왔던 남자는 잔뜩 의문스러운 표정을 지었다.

"너무 깊이 잠에 빠져서 도저히 일어날 수가 없어. 그래서 아직은 황후궁의 수색을 허락할 수가 없다는 뜻이다."

"아……."

"그러니 지금 저들은 황태자궁에 무단으로 침입한 괴한들인 셈이지."

"……!"

칼라일의 말을 경청하고 있던 남자는 뒤늦게 그의 말뜻을 깨닫고 눈동자를 크게 떴다.

이레나 또한 칼라일이 첫마디를 내뱉는 순간, 그가 무슨 말을 하려고 하는지 알아차릴 수 있었다.

공식적으로 황후가 도망친 괴한을 쫓아서 황태자궁의 수색을 요청하면, 그것을 대놓고 거절할 수는 없었다. 그래서 칼라일은 잠을 잔다는 핑계로 최대한 황후궁에서 온 제안을 늦추려는 속셈인 것이다.

거기다가 칼라일이 허락하기 전에 황태자궁에 잠입한 자들은, 말 그대로 정체불명의 괴한인 셈이니 잡아서 혼쭐을 내줄 수 있었다.

칼라일의 말뜻을 단박에 알아들은 이레나는 바로 허리춤에서 검을 뽑았다.

채앵!

어두운 밤, 이레나의 날카로운 칼날이 은은한 달빛에 비쳐 번뜩였다.

뒤편에 있던 다른 수하들은 갑작스러운 이레나의 행동을 의아하게 바라보고 있을 때였다.

휘이이익—

이레나는 곧바로 검을 수직으로 들고 숲 속을 향해 던졌다.

푸슉.

그리고 그 검은 정확히 숨어 있던 황후 측의 병사에게로 날아가 박혔다.

단단한 물체가 살갗을 뚫는 소리가 정확하게 들렸기 때문에 이 자리에 모인 누구나가 다 알 수 있는 사실이었다.

"……와."

누구의 입에서 터져 나온지도 모를 감탄이 들려왔다.

하지만 정작 이레나는 담담하게 칼라일을 향해 입을 열었다.

"제가 가서 황태자궁에 잠입한 정체불명의 괴한들을 모조리 잡아들이겠습니다."

어차피 이쪽에서 쫓으면 저들은 도주하려고 들 것이다. 크게 위험할 상황은 없었지만, 사실 일대일로 이레나를 위험하게 만들 만한 인물도 많지 않았다.

칼라일은 한순간 묘한 시선으로 이레나를 쳐다봤지만, 곧이어 살짝 고개를 끄덕거렸다.

"……갔다 와."

"명 받들겠습니다."

이레나는 군더더기 없는 동작으로 인사를 마친 후, 곧바로 어둠이 짙게 가라앉은 숲 속을 향해 뛰어 들어갔다.

짐작했던 대로 이레나가 움직이자마자 적들이 사방으로 흩어지며 도주하려는 움직임이 느껴졌다.

칼라일은 잠시 머뭇거리는 뒤편의 수하들을 쳐다보며 나지막이 말했다.

"뭐해? 너희들은 안 갈 셈이냐?"

"저, 전하의 명을 받듭니다!"

칼라일의 말에 다른 수하들도 이레나의 뒤를 쫓아 우르르 황후 측의 무리들을 잡으러 투입되었다.

어둠 속에서 서로의 병장기가 부딪치는 소리가 수없이 들려왔다.

칼라일은 굳이 주의 깊게 지켜보지 않아도 황후 측의 사람들을 전부 다 잡아들일 거라고 믿어 의심치 않았다.

다른 누구도 아닌 이레나가 직접 움직였다. 인정하고 싶지 않았지만 이레나의 실력으로 그들을 놓칠 리가 만무했다.

그럼에도 신경이 쓰여서 칼라일이 잠시 팔짱을 낀 채

로 지켜보고 있을 때였다.

문득 자신의 옆에 아직까지 한 명이 남아 있다는 걸 알아차렸다. 처음 칼라일에게 황후궁에서 온 소식을 알려 주러 온 남자였다.

"넌 어서 가서 내가 깊은 잠에 빠져 일어나지 못한다고, 보고를 해야지."

"네, 네! 전하!"

그는 넋을 잃고 이레나의 뒷모습을 쳐다보고 있다가 칼라일의 말에 가까스로 정신을 차렸다.

곧이어 그는 이곳으로 달려왔을 때처럼 서둘러 걸음을 옮겼다. 말대로 그는 칼라일이 자고 있는 중이라고 전해야 할 임무가 있었으니까.

*　　*　　*

잠시 기절하고 있었던 쿤은 간신히 정신을 차릴 수 있었다.

의식을 차리자마자 가장 먼저 느낀 건 온몸이 불에 덴 것처럼 아프다는 것이다.

그뿐만 아니라 전신에 힘 하나 들어가지 않았다. 황후궁에서 모진 고문을 당했을뿐더러, 도망치는데 남아 있던 모든 체력을 소모했기 때문이다.

"……큿."

절로 신음 소리를 내뱉으며 상반신을 일으키려 할 때였다.

옆에서 지저귀는 새처럼 가녀린 목소리가 들려왔다.

"좀 괜찮아요?"

생각지도 못한 음성에 쿤의 잿빛 눈동자가 천천히 소리가 들린 방향을 향해 움직였다. 그러자 걱정스럽게 쳐다보고 있는 미라벨의 얼굴이 눈에 들어왔다.

미라벨의 순진무구해 보이는 눈동자를 들여다보는 순간, 기절하기 직전에 벌어졌던 일들이 파노라마처럼 머리를 스쳤다.

귀하디귀한 귀족 영애가 쿤을 위해 드레스를 벗고 신체를 내보였다. 이레나의 동생이었으면 곧 칼라일의 처제가 된다는 소리였고, 그 말인 즉 쿤과는 결코 닿을 수 없을 만큼 신분의 차이가 크다는 것이었다.

결과적으로 쿤은 미라벨에게 갚을 수 없는 빚을 졌다.

'……그냥 내버려 두지.'

스스로의 목숨을 포기할 정도로 무기력하지는 않았으나, 자신이 죽여 왔던 수많은 사람들처럼 언젠가는 본인도 죽을 거라 담담하게 생각했다.

그 죽음의 순간이 설령 오늘이라 해도 상관없었다.

끝까지 살기 위해 발버둥 쳤는데도 안 됐으면 그건 그

냥 어쩔 수 없는 것이었다.

쿤이 무감각한 시선으로 미라벨을 가만히 쳐다보고 있자, 그녀는 그의 상태를 오해했는지 아까보다 더욱 걱정이 담긴 목소리로 물었다.

“물이라도 한잔할래요?”

“……괜찮습니다.”

사실 목이 타긴 했지만 미라벨에게 부탁하면서까지 마시고 싶을 정도로 간절하진 않았다.

하지만 잔뜩 갈라진 쿤의 목소리를 들은 미라벨은 재빨리 방에서 물을 한가득 담은 컵을 가지고 돌아왔다. 그리곤 조심스레 쿤의 입가에 대고 천천히 흘려 주었다.

상황이 이렇게 흐르자 쿤도 그저 별말 없이 미라벨이 주는 물을 받아 마셨다. 우습게도 물 한 모금이 뭐라고 정신을 차렸을 때보다 조금 더 움직일 기력이 나는 것 같았다.

그러고 보니 쿤은 아직도 욕실 안에 누워 있었다. 아마 자신의 무게가 너무 무거워서 미라벨이 옮기지 못한 듯했다.

하지만 그의 몸 위로는 두터운 이불이 덮어져 있어 하나도 춥지 않았다.

자그만 미라벨이 낑낑거리며 이 이불을 옮겼을 모습을 상상하니 어딘가 뱃속이 불편한 느낌이었다.

"이름이…… 뭐예요?"

갑작스런 미라벨의 질문에 쿤이 다시 고개를 돌려 그녀를 쳐다보았다. 어딘가 조심스러운 표정이었다. 혹은 너무 궁금해서 어쩔 줄 모르는 것처럼 보이기도 했다.

그깟 이름이 뭐라고…….

"알려드리고 싶지 않습니다. 보시다시피 정체가 노출될수록 위험한 직업이라서요."

틀린 말은 아니었다. 하지만 그보다 미라벨과의 인연을 더 이상 이어 가고 싶지 않았다.

우연히 미라벨을 한 번 도와준 거로 이런 보답을 받았으면 그걸로 족했다.

"저는 알고 싶은데요. 아무한테도 말하지 않겠다고 약속할 테니 한 번만 알려 주시면…… 안 될까요?"

"……."

쿤은 잠시 고민이 됐지만, 어차피 다신 볼 일 없는 사이에 이름 하나 알려 준다고 해서 달라질 건 없었다.

목숨까지 구해 준 그녀에게 매정하게 대하는 것도 마음이 편치만은 않았으니까.

"쿤…… 카샤 입니다."

하지만 말하자마자 곧바로 후회하고 말았다. 그냥 대충 가명을 지어서 알려 줬으면 될 것을, 저도 모르게 본명을 말하고 말았다.

몸이 아프니 머리도 제대로 돌아가지 않는 모양이었다.

"쿤 카샤."

미라벨은 다시 한 번 그의 이름을 되뇌었다.

그 모습이 이상하게 간질거려서 쿤은 누워 있던 상체를 억지로 일으켜 세웠다. 그러자 미라벨이 깜짝 놀란 표정으로 그를 제지하며 말했다.

"우, 움직이면 안 돼요. 상처가 너무 심해서……."

"이 정도의 상처는 자주 있는 일입니다. 그리고 지금 가지 않으면 아가씨도, 저도 곤란한 일에 처할 겁니다."

쿤이 전하고자 했던 말은, 이 상태로라면 미라벨이 곤란한 상황에 처할지도 모른다는 것이었다. 그런데 미라벨은 전혀 다른 부분이 마음에 걸린 모양이었다.

"이 정도 상처가…… 흔한 일이라고요?"

그가 이번 황후궁에 잠입하는 임무를 맡기 전에 했던 주된 업무는 이레나의 옆을 소리 없이 지켜 주는 것이었다. 그래서 멀찍이서 미라벨의 얼굴을 본 적이 많았다.

한눈에 알 수 있었다. 미라벨은 햇살처럼 무척이나 밝은 아가씨였다. 자신과는 전혀 다른 타입의 사람 말이다.

미라벨에겐 이런 다정함이 일상인지 모르겠으나, 쿤은 그 따뜻함이 자신을 향하는 게 어딘가 껄끄러웠다.

"어쨌든 저는 이만 가 보겠습니다."

쿤은 비틀거리면서도 제대로 몸을 일으켰다.

지금처럼 죽을 것만 같았던 순간을 이겨 낸 적은 한두 번이 아니었다. 말대로 이런 상처를 입은 게 처음은 아니었으니까.

쿤이 휘청거리면서도 똑바로 앞을 향해 걸어 나가자, 미라벨이 재빨리 그의 팔을 붙잡으며 부축해 주었다.

"정말 이대로 갈 수 있겠어요?"

"네, 충분합니다."

쿤은 제대로 허리도 펴지 못하면서도 마치 자신의 일이 아닌 양 아무렇지 않게 대꾸했다.

그게 미라벨의 눈에는 매우 안타깝게 보인 모양인지, 그녀가 잔뜩 일렁거리는 눈동자로 쿤을 올려다보고 있었다. 거기엔 누구한테도 받아 본 적 없는 감정이 담겨 있는 것 같았다.

쿤이 저도 모르게 나지막이 읊조렸다.

"……고맙습니다."

그 말에 미라벨의 눈동자가 크게 뜨여졌다.

할 말을 마친 쿤이 비틀비틀 방 바깥으로 걸어 나가고 있을 때였다.

재빨리 뒤쫓아 온 미라벨이 그의 뒷모습에다 대고 말했다.

"제가 목숨을 구해 줬으니까, 제 소원 하나쯤은 들어줄 수 있죠?"

"……?"

갑작스런 미라벨의 물음에 쿤이 발길을 멈추고, 슬쩍 고개를 돌려서 쳐다보았다.

"우리 한 번만…… 더 만나요. 몸이 다 나으면 저를 찾아와 주세요. 제 이름은 미라벨 블레이즈예요."

"……."

쿤은 자그맣게 입술만 달싹거리다가 결국 아무런 대답도 하지 않은 채 다시 몸을 돌렸다.

뚜벅뚜벅.

그가 멀어지는 모습을 미라벨이 슬픈 눈동자로 쳐다보고 있었다.

* * *

이레나는 칼라일의 명령대로 황태자궁에 허락도 없이 잠입한 황후 측의 사람들을 잡아들이고 있었다.

그런데 어느 샌가부터 자꾸 자신의 뒤만 졸졸 쫓아다니는 듯한 사람의 기척이 느껴졌다.

처음엔 자신의 착각인가 싶었지만, 일부러 으슥한 곳까지 왔음에도 불구하고 아직까지 쫓아오는 걸 보면 혼자만의 착각이 아닌 것 같았다.

이레나가 우뚝 걸음을 멈춰서며, 발걸음이 느껴지는 곳을 향해 몸을 돌렸다.

"이봐, 왜 자꾸 쫓아오는 거야?"

언뜻 귀찮음이 느껴지는 이레나의 말투에 나무 뒤에 숨어 있던 메건이 배시시 웃으면서 나타났다.

워낙 덩치가 컸던 탓에 커다란 나무 기둥 뒤에 숨어도 하나도 가려지지 않아서 이미 정체를 파악하고 있는 상태였다.

"렌이라고 했나? 내가 따라오는지 어떻게 알았어? 나름 기척을 숨긴다고 숨긴 건데."

"됐고, 본론만 말해. 또 시비 걸러 온 거야?"

메건은 처음 플라워 브리지에서 이레나를 보고 시비를 걸었었다.

기사들끼리의 힘자랑은 으레 있는 일이라 이레나에게도 별로 대수롭지 않은 사건이었다.

하지만 자꾸만 그 일로 귀찮게 한다면 차라리 한 번 맞붙어서 누가 더 강자인지 몸소 깨닫게 해 주는 게 깔끔할 수 있었다.

이레나는 저번 생에서부터 여자인 데다 몸집도 작아서 숱하게 경험했던 일이었다.

"아, 아니야. 너한테 시비 걸러 온 게 아니라고."

"그럼 왜 자꾸 쫓아오는 건데?"

메건은 그 큰 덩치에 맞지 않게 뒷머리를 긁적거리면서 쑥스럽다는 듯이 말했다.

"저번에 다리에서도 그렇고 그동안 너 하는 거 보니까, 생각보다 괜찮은 놈인 것 같더라."

"……?"

전혀 예상치 못한 말에 이레나는 메건을 물끄러미 쳐다볼 수밖에 없었다.

그런 행동이 마치 '그래서 뭐?'라고 말하는 것 같은 뉘앙스라서 메건이 무척이나 당황한 표정으로 뒷말을 이어 나갔다.

"그러니까 서로 친하게 지내자고."

그럼에도 이레나가 아무런 대꾸도 없자, 메건이 식은땀을 흘리면서 재차 말을 이었다.

"어, 어차피 우리 다 같은 식구잖아. 황태자 전하를 위해 일하고 있으니까."

그대로 놔두면 더욱 횡설수설할 것 같아서 이레나는 가볍게 고개를 끄덕이며 말했다.

"……그래."

그 간단한 대답에도 메건의 표정이 무척이나 밝아졌다.

"정말이지?"

"뭐가?"

"우리 이제부터 친하게 지내는 거다?"

무슨 소꿉놀이도 아니고 마치 친하게 지내자고 새끼손가락을 걸고 약속이라도 할 기세였다.

커다란 덩치에 전혀 맞지 않은 메건의 말투와 행동에 이레나는 저도 모르게 철 투구 안에서 피식 웃음을 흘릴 수밖에 없었다.

전생에서도 가끔 이렇게 귀엽게 구는 남자들이 있었다. 그때라고 해서 지금처럼 이레나를 동경하는 사람이 없었던 건 아니었으니까.

처음엔 여자라고 무시했어도 결국 이레나의 실력을 보고 다들 인정하고 말았다.

물론 지금의 메건은 이레나가 여자라는 사실은 모르고 있었지만…….

이번 생에선 가능한 정체를 감추기 위해 진짜 성별은 밝히지 않은 채 남자인 척 지낼 생각이었다.

메건이 말했다.

"내 이름은……."

"알아, 메건이지?"

저번에 플라워 브리지에서 다른 사람이 그를 부르던 이름을 기억하고 있었다. 무심코 튀어나온 이레나의 말에 메건은 마치 기억해 주었냐는 듯이 환한 표정으로 씩 웃어 보였다.

그 모양새가 커다란 덩치와는 정말로 전혀 어울리지 않아서 이레나는 다시 한 번 옅은 미소를 머금을 수밖에 없었다.

그때였다.

쉬쉬쉬—

그들의 근처로 지나가는 누군가의 기척 소리가 들려왔다.

아직 황태자궁에 침입한 사람들을 다 잡아들인 게 아니었다. 이레나는 곧바로 전투태세로 돌입하며 말을 이었다.

"일단 대화는 나중에 하자고."

그 말에 메건이 흔쾌하게 고개를 끄덕이며, 이레나의 뒤편으로 다가왔다.

"이번 기회에 나— 메건의 힘을 똑똑히 보여 줄 테니까, 두 눈 똑바로 뜨고 있어."

메건이 자신의 주무기인 철퇴를 꺼내 들며 허공에다가 휙휙, 몇 번을 휘둘러댔다.

철퇴가 한 번 휘둘릴 때마다 묵직한 바람 소리가 느껴져서 이레나 또한 그쪽으로 시선을 줄 수밖에 없었다.

아마 어지간한 기사라면 저 철퇴에 실린 힘을 견디지 못하고 쓰러지거나, 본인이 가지고 있던 무기가 부러져 버릴 것이다.

생각보다 든든한 아군에 이레나의 입가가 재밌다는 듯이 말려 올라갔다.

"그럼 숨어 있는 쥐들을 잡으러 가 볼까."

그 말과 동시에 이레나는 고양이처럼 날렵하게 앞을 향해 쏘아져 나갔고, 메건은 땅이 울릴 것 같은 묵직한 걸음걸이로 달려들었다.

*　　*　　*

이레나와 메건이 사이좋게 어두운 숲 속에서 걸어 나왔다.

두 사람이 함께 잡은 적군의 숫자는 총 일곱 명이었다. 그리고 그 일곱 모두를 메건이 혼자서 짊어지고 있었다.

메건은 양쪽 어깨에 두 명씩 짐짝처럼 메고, 나머지 셋은 아무렇게나 옷깃을 잡고 바닥에 질질 끌면서 데리고 나왔다.

덕분에 이레나는 가벼운 걸음걸이로 처음 칼라일이 있던 장소를 향해 복귀하고 있는 중이었다.

"렌, 너 정말 실력이 대단하다."

메건도 쉽게 적들을 놓치는 편은 아니었지만, 그는 보통 자신의 앞에 놓인 한두 명의 인원만 집요하게 제압하는 스타일이었다.

그런데 이레나의 움직임은 워낙 날렵하고 정확해서 여러 명의 퇴로를 동시에 막고 매우 효과적으로 포위망을 좁혀 나갔다.

그만큼 경험이 많고 능숙하다는 것이 느껴져서 메건은 절로 감탄을 할 수밖에 없었다.

하지만 그런 칭찬에도 이레나는 별 감흥 없는 목소리로 대꾸했다.

"……아직 멀었어."

이레나가 처음 과거로 돌아왔을 때보다 체력도 많이 붙고 검을 쥐는 것도 점점 손에 익숙해지긴 했지만, 과거의 실력을 완전히 되찾았다고 말하기엔 턱없이 부족했다.

실질적인 훈련 없이 기초 체력만 쌓는 것에 한계를 느끼고 있는 요즘이었다.

"아, 그럼 혹시 너도 전하랑 붙어 본 적 있어? 실력이 좋은 놈들은 가끔씩 전하랑 대련도 하고 그런다던데……."

"대련?"

생각지도 못한 말에 이레나가 호기심 어린 눈동자로 메건을 쳐다봤다.

"이런 얘기 들어 본 적 없어?"

"응."

"그럼 가능한 피하는 게 좋을 거야. 난다 긴다 하는 놈들이 전하랑 붙었다가 하나같이 호되게 깨지고는 비 오는 날마다 그때 입은 상처가 아프다고 울상이거든."

칼라일이 약하진 않을 거라 막연히 생각했지만, 막상 그가 검을 휘두르는 모습을 직접 본 적은 한 번도 없었다.

"칼라일 전하가 그렇게 강해?"

"당연하지. 우리 군에서 아마 제일 강할걸. 넌 신입이라 전쟁터에 나가 본 적이 없어서 모르겠구나. 전하는 정말 인정사정을 안 봐주시거든. 그래서 나조차도 가끔은…… 무섭더라고."

점점 작아지는 메건의 목소리가 이상하게 이레나의 귀에 박혀 왔다.

저도 모르게 머릿속으로 전장을 누비는 칼라일의 모습을 상상하게 되었다.

피에 흠뻑 젖은 그가 수십, 수백의 적군을 물리치는 장면을 떠올리다가…… 무심코 그의 한쪽 팔에 돋아났던 검은색의 비늘들을 기억해 냈다.

그 시꺼먼 팔로 적군의 목덜미를 움켜쥐는 광경을 상상한 순간이었다.

불현듯 칼라일이 했던 말이 떠올랐다.

―마지막으로 묻지. 내 신부에게 내려진 불길한 신탁의 내용을 알 텐데, 그대의 결정에 후회는 없나? 거기다…… 내가 괴물일지도 모르는데?

칼라일는 언제나 스스로를 괴물이라고 칭했다. 하지만 그게 왠지 독특한 팔 때문만은 아닌 것 같은 느낌이다.

그의 팔은 왜 그렇게 변하는 걸까?

풀리지 않는 의문 때문에 이레나가 곰곰이 혼자만의 생각에 빠질 때였다.

어느새 칼라일이 있는 곳까지 당도한 것인지, 상상하고 있던 그의 나지막한 목소리가 바로 앞에서 들려왔다.

"……늦었군."

그 말에 이레나는 무의식적으로 주변을 둘러보았지만, 아직까지 복귀를 하지 않은 기사들의 숫자가 훨씬 많아 보였다.

그렇게까지 늦은 것 같지는 않단 생각이 들었지만 겉으로는 티를 내지 않은 채 나지막이 대꾸했다.

"생각보다 멀리 도망을 가는 바람에 잡아 오느라 시간이 좀 걸렸네요."

메건은 시체처럼 늘어진 일곱 명을 한구석에 던져놓더니, 곧바로 이레나에게 다가와 솥뚜껑만 한 손으로 그녀의 어깨를 툭툭 쳤다.

"렌, 수고했……."

"치워."

"네?"

"그 손, 치우라고."

거짓말처럼 순식간에 살벌해진 칼라일의 말투에 메건은 자신의 손이 어디에 있는지, 직접 눈동자를 굴려서 확인할 수밖에 없었다.

현재 그의 손은 이레나의 어깨에 가볍게 닿아 있을 뿐이다.

이 정도의 스킨십은 친한 기사들끼리라면 으레 하는 행동이었다.

서로 함께 전투를 치르다 보면 자연스레 동지애가 깊어지기 마련이었고, 그럼 스킨십의 강도도 높아질 수밖에 없었다. 다 같이 모여 술이라도 한잔 마실 때면 괜히 그들끼리 어깨동무를 하고 비틀비틀 걸어 다니는 게 아니었다.

하지만 그런 의문을 입 밖으로 꺼내기 전에 메건은 후다닥 이레나의 어깨에 올라간 자신의 손부터 치웠다.

더 이상 시간을 지체했다간 칼라일이 이레나와 닿은 부위를 잘라 버릴지도 모른다고 느껴질 만큼, 무시무시한 기운을 내뿜고 있었기 때문이다.

이레나가 중간에서 눈치를 살피다가 일부러 아무렇지

않은 척 태연하게 말을 꺼냈다.

"아직 황태자궁에 몰래 잠입한 자들을 다 잡지 못한 것 같은데, 제가 다시 숲으로 들어가서 도와주고 올게요."

"아, 그럼 저도……."

이어지는 메건의 말에 칼라일이 와락 인상을 쓰면서 말했다.

"짝꿍도 아니고 함께 움직일 필요가 있나? 메건, 너 혼자 갔다 와."

"넵, 전하. 그럼 다녀오겠습니다!"

메건이 우렁찬 대답과 함께 시끌벅적한 방향으로 서둘러 달려 나갔다.

이레나는 그런 메건의 뒷모습을 물끄러미 쳐다보다가, 이내 칼라일을 향해 못 말리겠다는 듯이 목소리를 낮춰 말했다.

"이러다간 금방 제 정체가 들통나겠어요."

"……그대는 내가 이만큼 참은 것만으로도 칭찬해 줘야 해."

적반하장으로 나오는 칼라일을 보며 이레나는 기가 막힐 수밖에 없었다.

이레나가 저도 모르게 고개를 절레절레 젓고 있을 때였다.

타타타타탁.

저 멀리서 제너드가 다급하게 이곳을 향해 뛰어오는 모습이 보였다.

칼라일에게서 임무를 받고 자리를 비운 제너드가 다시 이곳으로 돌아온다는 것은 뭔가 심상치 않은 일이 벌어졌다는 증거였다.

이레나가 절로 바짝 긴장을 하며 상황을 주시했다.

순식간에 다가온 제너드가 급하게 숨을 몰아쉬며, 칼라일을 향해 긴급히 보고했다.

"전하, 쿤을 찾았습니다."

* * *

쿤은 미라벨이 있던 건물에서 나오자마자 근처에 포진되어 있던 황태자궁의 사람들에게 금방 발견될 수 있었다.

처음부터 미라벨의 보호 없이 곧바로 황후궁으로 끌려갔다면 모르겠지만, 지금은 사방에 칼라일의 병력이 깔려 있는 터라 위험할 일이 없었다.

우선 급한 대로 응급 처치를 받고 있는 쿤을 향해 칼라일과 이레나가 다가왔다.

그가 발견됐다는 소식을 듣자마자 황후 측의 사람들을 잡아들이는 것은 제너드에게 맡기고 곧바로 달려온 두 사람이었다.

"장군……."

쿤이 재빨리 몸을 일으켜서 인사를 건네려고 하자, 칼라일이 손으로 어깨를 짓누르며 그의 움직임을 막았다.

"됐어. 괜찮은 거냐?"

"네. 멀쩡합니다."

한눈에 봐도 성한 구석이 없어 보였는데도 쿤은 담담하게 대답할 뿐이었다.

하지만 칼라일은 그가 마치 이런 대답을 할 줄 알았다는 듯 태연하게 말을 이었다.

"고생했다."

"아닙니다. 임무를 완수하지 못해서 송구스럽습니다."

"쓸데없는 생각 말고 지금은 치료에나 전념해."

쿤은 그 말에 힘없이 고개를 떨어트렸다. 아마도 임무를 완수하지 못한 것에 대한 죄책감이 큰 모양이었다.

이레나는 칼라일의 뒤편에서 조용히 그가 무사한 것을 눈으로 확인하고 혼자 안심하고 있을 때였다.

쿤의 잿빛 눈동자가 순간 이레나를 향해 움직였다.

"이자는 누굽니까?"

그 말에 칼라일의 시선 또한 이레나가 있는 곳을 향했다. 하지만 이내 아무렇지 않은 목소리로 대답했다.

"이번에 들어온 내 호위 기사다."

칼라일의 짤막한 소개에 이레나는 대답 대신 가볍게 묵례를 하는 것으로 인사를 대신했다.

쿤은 이레나의 목소리를 알고 있으니 만에 하나라도 입을 열었다간 들킬 가능성이 있었다. 그래서 가능한 그의 앞에서 말은 하지 않을 생각이었다.

"……그렇군요."

쿤은 알 수 없는 표정으로 철 갑옷을 두르고 서 있는 이레나를 쳐다보았다.

제너드와 같은 경계심은 아니었지만, 확실한 건 쿤 또한 이레나의 존재를 크게 반기지 않는 것 같았다.

'어째 여기는 신입을 반겨 주는 사람이 한 명도 없네.'

이레나는 문득 방금 전에 헤어진 메건의 얼굴이 떠올랐다.

다음번에 기회가 된다면 메건이나 다시 보러 가야겠다는 생각을 하며, 기나긴 밤의 활동을 마무리할 수밖에 없었다.

* * *

다음 날, 태양은 어김없이 떠올랐다.

간밤에 일어난 많은 일들 때문에 황태자궁의 아침은 유달리 더 분주했다.

지난밤 황후궁에서 칼라일에게 수색 허가를 받으러 왔는데, 그가 자고 있는 바람에 끝까지 승인을 받지 못한 상태였다. 덕분에 황후 측은 괴한을 놓쳤다며 불만을 터뜨렸지만, 그래 봐야 그들이 할 수 있는 건 아무것도 없었다.

뒤늦게 밤새 실컷 고문을 당한 그들의 수하들이나 다시 회수해 갔을 뿐이다.

황태자궁 내에서 극적으로 구출된 쿤의 모습은 보이지 않았지만, 아마도 보이지 않는 어딘가에서 잘 요양하고 있을 게 분명했다.

또한 지난밤 칼라일과 이레나가 단둘이 밀회를 나눴다는 사실이 황궁에 파다하게 퍼질 줄 알았지만, 칼라일이 미리 손을 써 둔 덕분인지 떠들썩한 일없이 조용히 지나갈 수 있었다.

이레나로선 결과적으로 모든 일들이 만족스럽게 마무리되었다고 생각할 수밖에 없었다.

그런데 여기서 이레나가 생각지도 못한 일이 벌어졌다.

"지금 뭐라고?"

미라벨은 간밤에 잠을 못 잤는지 조금 수척해진 얼굴로 설명을 이어 나갔다.

"그게…… 어젯밤 갑자기 사람들이 쳐들어와서 욕실 문을 부수는 바람에……."

"네가 속옷밖에 입지 않은 모습을 보였단 말이야?"

"……으응."

미라벨의 대답에 이레나는 저도 모르게 테이블을 주먹으로 쿵 내려칠 뻔했다.

가슴속에서 불꽃이 튀어 오르는 느낌이었다.

어젯밤에 벌어진 일들이 마냥 잘 풀렸다고 생각했는데 알고 보니 그게 아니었다. 감히 눈에 넣어도 아프지 않을 미라벨의 신체를 본 놈들이 있었다니!

"왜 어제 내게 와서 말하지 않았어?"

이레나는 저도 모르게 내뱉은 말에 아차, 할 수밖에 없었다.

만약 미라벨이 왔었다면 자신이 방에 없었다는 사실을 들키고 말았을 것이다. 그리고 이곳에 없었던 이레나는 어차피 미라벨에게 아무런 도움도 줄 수 없는 상황이었다.

미라벨이 핼쑥해진 얼굴로 애써 밝은 표정을 지어 보이며 말했다.

"괜찮아. 난 그런 건 전혀 신경 안 써."

"그럼 왜 이렇게 잠을 못 잔 얼굴인 건데?"

갑작스러운 이레나의 질문에 미라벨은 순간 말문이 막힐 수밖에 없었다.

미라벨이 잠을 못 잔 것은 타인에게 신체를 보였다는 수치스러움 때문이 아니었다. 간밤에 사라진 쿤이 무사히 돌아갔을까, 걱정이 됐기 때문이다.

하지만 이러한 사실을 이레나에게 솔직하게 말할 순 없었다.

미라벨은 쿤 카샤라는 그의 이름을 절대로 아무에게도 말하지 않겠노라 약속했다. 그래서 그에 관한 이야기는 미안하지만, 이레나한테도 털어놓을 생각이 없었다.

그랬기에 미라벨은 현재 쿤에 대한 이야기는 쏙 뺀 채로, 황후궁에서 나온 사람들이 욕실 문을 부쉈다는 것만 이레나에게 말하고 있었다.

"잠자리가 바뀌어서 좀 설쳤을 뿐, 나는 정말 괜찮아. 언니."

"……그래. 그런 일은 얼른 잊어버려."

이레나는 애써 아무렇지 않은 척 말하고 있었지만, 그녀의 붉은 눈동자에선 용암처럼 깊은 분노가 줄줄 흐르고 있었다.

생각 같아선 어젯밤 잡아들인 황후궁의 사람들을 순순히 살려 주는 게 아니었다.

제 손으로 직접 고문을 해서라도 뼈저리게 대가를 치르게 해 줬어야 했는데…….

이레나는 아무도 모르게 으드득, 어금니를 꽉 깨물었다.

'기필코 찾아내서 복수해 주지.'

*　　*　　*

황후 오펠리아는 하늘하늘거리는 검은색의 휘장 안에 위엄 있게 앉아 있었다.

지독히도 화려하게 꾸며진 방 안에는 자욱한 연기로 가득했는데, 그건 오펠리아가 직접 제조한 가루를 향료에 넣어 피운 것이었다.

"누님, 그렇게 가볍게 넘기실 일이 아닙니다."

지금 오펠리아의 바로 앞에 서 있는 남자는 그녀의 남동생이자, 아니타 가문의 수장인 체자레 후작이었다.

아니타 가문의 피를 이어 태어난 남자들은 대부분 붉은색의 머리카락을 지녔는데, 그래서 체자레 또한 타오를 것처럼 붉은 적발이었다.

덥수룩한 수염과 이글이글거리는 눈동자, 전체적인 분위기가 마치 성난 사자를 연상시키는 그런 남자였다.

"그럼 이 상황에 웃지 않고 무얼 할까?"

"당장 황태자에게 찾아가서 이번 사건에 대해 따지셔야 합니다. 감히 황후궁에서 나온 사람들을 고문하다니요. 엄벌을 받아 마땅합니다."

"됐다. 황태자가 단잠을 자느라 수색을 허가할 수 없었다지 않느냐."

오펠리아가 수하들이 가져온 보고를 그대로 읊자, 화

가 난 체자레의 눈에서 불꽃이 튀었다.

"그게 말이나 되는 소리랍니까! 변명도 그럴듯하게 해야지 이건 대놓고 우리를 농락하겠다는 것이나 다름없습니다."

"그냥 두어라. 어차피 황태자 측에서 보낸 사람이란 걸 알고 있었다. 제 사람이 도망쳐 왔으니 어떻게든 감싸 주고 싶었겠지."

여유로운 오펠리아의 태도에 성질이 급한 체자레는 답답하다는 듯이 다시 말을 이었다.

"하오나 누님……."

"그만."

지금까지와 다르게 오펠리아가 강한 목소리로 대꾸하자, 거짓말처럼 체자레의 입이 닫혔다.

"여기서 더 따져 봐야 내 꼴만 우스워질 뿐이다. 그런데…… 내 생각보다 황태자가 더 잘 자란 것 같구나. 이런 방식을 취할 거라고는 생각지 못했는데."

"제깟 놈이 잘 자라 봐야 그 천한 핏줄이 어디 간답니까?"

이어지는 칼라일에 대한 칭찬이 못마땅하다는 듯 체자레가 투덜거렸다.

하지만 오펠리아는 손가락으로 탁자를 톡톡, 가볍게 치면서 나지막한 목소리로 중얼거렸다.

"루넨 대공만 사로잡으면 다음 황위는 자연스럽게 레드필드에게 갈 거라 생각했는데, 돌아온 황태자가 예상외의 복병이구나."

고민하는 것처럼 보이는 오펠리아를 향해 서둘러 체자레가 말을 걸었다.

"안 그래도 골칫덩이인 황태자를 어떻게 하면 눈앞에서 치워 버릴 수 있을지 고민하고 있습니다. 그래서 말인데요, 누님. 이번에 황태자가 만나고 있는 블레이즈 영애와 혼담이 오고 갈 거란 소문이 파다합니다. 저번에는 황태자가 직접 블레이즈가를 방문했다고 하니 틀린 소문은 아닌 듯싶습니다."

"……그래?"

칼라일과 이레나의 결혼을 정치적인 견해로 보자면, 황태자의 휘하로 블레이즈 백작가가 들어간다는 뜻이었다.

지금까지는 칼라일에게 내려온 불길한 신탁을 핑계로 그가 힘 있는 가문과 맺어지는 것을 번번이 훼방 놓았다.

물론 오펠리아의 눈치를 보고 어지간한 귀족들은 알아서 칼라일과의 혼담을 피하는 경우도 많이 발생했지만 말이다.

"흐음—"

오펠리아가 잘 다듬어진 손톱으로 여전히 탁자를 두들

기며 생각에 빠져 있을 때였다.

체자레가 자신만만한 목소리로 다시 말을 이었다.

"그래서 제가 이번에 황태자의 결혼을 무산시킬 수 있는 계책을 하나 마련해 두었습니다."

"……됐다."

"네?"

체자레는 자신이 무엇을 계획했는지 설명하기도 전에 흘러나오는 오펠리아의 대답에 당황할 수밖에 없었다.

"그냥 내버려 둬라. 결혼을 하고 싶으면 하라지."

"그, 그게 무슨 말씀입니까? 누님. 블레이즈 백작가가 그리 큰 세력은 아니라 해도 황궁의 제 4 기사단을 이끌고 있습니다. 그들이 움직일 수 있는 군사력을 무시할 수는……."

"황태자가 크라우스 가문과 이어지는 것보단 훨씬 나아."

"……!"

크라우스 가문이란 단어에 체자레는 다시 입을 다물 수밖에 없었다.

루퍼드 제국 내 거대한 상권을 가진 크라우스 가문.

현재 황제파와 황후파의 팽팽한 줄다리기 싸움에서 크라우스가는 변수 중의 변수였다. 그가 편을 들어 주는 쪽이 우위를 선점할 수밖에 없는 상황이었으니까.

하지만 다행히도 크라우스 가문의 수장인 에반스 백작은 어디에도 자신의 힘을 보태 줄 생각이 없었다.

이미 황후 측에서 온갖 감언이설로 그를 꼬여 내려 했지만 그는 꿈쩍하지 않았고, 보나 마나 황제 측에서도 마찬가지로 그를 얻기 위해 갖은 수단과 방법을 다 썼을 것이다.

그럼에도 양측 다 크라우스 가문을 움직이지 못했기에 지금은 암묵적으로 그를 제외하고 정치적인 싸움을 이어가는 중이었다.

체자레가 말했다.

"크라우스가에 혼담을 넣을 만한 아가씨라면…… 혹시 얼마 전에 이혼을 한 그레타를 염두에 두시는 겁니까?"

"맞아."

"설마 황태자의 첫 결혼식인데 그렇게까지……."

현재 크라우스 가문에서 칼라일과 그나마 나잇대가 맞는 건 그레타라는 이혼한 여성뿐이었다. 나머지는 전부 결혼을 치러 이미 아이가 두셋씩 있는 부인이었다.

문제는 그레타 역시 칼라일과 동년배라고 보기엔 일곱 살이나 더 많았을뿐더러, 그녀의 이혼 사유는 멀쩡한 남편을 두고 숱하게 다른 남성과 바람을 피웠기 때문이었다.

외모든, 성격이든, 사교계의 지위든, 무엇 하나라도 일국의 황태자비와는 맞지 않는 여인이었다.

하지만 오펠리아는 그 만에 하나의 상황까지도 조심했다. 그레타가 누구보다 남성의 외모를 밝힌다는 걸 잘 알았으니까.

칼라일의 겉모습은 누가 봐도 호감을 느낄 정도로 번듯했다.

“크라우스 가문과 결혼만 하면 황제가 될 수 있는데 어떤 여자인지가 뭐가 중요하겠느냐? 황태자가 욕심만 있다면 설령 백치라고 해도 옆에 두려 할 것이다.”

“그렇군요. 누님. 내 거기까지는 생각하지 못했습니다. 그런데 그렇게 따지면 블레이즈 영애와 결혼하고 난 다음이 더 문제 아닙니까? 불길한 신탁이 해소되었으니 황태자의 차비로 들어오려는 여인들이 많을 것입니다.”

체자레의 예리한 질문에 슬쩍 오펠리아의 입꼬리가 올라갔다.

“생각처럼 그게 그리 쉽진 않을 거다.”

“……?”

“첫 결혼 상대를 무조건 황태자비로 만들어 버리면, 고작 차비의 지위를 보장하는 방법으로는 다른 세력과 계약을 하기가 어려울 테니까.”

루퍼드 제국에선 보통 첫 번째로 결혼하는 여성이 자연스럽게 정실부인이 되었다. 그 뒤로 맞이하는 여성들은 어찌 됐든 정실보다는 낮은 위치로 들어가는 것이다.

그래서 황태자가 누군가와 결혼으로 계약을 하려면 그게 정실이냐, 아니냐의 차이는 컸다.

가진 힘이 많은 귀족일수록 자신의 딸이 차비로 들어가는 것을 원하지 않을 게 당연했다. 더군다나 칼라일과 맺어진다는 건 오펠리아를 등지겠다는 뜻이다.

그런 위험 부담을 안고서 칼라일의 차비로 들어갈 가문이 그리 많진 않을 것이다.

그러니 황태자비만 신경 써서 책봉을 시켜 버리면, 칼라일이 결혼으로 인해 세력 확장을 하는 것을 최대한 가로막을 수 있었다.

"역시 누님입니다. 치밀하세요. 하지만 아예 황태자비가 없는 게 그래도 가장 좋은 것 아닙니까?"

"너도 알겠지만…… 황제의 수명은 얼마 남지 않았어. 본인도 그 사실을 잘 알고 있으니 황태자를 결혼시키는 데 혈안이 되어 있다. 이번에 그를 황궁으로 불러들인 것도 그 때문이었을 공산이 커. 그러니 내가 막는다고 해도 조만간 황태자는 누군가와 이어지게 될 텐데, 그게 블레이즈 백작가 정도라면 그럭저럭 양보할 수 있는 조건이지."

"하긴, 맞는 말씀입니다. 블레이즈가는 워낙 충성스러운 황제파 가문이라 어차피 저희 쪽으로 넘어오지 않을 겁니다. 일이 끝나면 제거해야 할 테니 아까운 건 아니죠."

오펠리아는 그제야 말귀가 통하는 체자레를 보면서 빙긋 웃었다.

“어차피 황제가 죽고 나면 결판이 날 테니 너무 멀리까지 바라볼 필요도 없지.”

“암요!”

“황태자는 제대로 된 차비를 들이기도 전에 죽게 될 거야. 우리 레드필드가 황위를 잇는 순간 그의 목숨은 끝날 테니까.”

“……크큭.”

그 말을 들은 체자레는 호쾌하게 웃음을 터뜨렸다.

오펠리아는 레드필드가 황위를 이어받을 상상을 하며 나지막한 목소리로 중얼거렸다.

“그러게 황궁에 도착하기 전에 죽었으면, 최소한 본인의 처가 죽는 모습은 지켜보지 않아도 됐을 텐데…….”

자신이 주는 짧은 결혼 생활 동안 만약 칼라일과 이레나 사이에 아이가 생긴다면, 오펠리아는 그 아이의 죽음까지도 지켜보게 만들 생각이었다.

칼라일의 숨통을 완전히 끊어 놓기 전, 그의 눈앞에서 먼저 이레나와 아이의 죽음을 보여 줄 것이다.

아이가 배 속에 있다면 그 배를 갈라서라도 말이다.

칼라일은 죽는 마지막 순간까지 오펠리아의 발아래에 엎드려 제발 가족들만은 살려 달라고 애원하게 될지도 모르겠다.

하지만 오펠리아는 그와 연관된 사람들을 하나씩 천천히 죽이고 난 다음에 가장 마지막에 칼라일의 목숨을 취할 것이다.

고통스럽게 울부짖는 칼라일의 절규를 듣게 되면, 그동안 가슴 깊숙이 쌓인 울분이 조금이나마 풀릴 것 같았다.

그 행복한 상상에 오펠리아의 얼굴에는 만연한 미소가 피어올랐다.

"황태자가 블레이즈 영애를 원한다면 주거라. 아무래도 본인이 원하는 것을 줬다가 뺏는 게 더 재밌을 것 같구나."

"네, 누님."

오펠리아는 모든 사람들의 예상과 다르게 칼라일의 결혼식을 방해할 생각이 눈곱만큼도 없었다. 오히려 칼라일이 누구와 맺어지든, 그의 결혼식 날 그가 무척이나 행복했으면 좋겠다고 바랐다.

그래야 그 행복을 잃었을 때의 참담한 표정이 더욱 볼만할 테니까.

오펠리아는 체자레와 하던 대화를 멈추고, 아무도 없는 것 같았던 뒤편의 공간을 향해 나지막한 목소리로 말을 걸었다.

"내가 시킨 것은 제대로 이행하고 있느냐?"

"네, 어머니."

그 어둠 속 공간에서 제 2황자 레드필드의 목소리가 들려왔다.

오펠리아는 어렸을 때부터 레드필드가 무언가 잘못한 게 있으면, 이렇게 뒤편에 그를 가둬 두고 제왕학과 병법서를 필사하게 시켰다.

이번 역시 마찬가지였다.

레드필드가 사고를 친 통에 그것을 수습하느라 꽤나 애를 먹었다.

"사내가 계집을 좋아하는 거야 어쩔 수 없다지만, 황제가 되기 전까지 자제를 할 줄도 알아야지. 알만한 귀족가의 영애를 그렇게 억지로 건드려서야 쓰겠느냐?"

"죄송합니다. 어머니. 반반한 얼굴로 다가올 때는 언제고 반항하는 꼴이 재밌어서 그랬어요. 앞으로는 더 조심하겠습니다."

오펠리아는 저도 모르게 '쯧' 하고 혀를 찼다.

이런 대화를 한 적이 한두 번이 아니었다. 그럼에도 레드필드가 여색을 밝히는 건 좀처럼 고쳐지지 않았다.

권력을 이용해서 소문이 나지 않도록 무마하고는 있었지만 꼬리가 길어지면 위험할지도 모른다. 더구나 칼라일이 지금처럼 황궁에 와 있을 때는 더욱 조심해야 했다.

“어미가 분명히 말하지만 한동안만이라도 조용히 지내거라.”

근엄한 오펠리아의 경고에 눈치를 살피던 체자레가 끼어들었다.

“누님, 황자님의 나이가 젊으신데 아름다운 미녀에게 눈이 돌아가는 건 어쩔 수 없는 일입니다. 너그러이 이해해 주세요.”

“급할 게 뭐 있느냐? 어차피 황제가 되면 원하는 여인을 마음대로 품을 수 있을 텐데. 하지만 이런 시기에 사고를 치는 건 용서할 수 없다.”

강경한 오펠리아의 태도에 체자레도 결국 입을 다물 수밖에 없었다. 하지만 두 사람이 뭐라고 말을 하던 애초에 레드필드는 신경도 쓰지 않았다.

지금 그는 오펠리아의 명령대로 제왕학과 병법서를 필사하고 있지 않았다. 어차피 시종들을 시키면 알아서 자신이 한 것처럼 꾸며 줄 것이다.

어렸을 때부터 이런 벌을 받은 적이 한두 번이 아니었기에, 레드필드도 요령껏 피하는 방법을 알고 있었다.

현재 레드필드가 심혈을 기울여서 작성하고 있는 것은 다름 아닌 자신의 파티장에 초대할 귀족들 명단이었다.

그리고 그 명단의 가장 윗줄에 적혀 있는 이름은 바로 ‘이레나 블레이즈’였다.

레드필드가 한쪽 손으로 턱을 괴며 그 이름을 가만히 쳐다보았다. 잘생긴 그의 얼굴에 비열한 미소가 스쳤다.

'형님과 결혼할지도 모른단 말이지?'

머릿속에 절로 재밌는 상상이 떠올랐다.

지금까지 오펠리아와 체자레가 하는 모든 이야기를 들었지만, 칼라일의 결혼에 대한 레드필드의 생각은 조금 달랐다.

'나도 결혼을 반대할 생각은 없지만, 그냥 순순히 보내주기엔 너무 심심하잖아.'

19
킹 메이커

이레나와 미라벨은 황궁에서 아침 식사만 끝낸 후 다시 블레이즈 저택으로 돌아왔다.

칼라일의 명으로 출발할 때와 마찬가지로 두 사람은 온통 순금으로 장식된 화려한 마차를 타고 돌아올 수 있었다. 하지만 미라벨은 쿤에 대한 생각으로, 이레나는 미라벨의 신체를 누군가 본 사건 때문에 기분이 썩 좋지 않았다.

그렇게 각자의 생각에 빠진 채 저택으로 걸어오는 두 사람을 마중 나온 인물이 있었다.

"황궁에 간다고 신나서 갈 때는 언제고, 거기에서 무슨 일이라도 있었던 게냐?"

익숙한 그 목소리에 고개를 들어 보니, 무뚝뚝한 표정의 데릭이 눈에 들어왔다.

방금 전까지 정원 근처에서 운동을 하고 있었던 듯 얼굴뿐만이 아니라 전신이 땀으로 젖어 있는 모습이었다.

이레나가 그를 발견하고 나지막이 읊조렸다.

"오라버니……."

미라벨도 다가오는 데릭을 보고는 조금 전보다 밝아진 표정으로 말을 이었다.

"데릭 오라버니는 여기까지 와서도 운동을 하고 있는 거야?"

"얼마 후면 검술 대회도 열리니 하루라도 소홀히 할 수 있겠느냐? 그것보다 황궁에서 무슨 일이 있었기에 표정이 그리들 안 좋아."

데릭의 물음에 이레나와 미라벨은 서로의 얼굴을 한 번 쳐다볼 수밖에 없었다.

각자 혼자만의 생각에 빠져 상대방을 전혀 신경 써 주지 못했던 두 사람이었다.

돌이켜 생각해 보니 황실의 마차 안에서도 내내 침묵했던 기억이 떠올라서 서로 어색한 웃음을 지어 보였다.

미라벨이 먼저 데릭을 향해 아니라는 듯 고개를 흔들었다.

"황궁에서의 시간은 무척이나 재밌었어. 황태자 전하

가 언니한테 엄청 잘해 주셨거든. 오라버니도 나중에 보면 알 거야."

"……그래?"

데릭은 믿지 못하겠다는 듯 의심스러운 표정으로 반문했다.

그러자 미라벨이 다시 작게 웃으면서 말을 이었다.

"백 마디 말보다 정말로 한 번 보는 게 빠를 거야. 전하의 눈빛에서 언니에 대한 애정이 엄청나게 느껴지니까."

생각지도 못한 미라벨의 말에 이레나는 억지로 입꼬리를 올렸다. 사실 어떤 표정을 지어야 할지 잘 모르겠지만, 이럴 때는 웃음으로 무마하는 게 정답일 것 같았다.

그리고 그런 이레나의 생각이 맞았는지, 데릭은 그저 순순히 고개를 끄덕일 뿐이었다.

"네 말대로 나중에 보면 알겠지."

"……나도 그런 애정이 담긴 눈빛으로 좀 쳐다봐 줬으면 좋겠다."

미라벨의 나지막한 중얼거림에 데릭이 의아하다는 듯이 물었다.

"뭐라고?"

"아, 아니, 아무것도 아니야! 나 먼저 들어가서 쉴게. 그래도 멀리 갔다 왔더니 피곤하네."

미라벨의 피곤하다는 말에 이레나는 서둘러 입을 열었다.

"그래, 얼른 들어가서 쉬어."

"응. 언니 덕분에 정말 재밌었어. 나중에 황궁이 아니더라도 또 같이 놀러 가자."

"그래."

이레나는 가볍게 미라벨의 머리를 쓰다듬어 주었다.

미라벨은 아마도 본인의 일 때문에 이레나가 신경을 쓸까 봐 재밌었다는 말을 더욱 강조한 듯싶었다. 그러한 마음이 느껴져서 괜스레 따스한 감정이 들었다.

물론 그것과는 별개로 미라벨의 신체를 본 자들을 용서할 생각은 없었지만…….

미라벨이 먼저 저택으로 들어가자, 뒤이어 이레나도 데릭에게 인사를 건넸다.

"오라버니, 저도 이만 들어가 볼게요. 너무 무리하지 말고 쉬엄쉬엄하세요."

"그래. 이따 저녁 식사할 때 보자꾸나."

"네."

그렇게 이레나도 미라벨의 뒤를 따라 저택 안으로 들어갔다.

그러자 입구에 서 있던 집사 마이클이 밝은 표정으로 맞이해 주었다.

"오셨습니까? 아가씨."

"그래요. 별일은 없었죠?"

"네. 다만 아가씨께 도착한 초대장이 많아서 나중에 한 번 확인해 보셔야 할 것 같습니다."

"아, 그럴게요."

마침 마이클이 블레이즈 저택으로 온 초대장을 정리하고 있던 중이었는지, 그의 손에 수십 개의 봉투들이 들려 있는 게 보였다.

그런데 그중에 유독 눈에 띄는 새빨간 초대장이 있었다.

보통은 하얀색이 바탕으로 된 봉투를 이용했는데, 특이하게 붉은 계통의 초대장일 뿐만 아니라 겉면에 화려하게 수놓아진 무늬와 반짝거리는 장식들이 범상치 않았다.

한눈에 봐도 시중에서 쉽게 구할 수 없는 고가의 봉투임이 틀림없었다.

이레나가 그 붉은 초대장을 가리키며 물었다.

"그것도 제게 온 건가요?"

"아 네, 아가씨. 지금 확인해 보시겠습니까?"

"네. 이리 주세요."

대체 어떤 초대장이기에 이렇게 신경 써서 만든 건지 문득 호기심이 들었다.

이레나가 붉은 초대장의 봉투를 열어서 어디에서 보낸 건지 확인하려 했는데, 뜻밖에도 황가에서 보낸 거란 표식으로 용 문양의 도장이 찍혀 있었다.

지금 막 칼라일의 황태자궁에서 돌아오는 길이다. 또 누가 자신을 황실로 초대했을까 궁금해서 곧바로 봉투를 개봉했을 때였다.

"아……!"

전혀 생각지 못한 인물에 이레나는 절로 입을 벌리고 말았다.

보낸 이에는 이렇게 적혀 있었다.

[설리반]

바로 칼라일의 아버지이자, 루퍼드 제국의 황제였다.

초대장을 확인한 이레나가 깜짝 놀란 표정을 짓자, 옆에서 지켜보던 마이클이 궁금하다는 표정으로 물어보았다.

"왜 그리 놀라십니까? 대체 어디서 보낸 초대장이기에……."

"이걸 가지고 온 사람이 누구죠?"

"그냥 평범한 하인이었습니다만, 무슨 문제라도 있으십니까? 아가씨."

"……아니에요."

이레나는 다시 초대장을 접어서 봉투 안으로 집어넣었다.

이게 어떻게 된 영문인지 확인하지 않은 상태에서 초대장을 보낸 이의 정체를 선불리 밝히는 건 좋지 않았다. 그래서 이레나는 일단 집사인 마이클에게조차 말을 아꼈다.

"어쨌든 수고했어요. 나머지 초대장은 제가 나중에 확인해 볼 테니 책상 위에 올려놔 줘요."

"네, 알겠습니다. 아가씨."

마이클의 대답을 듣고 이레나는 아무렇지 않은 척 자신의 방으로 향했다.

하지만 태연한 겉모습과 달리 머릿속은 꽤나 복잡하게 돌아가고 있었다. 확실히 칼라일과의 연인 사이가 밝혀지면서 황실과 조금씩 얽히고 있는 기분이었다.

설리반은 루퍼드 제국의 황제였다.

그런 설리반이라면 공식적으로 황궁으로 오라는 칙서를 보낼 수도 있었고, 전령을 보내 말을 전할 수도 있었다. 그런데 그 많은 방법들 중에서 굳이 귀족가에서 사용하는 흔한 초대장을 보낸 데에는 분명 이유가 있을 것이다.

일단 이레나가 생각하기에 가장 확률이 높은 것은 칼라일이 블레이즈 저택에 방문한 것처럼, 이레나도 설리반에게 사적으로 인사를 하러 오라는 말일 수도 있다.

어찌 됐든 공식적인 초청이 아니라는 건 비밀리에 만

나고 싶다는 게 아닐까?

원래대로라면 설리반에게 둘의 결혼 생각을 밝히고 같이 찾아뵙는 게 순서였지만, 그 전에 이레나를 먼저 부를 거라곤 예상하지 못했다.

끼익, 이레나가 방문을 열며 자신의 방 안으로 들어갔다.

'……골치 아프네.'

일단 설리반의 의도가 무엇이든 간에 이런 문제에 관해선 칼라일과 함께 고민을 나눌 생각이었다.

지금까지는 타인에게 의지하는 게 익숙하지 않아서 혼자서 판단하고 움직였지만, 몇 번의 경험을 통해 두 사람에 대한 문제는 같이 해결하는 게 더 옳다는 결론을 내리게 되었다.

이레나는 습관처럼 붉은색 손수건을 창문에 묶으려다가 멈칫하고 말았다.

'아, 카샤 경은 지금 부상을 당한 상태지.'

아마 어딘가에서 상처를 치유하고 있을 텐데, 손수건을 묶어 봤자 소용이 없을 것이다. 그런데도 마음 한편으론 이 손수건을 묶으면 쿤이 거짓말처럼 나타날 것 같기도 했다.

왠지 그라면 전혀 부상을 당하지 않은 척 태연하게 모습을 드러내며 '무슨 일로 부르셨습니까?'라고 물을 것도 같았다.

사실 쿤이 부상당했다는 건 칼라일의 호위 기사 렌으로서 알게 된 사실이지, 블레이즈 백작 영애 이레나는 알 리가 없었으니까.

새삼 쿤이 자신에게 이런 신뢰를 갖게 했다는 게 신기했다.

이레나가 아무것도 모르는 척 붉은 손수건을 묶으면 과연 어떤 일이 벌어질지 궁금했지만, 이내 마음을 접었다.

'조금 더 쉬게 내버려 두자.'

만약 그가 다친 몸을 이끌고 정말 눈앞에 나타난다면, 겉으로 표현은 못 해도 마음이 좋진 않을 것 같았다.

이레나는 손에 든 붉은 손수건을 다시 서랍 안에 넣고는 자신의 책상으로 걸어가 칼라일에게 간략한 편지를 썼다.

다른 사람에게 노출이 될 가능성은 거의 없었지만, 그래도 혹시 모르니 자세한 내용은 적지 않고 상의하고 싶은 일이 생겼다고만 적었다.

그리곤 곧바로 편지 봉투에 넣어 밀봉하고는 저도 모르게 설리반이 보낸 초대장을 바라봤다.

왠지 마음이 싱숭생숭했다.

*　*　*

이레나가 대외적으로 블레이즈가의 사람을 통해 칼라일에게 편지를 전송하고 딱 하루가 지난 시점이었다.

이른 아침부터 황태자궁에서 사람이 찾아왔다.

소식을 전해 들은 이레나가 서둘러 응접실로 나와 보니, 상대는 이미 몇 번이나 만난 적이 있는 제너드였다.

그는 호위 기사 렌을 대할 때와는 달리 부담스러울 정도로 동경 어린 시선으로 이레나를 쳐다보고 있었다.

"아, 어서 오세요."

이레나가 어색하게 아는 척을 하자, 제너드가 밝아진 얼굴로 대답했다.

"안녕하세요, 아가씨. 좋은 아침입니다. 이른 시간부터 찾아와서 결례를 범한 건 아닌지 모르겠습니다."

귀족들마다 제각각 달랐지만 어떤 가문은 점심시간 즈음부터 일어나서 뒤늦게 하루를 시작하는 경우도 많았다.

어차피 혈연으로 이어지는 부와 권력이었다. 굳이 생계 걱정을 할 필요 없는 귀족들이 아침부터 부지런히 눈을 떠야 할 의무는 없었다.

물론 이레나에게는 전혀 해당 사항이 없는 내용이었다. 이레나는 고용인들보다 더 일찍 일어나서 매일 아침 남몰래 운동을 하고 있었으니까.

이레나가 말했다.

"아뇨, 괜찮습니다. 저도 전하의 연락을 기다리고 있는 중이었어요."

"아, 그러시다면 다행입니다. 전하께서 가능한 빨리 아가씨를 모시고 오라고 명하셨는데 오늘의 일정은 어떠십니까?"

"바로 출발 가능해요. 외출 준비만 하고 내려올 테니 여기서 잠시만 기다려주세요."

"네, 알겠습니다."

제너드가 말과 함께 깊숙이 허리를 숙이며 인사했다.

칼라일의 최측근인 제너드가 백작 영애인 이레나에게 하는 인사치곤 지나치게 정중한 느낌이었다.

단순히 칼라일의 연인을 대하는 태도가 아니었기에 혹시 두 사람이 곧 결혼한다는 사실을 제너드는 알고 있을지도 모르겠다는 생각이 들었다.

물론 추측일 뿐이지만, 설령 그렇다고 해도 이레나는 이미 가족들에게 밝힌 마당이었기에 딱히 상관은 없었다.

"그럼 이따가 뵈어요."

이레나는 간단히 제너드의 인사를 받아 주곤 서둘러 자신의 방을 향해 걸어갔다.

설리반이 보낸 초대장에 적혀 있는 날짜는 얼마 남지 않았다.

어떻게 대응할 것인지는 최대한 빨리 결정지을수록 좋았다.

잠시 후, 이레나가 외출 준비를 끝마치고 다시 응접실로 내려오자 제너드는 그녀를 에스코트하며 황태자궁에서 나온 마차에 태웠다.

그렇게 마차는 부지런히 달려 빠르게 황궁에 도착할 수 있었다.

제너드의 극진한 안내를 받으며 이레나는 다시 황태자궁에 발을 디뎠다.

'그래도 한 번 와 봤다고 조금은 익숙해진 느낌이네.'

처음엔 너무나 화려한 황궁 안이 익숙해질 것 같지 않았는데, 저번에 미라벨과 함께 방문한 영향이 컸는지 약간 적응이 된 느낌이었다.

어떻게 보면 다행인지도 몰랐다.

앞으로 이레나가 오랫동안 머물러야 할 곳인지도 몰랐으니까.

제너드는 서둘러 칼라일의 현 위치를 수하들에게 확인하고는 이레나를 그의 개인 훈련장으로 안내해 주었다.

그곳으로 향하는 길목에는 창, 검, 대도, 도끼 등 온갖 크고 작은 무기들이 일렬로 진열이 되어 있었다. 그리고 그 무기들은 단순히 구경하기 위한 장식품이 아니라 하나같이 진득하게 손때가 묻어 있는 것들이었다.

이레나가 하나하나 자세하게 들여다보며 새삼 감탄을 하고 있을 때였다.

쉭, 쉭, 쉬익—

칼라일의 훈련장에 가까워지자 허공을 가르는 파공음이 들려왔다.

그리고 이레나는 곧 그 소리의 진원지를 알 수 있었다. 널찍한 개인 훈련장 안에는 웃통을 벗은 칼라일이 혼자 검을 들고 수련하는 중이었다.

탄탄한 근육들이 그의 상반신을 꽉 채우고 있었고, 전신에 땀방울이 흐르고 있는 걸 보아하니 꽤 오랜 시간을 훈련하고 있었던 모양이다.

칼라일의 검을 움직일 때마다 우우웅, 거리는 바람 소리가 들려왔다. 그의 검 끝에 실린 힘은 묵직했으며 속도는 매서울 정도로 빨랐다.

이레나는 그것을 보고 저도 모르게 칼라일과 겨루는 상상을 했다.

칼라일이 저런 방식으로 공격하면 어떻게 막아 낼지, 그가 방어하면 어떤 수법으로 뚫고 나갈지를 말이다.

'생각보다 더…… 대단해.'

이레나가 지금 상태로 칼라일과 겨룬다면 누가 이길지 장담할 수 없었다. 물론 저번 생의 실력을 전부 다 되찾은 것은 아니었지만, 이레나는 미래를 한 번 경험했기 때문에 어떻게 보면 나이에 비해 특출한 실력을 지니게 된 경우였다.

그런데 칼라일은 벌써 이런 경지에 이르렀다니 대단하다고밖에 말할 수가 없었다.

직접 눈으로 보지 않았다면 믿을 수 없을 정도로 놀라운 실력이었다.

'만약 지금 같은 성장 속도로 나이가 든다면…….'

어쩌면 칼라일은 나중에 파벨루크를 넘어선 실력자가 될지도 몰랐다.

이레나는 순수하게 감탄했다.

저번 생에 자신도 몰랐던 검술에 대한 재능으로 모두에게 극찬을 받았지만, 지금의 칼라일을 보고 나니 겸손해질 정도였다.

지난번 메건이 말해 준 것처럼 칼라일의 검술 실력은 압도적일 만큼 강했다.

그렇게 이레나가 넋을 잃고 칼라일을 쳐다보고 있자, 제너드는 말없이 고개를 숙이고는 훈련장 바깥으로 나갔다. 두 사람만 있을 수 있도록 자리를 비켜준 것이었다.

어느 순간 칼라일은 움직임을 멈추고 손등으로 슥, 턱 아래로 흐르는 땀을 닦아 냈다.

그 모습이 지나치게 야성적으로 느껴져서 이레나는 시

선을 돌릴 수밖에 없었다. 순간 '보면 안 되는 걸 봤다'라는 생각이 들 정도로 숨 막히게 섹시한 장면이었다.

칼라일은 이미 이레나의 존재를 알고 있었던 듯, 느릿하게 그녀가 있는 방향으로 고개를 돌리며 말했다.

"그대가 너무 뜨거운 눈빛으로 구경해서 하마터면 검을 놓칠 뻔했어."

"무, 무슨……."

이레나는 억울해서 일순 얼굴이 벌겋게 달아올랐다.

순식간에 붉어진 얼굴로 이레나가 어처구니가 없다는 듯 눈을 부라리자, 칼라일은 참지 못하고 낮게 웃음을 터뜨렸다.

그제야 이레나는 자신이 놀림을 당했다는 것을 깨달았다.

칼라일은 짓궂었다.

가능하면 그의 장난에 놀아나지 말아야겠다는 생각을 하면서도 지금처럼 그가 하는 말들에 휘둘리는 상황이 찾아왔다.

"카릴의 실력이 궁금해서 쳐다본 거지, 다른 의미는 없었어요."

"그래?"

칼라일은 여전히 입꼬리를 올린 채 능청스럽게 대꾸했다. 그리곤 자연스럽게 옆에 준비되어 있는 수건으로 자신의 상반신에 흐르고 있는 땀을 닦아 냈다.

그 모습이 치명적일 정도로 섹시해서 이레나는 저절로 고개를 돌리고는 나지막이 입을 열었다.

“밖에서 기다리고 있을 테니 의복을 갖추신 후 다시 만나죠.”

“어차피 당신 남편이 될 사람의 몸이야. 굳이 피할 필요는 없지 않나.”

너무나도 당당한 칼라일의 말에 이레나는 반사적으로 계약 사항을 읊을 뻔했다.

[2. 황후가 되기 전까진 같이 잠자리를 갖지 않는다.]

파벨루크를 물리치고 난 뒤에 두 사람이 어떻게 될지 확신할 수 없었지만, 최소한 그가 황제가 되기 전까지는 그의 몸을 볼 일이 없었다.

분명 그도 알고 있을 텐데도 이렇게 천연덕스럽게 놀리는 걸 보니 정말로 얄미웠다.

언제까지 칼라일의 이런 놀림에 당해 줄 생각은 없었기에, 이레나는 강한 어조로 확실하게 말을 이어 나갔다.

“그런 말은 계약대로 황위를 물려받고 난 다음에 하시죠. 그리고 저도 기사 가문에서 자랐기 때문에 이런 상황은 매우 익숙하답니다.”

"그렇다면 더욱 피할 이유는 없겠군."

순간 칼라일의 분위기가 조금 서늘하게 바뀐 것 같았지만, 이레나는 그런 사소한 것에 신경을 쓸 틈이 없었다. 오히려 더 보란 듯이 고개를 치켜들고 정면에서 칼라일을 쳐다보았다.

그의 상반신에 남은 크고 작은 흉터들이 보였지만, 그럼에도 더할 나위 없이 완벽한 몸매가 눈에 들어왔다.

지금 부끄러워해야 하는 건 상반신을 노출하고 있는 칼라일이었지, 그것을 지켜보는 자기 자신이 아니라고 생각했다.

그때였다.

상반신에서 흘린 땀을 대충 닦아 낸 칼라일이 곧장 하나 남은 바지마저 벗어 버릴 것처럼 움직였다.

"……읏!"

이레나가 단말마 같은 비명과 함께 후다닥 몸을 뒤로 돌렸다.

아무리 피하지 않는다고 해도 이건 정말이지 너무 심했다.

상체를 노출한 기사들이 훈련장을 도는 것을 여러 번 목격한 건 사실이었지만, 바지까지 벗은 모습을 본 적은 없었다. 더구나 그중에 칼라일처럼 섹시하다고 느껴진 건 처음이었다.

"지금 뭐 하시는 거예요?"

"익숙한 것처럼 말하더니 이 정도는 본 적이 없는 모양이지?"

"……!"

이레나가 저도 모르게 지그시 입술을 깨물었다.

칼라일에게 자꾸 놀림을 당하는 게 억울해서 강하게 맞받아쳤는데 오히려 본전도 못 찾은 느낌이었다.

이레나가 아무런 대답도 못 하자, 칼라일이 나직한 목소리로 다시 입을 열었다.

"땀을 많이 흘려서 샤워를 해야겠는데 그것도 볼 텐가? 나야 미래의 아내에게 감추고 싶은 게 없으니 상관없지만 말이야."

"……됐어요."

이레나는 제 할 말만 마친 채 서둘러 개인 훈련장 바깥으로 나갔다. 최대한 태연한 척 행동했지만 두근거리는 심장만큼 발걸음도 덩달아 빨라졌다.

뒤에서 왠지 환청처럼 칼라일의 낮은 웃음소리가 들려오는 것 같았다.

이레나의 얼굴이 그 어떤 때보다 더욱 붉게 물들어 있었다.

칼라일은 정말로 이레나가 사라진 빈자리를 보며 미약

하게 어깨가 들썩거릴 정도로 웃음을 참고 있었다.

"……귀여워서 큰일이군."

이레나는 본인이 얼마나 귀여운지 자각하지 못해서 더욱 큰일이었다.

그녀는 어떨 때 보면 한없이 강인한 것 같으면서도, 또 한편으론 귀엽기도 하고 사랑스럽기도 한 천의 얼굴을 가진 여인이었다.

처음부터 놔줄 생각 따윈 없었지만, 갈수록 더 빠져드는 느낌이다.

*　　*　　*

칼라일은 다시 의복을 갖춰 입고 이레나의 앞에 나타났다.

두 사람이 만난 곳은 저번에 이레나가 미라벨과 같이 황태자궁에서 머물 때도 와 본 적이 있던 칼라일의 집무실이었다.

"나한테 상의할 일이란 게 뭐지? 그대에게 처음 들어보는 말이라 무슨 일일지 계속 궁금했어. 간밤에 진지하게 고민도 했지, 내가 한밤중에 블레이즈가를 쳐들어가면 어떻게 될까 하고."

절대로 진지하게 고민해선 안 될 일을 그는 매우 심각

하게 말하고 있었다.

만약 그런 일이 벌어진다면 가뜩이나 말 많은 사교계에서 두 사람의 관계를 두고 온갖 억측이 난무할 것이다.

그럴 경우 사람들이 어떤 상상의 나래를 펼칠지 모르겠으나, 어찌 됐든 이래저래 절대로 좋은 결과를 가져오진 않을 게 뻔했다.

이레나는 가능하면 큰 사건이나 사고 없이 모두의 축복을 받으면서 평범하게 결혼식을 올리는 게 소박한 목표였다.

"잘 참으셨어요. 제 고민은 다름 아니라 이거예요."

이레나는 말과 함께 일부러 챙겨 온 붉은색 초대장을 칼라일에게 내밀었다.

칼라일은 곧장 봉투를 열어 초대장을 보낸 수신인을 확인하고는 미간을 찌푸렸다.

"하, 그대에게 이런 걸 보내다니 그동안 애가 많이 닳긴 했나 보군."

"폐하께서 왜 제게 이런 걸 보내셨는지 알겠어요?"

"충분히 알겠어. 그대를 나 없는 곳에서 보고 싶은 거야. 칙서를 보내거나 전령을 보내면 내가 함께 참석할 수도 있으니 일부러 이런 꼼수를 부린 거지."

"……그 말은 카릴을 떼어 놓고 저 혼자만 부르기 위해서라는 거예요?"

"그래."

그 말에 이레나는 내심 당황할 수밖에 없었다.

비밀스럽게 만나고 싶은 건지도 모르겠다고 예상은 했지만, 그게 다름 아닌 칼라일을 피하려는 목적인 줄은 몰랐다.

굳이 칼라일을 뺀 자리에서 이레나에게 하고 싶은 말이 뭘까?

도통 이해가 가지 않는다는 표정으로 이레나가 곰곰이 생각에 잠길 때였다.

칼라일이 나지막이 입을 열었다.

"고민할 필요 없어. 그대는 내가 시키는 대로만 하면 돼."

"어떻게요?"

"현 상황을 조금 설명하자면 지금 아버지는 어떻게든 나를 결혼시키려고 혈안이 되어 있어. 그대도 알다시피 내게 내려진 불길한 신탁 때문에 어지간한 가문은 나와의 혼담을 기피하고 있거든. 물론 꼭 신탁 때문만은 아니겠지만……."

칼라일의 푸른 눈동자가 순간 위험하게 빛이 났다.

지금 칼라일의 말 속에 숨어 있는 의미를 이레나도 곧바로 알아차렸다. 그의 혼담을 황후 오펠리아가 방해하고 있다는 뜻이었다.

"아무튼 그대와 내 사이가 공식화되고 난 뒤에 아버지를 만난 적이 있었어. 쓸데없는 고민은 하지 마시라고, 그대와 결혼하고 싶단 내 생각을 밝혔지."

"그래서요?"

이레나는 벌써 칼라일이 설리반에게 이런 얘기를 했을 줄은 꿈에도 몰랐다.

하지만 누구보다 빨리 결혼식을 치르고 싶었기 때문에 상관없었다. 아니, 오히려 더 잘된 일이었다.

설리반이 아무것도 모른 채 그저 연인 사이로만 이레나를 부른 거라면 어디서부터 어떻게 설명해야 할지 감을 잡을 수 없었는데, 칼라일이 먼저 한 번 언급한 지금 상황에서는 당당히 결혼까지 원한다고 밝힐 수 있었으니까.

"미리 말해 두지만 아버지는 광적으로 루퍼드 제국의 신화에 집착하고 있어."

"……신화요?"

이레나는 새삼 루퍼드 제국의 건국 신화를 머릿속에 떠올렸다.

드래곤의 피를 이어받은 황가의 핏줄들이 영원히 강인한 힘을 이어받는다는 그런 전형적인 동화 같은 이야기였다.

'그걸 믿는다고?'

이레나는 뭔가 이상하단 생각이 들었다.

왜냐면 이레나 본인도 칼라일의 팔에 돋아난 검은색의 비늘들이 전설 속의 드래곤과 닮았다는 생각을 한 적이 있었으니까.

"아마 아버지가 궁금하신 것은 내가 그대를 위한 소원을 빌었냐는 것일 거야."

"네? 그게 무슨 말이에요?"

앞뒤 설명도 없이 갑자기 튀어나온 칼라일의 발언에 이레나는 순간 의아한 표정을 지어 보일 수밖에 없었다.

칼라일은 잠시 할 말을 고르는 것처럼 말문을 닫았다가 다시 설명을 이어 나갔다.

"아버지는 내가 그대에게 준 푸른색의 구슬 반지가 드래곤 여의주라고 믿고 있어."

"그게…… 어떻게 그럴 수가 있어요?"

"이해할 필요 없어. 그만큼 미신을 잘 믿는다고만 생각해 줘."

칼라일의 짧은 답변만으로는 도저히 납득할 수가 없는 일들이었지만, 이레나는 일단 알겠다는 듯이 고개를 위아래로 끄덕거렸다.

실제로 드래곤의 여의주가 존재한다는 건 말도 되지 않는 일이었다. 그것도 다른 물건도 아니고, 자신이 전생에서부터 간직하고 있던 반지라니 더너욱 믿을 수가 없는 이야기였다.

"그대는 그저 우리의 결혼을 순탄하게 진행시키기 위해 지금부터 내가 하는 말을 그대로 아버지에게 전하기만 하면 돼."

"……?"

이레나가 잔뜩 의문을 담아 쳐다보자, 칼라일이 천천히 말을 이었다.

"내가 그대에게 청혼의 증표로 푸른색의 구슬 반지를 주면서 이렇게 말했다고 해. 그대와 결혼하는 남자가 루퍼드 제국의 황제가 될 것이며, 이 제국의 부흥을 가지고 올 거라고."

그리 긴 이야기가 아니었기에 충분히 외울 수 있었다. 하지만 지금 칼라일의 하는 이야기가 대체 뭔지 이해가 가지 않는 건 어쩔 수 없었다.

"……이게 무슨 상황인지 잘 모르겠네요. 정말로 그런 말들이 우리의 결혼을 진행하는 데 효과가 있을까요?"

"말했다시피 굳이 아버지를 이해하려 들 필요 없어. 이렇게만 전하면 우리의 결혼식은 알아서 최대한 빨리 성사될 테니, 그것만 알아 두면 돼."

마치 더 이상의 질문은 받지 않겠다는 듯 칼라일이 단호하게 말을 자르는 걸 보아하니, 여기서 무언가를 더 물어봐도 대답을 해 줄 것 같지 않았다.

하지만 직감적으로 알 수 있었다.

지금 칼라일은 무언가를 감춘 채로 이야기를 하고 있다는 걸.

그가 시키는 대로 설리반에게 전할 생각이긴 했지만, 왠지 설리반을 만나면 지금까지 몰랐던 무언가를 알게 될지도 모르겠다는 예감이 들었다.

이레나가 보기에 설리반은 그리 멍청한 황제가 아니었다. 오히려 피에 미친 역대 황제들보다 정치적으로 뛰어난 성과를 이뤄 낸 똑똑한 인물이었다.

그런 설리반이 아무런 이유도 없이 루퍼드 제국의 건국 신화에 집착을 하고 있을 리는 없었다.

'이 신화가 카릴의 비밀과 연관이 있는 걸까?'

무엇보다 이레나는 칼라일의 팔에 돋아난 검은색의 비늘에 대해 궁금했다. 하지만 그는 그걸 이레나에게 밝힐 생각이 전혀 없어 보였다.

이레나가 풀리지 않는 수수께끼에 대해 혼자만의 상념에 잠겨 있을 때였다.

칼라일이 나지막한 목소리로 말했다.

"무엇보다 중요한 게 한 가지 있어. 내가 그대에게 이런 말을 하라고 시켰다는 건 절대로 들켜선 안 돼. 그것만 명심해 둬."

"네, 알겠어요."

이레나는 자신의 궁금증을 감춘 채, 일단 고개를 끄덕

거렸다.

칼라일이 알려 줄 생각이 없다면 결국엔 이레나가 직접 알아보는 수밖에 없었다.

황가에 대한 비밀이라면 파벨루크와도 연관이 있을지 모른다.

그렇다는 건, 그게 파벨루크를 막아 내는 데 도움이 될 수도 있다는 소리였으니까.

둘이서 상의해야 하는 이야기를 마무리 짓자, 칼라일은 불현듯 떠오르는 생각이 있는지 다시 말을 이었다.

"그런데 용케도 내게 먼저 이런 말을 꺼낼 생각을 했군. 지금까지는 그대 혼자서만 해결하려고 들었는데 말이야."

"둘의 문제는 아무래도 함께 해결하는 게 좋겠다는 판단이 들어서요. 이번에 대화를 나눠 보니 더 찾아오길 잘했단 확신이 드네요."

설리반의 초대장을 받고 이레나 혼자 움직였다면, 칼라일의 이런 조언들은 하나도 듣지 못했을 것이다. 그렇다면 무언가 안 좋은 방향으로 일이 전개됐을지도 모른다.

벌써 두 사람이 결혼 생각을 하고 있다는 걸, 설리반이 알고 있다는 것도 몰랐을 테니까.

"칭찬해 줘야겠군, 잘했어. 앞으로도 이런 문제는 내게 말하도록 해. 안 그래도 아버지에 대해 설명해야겠다고 생각하고 있었는데, 어쩌다 보니 손쉽게 해결이 되었군."

"걱정하지 마세요. 폐하를 만나면 잘하고 올게요."

하지만 그런 이레나의 말에도 칼라일의 표정은 어딘가 풀리지 않았다.

"초대장에 적힌 날짜가 이틀 후였나?"

"네, 맞아요."

"그날 근처에서 기다리고 있을 테니, 아버지와의 대화가 끝나면 곧장 와."

이레나는 왠지 지금 칼라일의 말투에서 순간 데릭 오라버니를 떠올렸다.

걱정을 하는 것 같으면서도, 그걸 애써 감추고 있는 듯한 느낌이 들어서일까?

이레나가 저도 모르게 흐릿하게 웃으면서 대꾸했다.

"지금 저를 걱정하시는 거예요?"

"당연하지. 능구렁이 같은 아버지에게 그대를 보내는데 신경이 쓰이지 않을 리가 없잖아."

하지만 칼라일은 데릭 오라버니와 달리 본인의 감정을 숨김없이 표현했다.

그가 걱정을 해 준다는 게 싫지 않았기에 이레나의 입가에는 방금 전보다 더 진한 미소가 머물렀다.

"알겠어요. 대화가 끝나면 곧바로 카릴이 있는 곳으로 갈 테니, 걱정하지 말고 기다리세요."

칼라일은 이레나의 미소 띤 얼굴을 묘한 눈빛으로 쳐다보았다.

그러다가 잠시 후, 그가 나지막한 목소리로 말을 이었다.

"이제 블레이즈 저택으로 돌아갈 건가?"

"네. 볼 일을 마쳤으니 슬슬 돌아가야죠."

"그대는 귀가가 참 빨라."

"어차피 결혼하면 가족들의 얼굴을 오래 볼 수 없을 테니까요."

어딘가 서글프게 들리는 이레나의 말에 칼라일의 잠시 생각에 잠겼다. 그리곤 아무렇지 않은 표정으로 대꾸했다.

"저택까지 데려다주지."

"아, 그러실 필요는……."

"그대는 가족들과 함께 있고 싶은 모양이지만, 나는 그대와 조금 더 같이 머물고 싶으니 이 정도는 내게 양보해."

전혀 생각지도 못한 칼라일의 말에 이레나는 순간 할 말을 잃었다.

그가 이런 말을 할 줄은 몰랐다. 조금 더 같이 있고 싶다니…… 마치 실제 연인 사이에서나 나올 법한 대화였다.

"그게……."

무슨 뜻이냐고 물으려 하는 찰나였다.

점점 가까워지는 발소리와 함께 이레나의 뒤편에서 흠흠거리는 낮은 헛기침 소리가 들려왔다.

무심코 고개를 돌려보니 집무실 입구로 다가온 제너드가 보였다.

그제야 이레나는 이 상황이 어떻게 된 건지 알아차릴 수 있었다.

'아, 다른 사람이 가까이 다가온 걸 보고 일부러 연기를 한 거구나.'

이레나는 기특하다는 표정으로 칼라일을 쳐다봤다. 이렇게 치밀한 모습을 보고 있자면 괜스레 더 믿음이 갔다.

이대로라면 앞으로의 결혼 생활도 문제가 없을 것만 같았다.

* * *

그렇게 이레나와 칼라일은 함께 말을 타고 블레이즈 저택을 향해 출발했다.

일반적인 연인처럼 이레나가 앞에 앉고, 칼라일이 뒤에서 말을 모는 형식이었다.

원래는 황궁으로 갈 때와 마찬가지로 마차를 타고 돌

아올 생각이었는데, 갑자기 칼라일이 말을 태워 주겠다고 제안을 하는 바람에 변경이 된 것이다.

갑작스러운 칼라일의 제안이 의아했지만, 이레나는 워낙 말을 타는 걸 좋아했기에 흔쾌히 승낙했다.

'혹시 그때의 일을 기억하고 있는 건가?'

예전에 칼라일과 같이 오페라 공연을 보고 나온 날, 둘이서 함께 말을 타고 빠른 속도로 달렸던 적이 있었다.

그때 느꼈던 해방감이 꽤나 강렬해서 아직도 이레나의 머릿속에 선명했다.

한밤중이었던 그날에 비해 도심가를 달리는 지금은 현저히 느린 속도로 이동했지만, 여전히 바람은 시원했고 높은 곳에서 바라보는 탁 트인 시야도 마음에 들었다.

이레나가 물었다.

"혹시 저를 위해서 말에 태워 주신 건가요?"

"글쎄, 어떨 것 같아?"

"잘 모르겠네요. 하지만 그게 사실이라면 카릴이 그런 사소한 부분까지 기억하고 있을 줄은 몰랐어요."

"그대에 관한 건 뭐든지 다 기억하고 있어. 과거에 그대가 함께 가자고 했던 제과점은 언제나 초대해 줄지 모르겠군."

이레나는 어린 시절 황궁에서 만난 칼라일이 황태자인지도 모르고, 찰리 아저씨네 제과점에 같이 가자고 꼬드

졌던 적이 있었다.

—나랑 오페라도 같이 보고, 제과점도 가고…… 음, 그밖에 재밌는 것도 많이 보여 줄게. 약속!

설마 그런 것까지 다 기억하고 있을 줄은 몰랐기에 이레나가 무심코 칼라일을 향해 고개를 뒤편으로 돌릴 때였다.

툭, 생각보다 두 사람의 사이가 가까웠던 건지 칼라일의 단단한 가슴팍에 한쪽 볼이 맞닿는 게 느껴졌다.

"아……."

생각지 못한 접촉에 이레나가 저도 모르게 낮게 탄성을 질렀다.

이런 상황을 모르는 칼라일은 순간 의아하다는 듯이 물었다.

"무슨 일이지?"

"아, 아무것도 아니에요. 정말 그런 세세한 것까지 다 기억하고 계셨군요."

이레나가 서둘러 다시 고개를 정면으로 돌리자, 칼라일이 그 뒷모습을 바라보다가 나지막한 목소리로 대꾸했다.

"말했잖아, 다 기억하고 있다고. 그러니 그때 했던 말 나중에 지켜."

지금까지는 딱히 의식하지 않아서 몰랐는데, 생각보다 칼라일과의 거리가 매우 가까웠다. 그의 허스키한 목소리가 마치 귓가에 속삭이는 것처럼 가깝게 들렸다.

한 번 의식하기 시작하니, 문득 등 뒤에서 느껴지는 칼라일의 단단한 체형과 뜨거운 온기에 방금 전 훈련장에서 봤던 그의 근육질 몸이 떠올랐다.

'……미쳤어, 미쳤어.'

이레나는 절로 고개를 흔들며 머릿속에 떠오른 쓸데없는 망상을 지웠다.

둘 다 의도한 행동은 아니었지만, 그들이 함께 말을 타고 가는 모습을 길거리의 많은 사람들이 쳐다봤다.

결과적으로 외부에 두 사람의 애정 행각을 드러내게 된 꼴이라 나쁘지 않은 일이었다.

그렇게 이레나와 칼라일이 말을 타고 블레이즈 저택 앞에 도착했다.

칼라일이 먼저 말에서 내려 이레나의 손을 붙잡아 주려 할 때였다.

저택의 안쪽에서 생각지도 못한 목소리가 들려왔다.

"이레나, 거기서 뭐 하는 거냐?"

이레나가 소리가 들려온 방향을 쳐다보니, 데릭이 못마땅한 표정으로 이쪽을 바라보고 있는 게 눈에 들어왔다.

"오라버니……?"

이레나의 말을 듣고 칼라일도 데릭의 정체를 눈치챈 듯했다. 저번에 블레이즈 저택에 방문했을 때 만나지 못한 가족이 한 명 있다는 것을 알고 있었으니까.

하지만 칼라일이 뭐라고 입을 열기도 전이었다.

데릭이 휘적휘적 빠른 속도로 다가와선 이레나를 향해 손을 내밀었다. 그 행동이 뜻하는 바는 하나였다. 누가 봐도 칼라일이 아닌 자신의 손을 붙잡고 내려오라는 의미였다.

찰나의 순간, 칼라일의 푸른 홍채가 사나운 빛을 띠었다.

갑작스러운 두 사람의 신경전에 이레나는 잠시 고민을 할 수밖에 없었다. 하지만 이런 상황에 데릭의 손길을 무시할 수는 없는 노릇이었다.

이레나는 더 이상 머뭇거리기보단 재빨리 데릭의 손을 잡는 것으로 결정했다.

그렇게 이레나의 가는 손이 데릭의 손바닥 위로 얹어지는 순간, 데릭이 기다렸다는 듯 이레나를 말 위에서 가뿐하게 아래로 내려 주었다.

문제는 거기서 끝이 아니었다. 데릭이 굳어 있는 칼라일에게 들으라는 듯 말했다.

"이레나, 아직은 외간 남자에게 이런 에스코트를 받으면 안 되지."

생각지도 못한 데릭의 발언에 이레나는 순간 진땀을 흘릴 수밖에 없었다.

누가 봐도 칼라일의 정체를 모를 수가 없는 상황이었다. 두 사람이 타고 온 말에는 황가를 상징하는 문양이 달려 있었으니까.

어떻게서든 이 상황을 극복해야겠다는 생각에 이레나가 재빨리 말을 이었다.

“그런 실례되는 말씀 마세요. 이쪽은 칼라일 황태자 전하십니다.”

그제야 데릭은 몰라뵈었다는 듯, 천연덕스럽게 허리를 굽히며 인사했다.

“루퍼드 제국의 황태자 전하를 뵙습니다. 제국에 무한한 영광을.”

이레나는 지금껏 데릭이 이렇게나 능청스러울 수 있다는 걸 처음 알았다.

아버지인 알포드는 칼라일을 너무 황태자 전하로만 대해서 섭섭했는데, 반대로 데릭은 그를 지나치게 이레나의 연인으로만 대하고 있었다.

어찌 됐든 칼라일은 이레나의 연인이기 전에 루퍼드 제국의 황태자였다. 그것도 성질이 무척이나 고약한 남자란 말이다.

칼라일이 보란 듯이 이레나를 향해 말했다.

"우리 사이에 딱딱하게 전하라니, 평소처럼 카릴이라고 불러."

그가 은근슬쩍 두 사람이 서로 애칭을 허락한 사이라는 걸 밝히자, 데릭의 안면이 미미하게 꿈틀거렸다.

"아…… 네, 카릴. 저도 모르게 소개를 하려다 보니 전하라는 단어가 튀어나왔네요."

보기에 따라서는 데릭의 태도가 굉장히 불손해 보일 수도 있었기 때문에 이레나는 걱정스러운 마음을 감출 수 없었다.

하지만 그런 걱정과 달리 칼라일의 입꼬리에는 재미있다는 듯이 희미한 미소가 걸렸다.

"그대가 영애의 오라비인가?"

"네. 제가 이레나의 오라비인 데릭 블레이즈라고 합니다. 처음 뵙겠습니다."

평범한 인사를 나누고 있을 뿐임에도 이레나는 두 사람 사이에 보이지 않는 스파크가 튀고 있다는 느낌을 지울 수 없었다. 마치 서로 한 치도 물러서지 않는 용과 호랑이의 싸움을 보는 듯했다.

그저 이 상황이 위험천만해 보이는 건 이레나 혼자만의 착각이길 바랄 뿐이다.

이레나는 일단 여기서 너 이상 시간을 지체하는 건 좋지 않겠다는 판단이 들어서 서둘러 입을 열었다.

"오라버니, 카릴이 황궁에서 여기까지 저를 데려다주셨어요. 간단한 작별 인사를 마치면 들어갈 테니 먼저 가계세요."

"그래, 너무 오래 있지 말고 들어오너라. 그럼 저는 이만 들어가 보겠습니다. 전하."

대놓고 빨리 들어오라는 데릭의 말에 이레나는 절로 어색한 웃음을 지을 수밖에 없었다.

그렇게 데릭이 사라지고 난 뒤에 한동안 정적이 감돌았다.

칼라일의 표정에 언짢은 기색이 스쳐 지나갔다. 하지만 생각보다 불쾌하기만 한 것은 아닌 모양이었다.

"……그대의 오라비는 내가 별로 마음에 들지 않은 모양이군."

"사실 카릴과 결혼하는 것에 대해 조금 걱정을 하셨어요. 혹여 불쾌하셨다면 제가 대신 사죄드리겠습니다."

그 말에 칼라일은 가볍게 고개를 저었다.

"됐어. 한 번쯤이야……."

마치 두 번은 용납하지 않겠다는 소리인 것 같아서 이레나는 왠지 뜨끔한 느낌이 들었다.

"다들 우리의 결혼을 너무 쉽게 승낙해서 신경이 좀 쓰였는데, 차라리 어떤 부분에선 마음이 좀 놓이는 것 같아."

이레나가 '뭐가요?'라고 물어보기도 전이었다.

칼라일이 근사한 표정을 지으며 이레나를 향해 말을 이었다.

"그래도 그동안 사랑받으면서 지냈구나 싶어서."

이레나는 순간 할 말을 잃고 말았다. 너무나도 많은 의미가 함축적으로 담겨 있는 말이었다.

어쩌면 그와의 결혼 허락을 받으면서 아버지에게 느꼈던 서러움을 칼라일 또한 희미하게나마 눈치를 채고 있었던 건지도 모르겠다.

이상하게 감동스러웠다.

정말 다행이라는 듯이 내뱉은 칼라일의 말이 너무나 따뜻하게 느껴졌다.

이레나가 흐릿하게 미소 지으며 대답했다.

"그럼요. 제게는 소중한 가족들이니까요."

* * *

어느덧 설리반과 만나기로 한 날짜가 다가왔다.

초대장에 적혀 있던 장소는 보통의 연회장이 아닌 저녁 식사를 함께하는 자리였다.

이레나는 최대한 단정하고 우아해 보이는 드레스를 입고 저택을 나섰다. 칼라일의 연인으로 처음 그의 부모님께 인사를 드리는 자리라 긴장이 안 된다면 거짓이었다.

그렇게 약속 시간에 맞춰 마차를 타고 황궁 앞에 도착하니, 입구에서 이레나를 기다리고 있던 사람들의 안내를 받을 수 있었다.

또각또각, 이레나는 그들을 따라 처음 가 보는 황궁의 길을 걸었다.

어느샌가 눈앞에는 연못 한가운데에 지어진 운치 있는 별채가 나타났다.

"이쪽으로 가시면 됩니다."

"아, 네."

안내해 주던 자들은 일직선으로 쭉 늘어진 길을 가르쳐 주곤, 전부 이레나의 곁에서 사라졌다.

이곳까지 걸어오는 동안 이레나는 그 어떤 사람도 마주치지 못했다. 그만큼 설리반이 이번 만남에 신경을 썼다는 뜻인 것 같아서 더욱 궁금증이 일었다.

그가 무슨 생각으로 칼라일을 빼놓고 이레나를 부른 건지 알 수 없었으니까.

그렇게 이레나는 황궁의 아늑한 별채 안에서 자신을 기다리고 있는 한 남자와 만날 수 있었다.

인자한 인상에 서글서글한 눈매가 매력적인 황제, 바로 설리반이었다.

"어서 오시게나."

반갑게 맞아 주는 설리반을 향해 이레나는 정중하게

고개를 숙이며 인사를 건넸다.

"루퍼드 제국의 황제 폐하를 뵙습니다. 제국에 무한한 영광을."

"허허, 우리 사이에 그 무슨 딱딱한 인사인가."

설리반은 넉살 좋게 말하며 이레나에게 자신의 맞은편에 있는 자리를 가리켰다.

그는 저번 무도회장에서 볼 때보다 더욱 병색이 완연해진 모습이었다. 하지만 총기 어린 눈동자와 부드럽고 온화한 분위기만큼은 여전히 변함없었다.

"여기까지 오느라 고생했을 텐데 앉으시게."

"네, 감사합니다. 폐하."

이레나는 설리반이 권유한 자리로 걸어가 착석했다.

연못 위에 떠 있는 것처럼 느껴지는 이 풍경 좋은 별채에는 이미 상다리가 부러질 만큼 많은 음식들이 준비되어 있었다. 지금까지도 연기가 모락모락 피어오르는 걸 보면, 요리가 만들어진 지 얼마 되지 않은 듯싶었다.

여기서 주방까지의 거리가 얼마큼이나 떨어져 있는지 정확히 알 수는 없었지만, 확실한 건 이렇게 빠른 시간 안에 음식을 배치해 놓기가 쉽지만은 않았을 거란 사실이다.

사실 일반적인 귀족 가문에선 엄두조차 낼 수 없는 일이었는데, 역시 황궁은 대단했다.

그리고 이 정도로 칼라일의 연인인 자신에게 관심을 두고 있었다는 뜻인 것 같아, 내심 부담스럽기도 했다.

“주방장에게 이것저것 내오라고 시키긴 했는데, 영애의 입맛에 맞을지 모르겠네. 차린 건 별로 없지만 많이 드시게.”

“무슨 그런 말씀을요. 맛있는 음식들을 너무 많이 준비해 주셔서 몸 둘 바를 모르겠습니다. 폐하.”

“뭘 이 정도를 가지고. 영애가 황실 사람이 된다면 이쯤이야 아무것도 아니겠지.”

무언가 의미심장한 말이었다. 하지만 이레나는 아무것도 모르는 척 웃었다.

그렇게 불편한 저녁 식사가 시작되었다.

사실 온갖 진귀한 음식들로 차려져 있었지만, 그게 무슨 맛인지 잘 느끼지 못할 정도로 머리가 바쁘게 돌아가는 자리였다.

하지만 그런 속마음과 달리 겉으론 우아하게 음식을 먹고 있는 이레나에게 설리반이 먼저 말을 걸었다.

“내가 듣기론 요즘 칼라일과 연애를 하고 있다지?”

“네, 그렇습니다. 폐하.”

“주책이라 느낄지 모르겠지만 내 아들이 어떤 여자를 만나는지 궁금했었네. 어때? 내 아들 녀석은 잘해 주는가?”

생각보다 설리반의 질문들은 너무나 평범하고 친근한 내용들이었다. 그래서 이레나는 더욱 긴장을 할 수밖에 없었다.

고작 이런 것들을 묻기 위해서 자신에게 초대장까지 보낼 리가 없었으니까.

"그럼요. 전하께서 과분하실 정도로 잘해 주시는 통에 무척이나 행복한 나날들을 보내고 있습니다."

"그렇다면 다행이로군."

설리반은 천천히 물을 한 모금 마신 뒤에, 지금까지보다 진지한 표정으로 재차 물었다.

"칼라일의 말로는 영애와 결혼까지 생각하고 있다던데 맞는가?"

"네, 허락해 주신다면 제가 전하의 첫 번째 부인이 되고 싶습니다."

"칼라일에게 내려진 신탁의 내용을 알 텐데, 내게 이런 말까지 하는 걸 보면 그대의 부친도 찬성한다는 뜻이겠지?"

"네. 맞습니다."

이레나는 곧바로 고개를 끄덕이며 동조했다. 하지만 그녀의 그런 확고한 대답에도 설리반은 순간 탐탁지 않은 눈빛을 띠었다.

처음 이레나를 반겨 줬던 친근한 모습과 달리, 설리반

은 이제야 숨겨 놓은 본심을 드러내듯 점차 냉혹한 황제의 얼굴로 변해 갔다.

“일단은 잘 알겠네. 칼라일에 대한 신탁을 듣고도 용기를 내어 주었다니 칭찬할만한 일이야. 하지만 이미 칼라일은 혼담이 오가는 가문이 하나 있어.”

생각지도 못한 설리반의 말에 이레나의 눈빛이 흔들렸다.

불현듯 저번에 칼라일이 했던 말이 떠올랐다. 그는 아버지께 쓸데없는 고민은 하지 말라는 말과 함께 이레나와의 결혼 생각을 밝혔다고 했다.

그럼 혹시 설리반이 이레나를 반기지 않을 거라는 걸 미리 알고 있었던 게 아닐까?

설리반의 마음속에 대체 어떤 가문을 염두에 두고 있는 건지 궁금했지만, 지금은 그보다 이레나와 칼라일의 결혼을 그리 달가워하지 않는다는 사실이 더 중요했다.

“결혼에 대한 건 그대의 부친인 블레이즈 경과 다시 이야기를 나눠 볼 테니 영애가 신경을 쓸 필요는 없어. 제국의 황태자 결혼식이 하루아침이 정해질 정도로 쉬운 문제도 아니고 말이야.”

“……네.”

“다만 이 자리는 내가 개인적으로 아들이 만나는 여자가 궁금하기도 하고, 그대에게 따로 묻고 싶은 것도 있어서 불렀네."

설리반의 말투는 부드러웠지만, 그 속에는 칼이 숨겨져 있었다.

지금까지 설리반은 칼라일을 위세 높은 가문과 맺어주기 위해 노력해 왔다. 블레이즈 백작가가 거기에 모자라지는 않았지만, 그렇다고 성에 차지도 않는 듯했다.

그래서 칼라일과 이레나의 만남을 대놓고 반대하는 건 아니었지만, 마치 본인이 추진하고 있는 가문과 이야기가 잘되면 이레나는 물러나야 한다는 뉘앙스를 은연중에 풍기고 있었다.

칼라일이 말했던 '능구렁이 같은 아버지'라는 게 어떤 뜻인지 조금은 이해가 될 것 같았다.

"내가 하나 궁금한 게 있는데, 혹시…… 칼라일에게서 무언가 선물을 받은 게 없나?"

그 질문을 듣는 순간, 이레나는 직감적으로 어린 시절 칼라일에게서 받은 푸른색의 구슬 반지를 떠올렸다.

안 그래도 설리반을 만나면 칼라일이 하라고 시킨 말들을 언제 꺼내야 하나, 타이밍을 재고 있던 찰나였다.

이레나는 일부러 푸른색 구슬 반지를 끼고 있는 왼손을 들어 올려 천천히 머리카락을 귀 뒤로 넘겼다.

"글쎄요, 폐하. 황태자 전하께 받은 것들이 너무 많아서 어떤 선물을 말씀하신 건지 잘 모르겠습니다."

처음부터 반지를 말하면 너무 작위적인 느낌이 들지도 모른다.

칼라일은 본인이 시켰다는 걸 들키지 말라고 당부를 했었고, 이레나는 그걸 잊어버리지 않았기에 더욱 아무것도 모르는 척 능청을 부렸다.

칼라일의 말에 따르면 설리반은 이 반지를 드래곤의 여의주라고 믿고 있다고 하니, 분명 눈으로 본다면 무언가 반응이 올 것이다.

그리고 예상대로 정말 설리반의 눈동자가 미미하게 떨리기 시작했다.

"그 반지는……."

"아, 이거요. 사실 전하께서 제게 청혼의 증표로 선물해 주신 반지입니다."

"……그래?"

지금까지는 마치 염탐을 하는 것처럼 살펴보던 설리반의 눈동자가 변했다.

그게 마치 칼라일의 사나운 눈동자와 미묘하게 닮아있어서 역시 부전자전이구나, 라는 생각을 머릿속에서 지울 수 없었다.

"칼라일이 그 반지를 영애에게 주면서 혹시 뭐라고 하지는 않았는가?"

"저와 결혼하는 남성이 루퍼드 제국의 황제가 될 거라

며, 반드시 제국의 부흥을 가지고 올 거라고 반지와 함께 덕담을 건네주셨어요."

이레나는 망설이지 않고 칼라일이 시킨 대로 입을 열었다. 그러자 설리반이 흥분이라도 한 듯이 창백한 얼굴에 일순 생기가 돌았다.

직감적으로 지금 이 상황이 칼라일이 알려 준 대로 흘러가고 있다는 걸 깨달을 수 있었다.

'정말로 황제 폐하가 그런 허황된 신화를 믿는다는 건가?'

아직은 궁금한 것투성이였지만, 당장은 무엇보다도 칼라일과의 결혼을 성사시키는 데에 전념해야 했다.

"그래, 그놈이 그렇게 얘기했단 말이지……."

아무것도 모르는 설리반은 이 이야기를 듣고 이레나와 결혼하는 상대가 루퍼드 제국의 황제가 될 거라고 생각할 수밖에 없었다.

거기다 제국의 부흥까지 가져다준다니, 지금까지 설리반이 원하는 이상을 그대로 담아 놓은 것이나 마찬가지였다.

사실 칼라일은 이미 여의주에다 대고 이레나를 죽지 않게 지켜 달라고 소원을 빈 상태였다. 하지만 그러한 진실은 설리반도, 이레나도 알지 못했다.

오로지 칼라일 혼자만 알고 있는 것이었다.

"갑자기 결혼을 하고 싶다기에 무슨 말인가 했더니, 네가 칼라일의 바람을 이뤄 줄 귀인이었나 보구나. 그동안 그 반지를 어디에 숨겨 놨나 했더니 이런 깜찍한 짓을 벌일 줄이야. 허허."

설리반은 갑자기 무척이나 다정한 표정으로 이레나를 쳐다봤다. 지금까지 그녀를 다소 경계하는 듯한 태도마저 사라진 듯했다.

"폐하, 이 반지가 무슨 의미라도 있는 겁니까? 전하께서 제게 주실 때도 뭔가 비장하다는 느낌을 받았거든요."

이레나는 지금까지 참아 왔던 호기심을 풀기 위해 슬슬 발동을 걸었다.

여기서부턴 칼라일이 시키지 않은 이레나의 개인적인 행동이었다.

"당연하지. 네가 사는 동안 목숨처럼 아껴야 할 만큼 소중한 반지니라."

"어머, 그 정도로 귀한 건가요?"

"당장은 믿지 못해도 할 수 없지만, 사실 그 반지는 칼라일의 소원을 하나 들어준단다."

말도 안 되는 얘기를 꺼내는 설리반의 눈빛은 무척이나 진지했다.

이레나는 내심 당황하는 마음을 감출 수 없었다.

칼라일은 그가 이 반지를 여의주라고 생각한다고 했

다. 그런데 설리반은 반대로 이 반지가 칼라일의 소원을 하나 들어준다고 한다.

둘이서 주장하는 내용이 뭔가 다르면서도, 미묘하게 같은 느낌이 들었다.

물론 이 반지가 정말로 신화 속에서 나온 드래곤의 여의주라면 충분히 가능한 일이었다. 하지만 그것이 단 한 가지의 소원으로 제한된다는 점이 마음에 걸렸다.

이레나가 재빨리 속마음을 감추고 설리반에게 다시 물었다.

"재밌는 말씀이세요. 그렇다면 저와 결혼하는 남자가 황제로 등극할뿐더러 제국에 부흥을 가져온다는 뜻이네요. 그런데 이왕이면 여러 개의 소원을 들어주면 좋을 텐데, 딱 한 가지밖에 안 들어준다니 아쉽네요."

"나중에 네가 황실의 사람이 되면 차차 알게 될 것이다. 칼라일의 배필을 어디서 찾을지 몰라 걱정했는데 이제 한시름이 놓이는구나."

내심 못마땅해하던 좀 전과 달리, 설리반은 마치 당장이라도 이레나가 며느리가 된 것처럼 대하고 있었다.

순식간에 달라진 그의 태도에 이레나는 당황스러운 마음보다 궁금증이 더욱 컸다.

정말로 칼라일이 말해 준 조언이 딱 들어맞는 느낌이었다.

'너무 이상한데?'

실제로 만나 본 설리반은 이레나가 짐작했던 것처럼 머리가 영특했다. 본인의 속내를 적절히 감추면서 원하는 대화를 이끌어가는 능력이 정치판에서 오래 구른 황제답다는 생각도 들었다.

그런 그가 아무런 이유 없이 말도 안 되는 신화에 집착할 리 없었다.

'뭔가 있어.'

이레나의 의심은 점점 더 확신으로 변하고 있었다.

분명 자신이 알지 못하는 황가에 대한 비밀이 있는 게 틀림없었다.

이레나가 잠시 머릿속에 떠오른 생각들을 정리하고 있을 때, 설리반이 짐짓 묵직해진 목소리로 입을 열었다.

"아가야, 이거 하나만 부탁하자꾸나."

갑자기 달라진 호칭이 어색하기 그지없었지만, 이레나는 아무런 내색도 하지 않은 채 태연하게 대꾸했다.

"네, 말씀하세요. 폐하."

"그 반지를 네가 받았다는 것도, 또 칼라일이 네게 했다던 이야기도, 전부 결혼식을 치르기 전까지는 아무에게도 발설하지 말거라."

"좋은 이야기인데 왜 아무도 알면 안 되는 겁니까?"

"말하지 않았느냐. 그 반지는 칼라일의 소원을 하나 들어준다고. 괜히 부정 탈 수도 있으니 지금은 너 혼자만 알고 있거라."

"하지만……."

이레나가 말꼬리를 길게 늘어뜨리자 설리반이 무엇이냐는 듯 눈짓을 줬다.

일부러 잠시 뜸을 들인 이레나가 단도직입적으로 물었다.

"저는 궁금한 걸 잘 참지 못합니다. 폐하. 전하께서 제게 청혼의 증표로 주신 거니 당연히 귀한 물건이겠지만, 대체 어떤 내용 때문에 그러시는 건지 속 시원히 말씀해 주시면 안 되겠습니까? 그래야 저도 신중히 행동을 하지요."

이런 기회는 쉽게 찾아오는 것이 아니었다. 가능한 칼라일 몰래 황가의 숨겨진 비밀을 알고 싶었다.

하지만 설리반은 특유의 너털웃음을 지을 뿐이었다.

"내 며느리가 될 아이는 호기심이 많은가 보구나. 하지만 황실의 사람이 되기 전까지는 그런 궁금증을 참도록 하거라."

"아……."

"대신 네가 칼라일과 정식으로 결혼식을 치르고, 제국의 황태자비가 되면 내 직접 알려 주겠다."

설리반의 확실한 언약에 순간 이레나의 표정이 밝아졌다.

그런 이레나의 기쁜 감정을 느껴졌는지 설리반도 만족스럽게 웃었다.

"꽤나 좋은 모양이구나."

"네, 폐하. 이런 내용을 칼라일 전하께는 비밀로 해 주세요. 나중에 깜짝 놀라게 해 드리고 싶습니다."

"원한다면 그러려무나. 어차피 너도 곧 알아야 할 일이니까."

드디어 궁금해하던 비밀을 알 수 있다는 사실에 이레나의 가슴이 뛰었다.

당장은 아니었지만 칼라일과의 결혼이 성사되면 자연스럽게 그의 팔에 돋아난 비늘에 대해서도 알게 될 것이다.

"일단 그러려면 한시라도 빨리 결혼식을 치러야겠구나."

방금 전까지만 해도 설리반은 제국의 황태자의 결혼식은 그리 급하게 결정지어지는 게 아니라는 말을 했었다.

이레나가 놀란 눈빛으로 말을 이었다.

"그 말씀은……."

"정확한 것은 네 부친과 다시 상의해 봐야겠지만, 다음 달은 어떠냐?"

"……!"

생각보다 더 빠른 진행에 이레나의 붉은 눈동자가 크게 뜨여졌다.

설리반이 점점 자신을 대하는 태도가 달라지고 있다고 생각을 하긴 했지만, 그게 이 정도일 줄은 몰랐다.

"왜 너무 빠르냐?"

"아, 아닙니다. 황태자 전하와 맺어지는 일인데 저는 빠를수록 좋습니다."

"허허, 답변 한번 마음에 드는구나. 그래. 쇠뿔도 단김에 빼랬다고, 결혼식은 최대한 이른 시일 내에 치르도록 하자구나."

"네, 폐하."

이레나는 만족스러운 웃음을 감출 수가 없었다.

기대 이상으로 모든 일이 순조롭게 풀리고 있었다. 칼라일과 계약 결혼을 계획한 건 오래전이었지만 이제는 바로 코앞까지 다가온 느낌이었다.

가족들부터, 황실까지.

넘어야 할 산이 꽤 남아 있다고 생각했는데, 이젠 모든 것이 해결이 되었다.

지금부턴 최단 시간 내에 칼라일과의 결혼식을 준비하는 일만 남았다.

설리반이 허허롭게 웃으면서 이레나에게 말했다.

"며늘아가, 많이 들거라."

눈 깜짝할 새에 뒤바뀐 그의 태도가 여전히 적응되지 않았지만, 그건 이제 아무래도 상관없었다.

이레나는 빙긋 웃으면서 대답했다.

"네, 아버님."

*　　*　　*

이레나는 설리반과 헤어지고 곧장 칼라일이 기다리고 있는 장소로 향했다.

기쁜 마음만큼이나 발걸음도 무척이나 가벼웠다. 치렁치렁한 드레스를 입었음에도 불구하고 자꾸만 빨라지는 걸음 속도를 멈출 수가 없었다.

그렇게 어느덧 이레나의 눈에 칼라일의 모습이 들어왔다.

벽에 비스듬히 기대어 서 있는 그의 모습은 무척이나 우월해서 저 멀리에서도 한눈에 알아볼 수 있었다.

칼라일은 특유의 오만한 분위기를 풍기며 무슨 생각에 잠겨 있는 건지, 어딘가를 물끄러미 바라보고 있었다.

이레나가 서둘러 그를 불렀다.

"카릴!"

그 목소리에 칼라일의 푸른 홍채가 그녀를 향해 움직였다. 이상하게 그 별거 아닌 장면조차 지금은 무척이나 기뻤다.

빠르게 가까이 다가온 이레나가 다짜고짜 덥석 칼라일의 손을 붙잡았다.

"폐하께 저희의 결혼을 허락받았어요. 당장 다음 달에 결혼식을 치르라고 하시네요."

칼라일은 어느 정도 짐작하고 있었던 듯 별로 놀라지 않는 눈치였다. 그는 이레나가 붙잡은 자신의 손을 물끄러미 내려보다가 다시 고개를 들었다.

"꽤나 기쁜 모양이군."

"당연하죠. 카릴은 기쁘지 않으세요? 이제 정말로 우리의 결혼이 얼마 남지 않았어요."

이레나의 밝은 얼굴을 가만히 들여다보던 칼라일이 이내 피식하고 작게 웃음을 지었다.

"나보고 기쁘지 않냐고?"

어둠 속에서 빛나는 그의 푸른 눈동자에 기이한 열기가 어렸다. 마치 무언가를 갈망하는 것처럼 애달픈 색이었다.

"내가 어떤 심정인 줄 알면 깜짝 놀랄 텐데."

칼라일의 의미심장한 말에 이레나는 의아하다는 듯이 그를 올려다보았다. 그러다가 자신도 모르게 그의 손을 붙잡았다는 사실을 깨달았다.

"앗, 죄송해요."

이레나가 재빨리 그를 붙잡고 있던 손을 놓으려고 할 때였다.

지금까지 얌전히 붙잡혀 있었던 칼라일의 커다란 손이

순식간에 이레나의 가녀린 손을 움켜쥐었다.

눈 깜짝할 새에 전세가 역전되었다.

생각지 못한 칼라일의 행동에 이레나가 놀란 눈동자로 쳐다보았다. 그러자 그가 조금 전보다 더 짙어진 눈동자로 그녀를 바라보며 속삭였다.

"조금 더 기뻐해 줘도 돼. 난 사실 손이 아니라 포옹을 해 주면 좋겠는데 말이지."

당장이라도 안기라는 듯, 칼라일이 자신의 넓은 품을 슬쩍 눈짓으로 가리켰다.

그 뻔뻔한 얼굴이 기가 막혀서 이레나는 풋, 웃음을 터뜨렸다.

정말로 방금 전이라면 기쁜 마음에 그에게 달려와 안겨 버렸을지도 모르겠다.

이제 이레나는 정식으로 황실의 인원이 된다. 그러면 동등하게 파벨루크와 맞설 수 있었다.

그것이 의미하는 바는 컸다. 이제부터 자신이 할 수 있는 일들이 기하급수적으로 늘어날 거란 소리였으니까.

"카릴이 황제로 등극하면 너무 기뻐서 정말 포옹을 해 버릴지도 모르겠어요."

"이래저래 얼른 내가 황제가 되어야겠군."

장난스럽게 들리는 그의 말에도 이레나는 진지한 표정으로 고개를 끄덕였다.

"그래요, 기다려요. 제가 그렇게 만들어 줄게요."

이레나는 소위 말하는 킹 메이커가 될 생각이었다. 그래서 다른 누구도 아닌 제 손으로 직접 칼라일을 왕좌에 올려줄 것이다.

20
더욱 가까운 곳에서

칼라일과 이레나의 결혼 발표는 순식간에 이루어졌다.

설리반은 하루빨리 칼라일을 장가보내고 싶어 했고, 이레나의 부친인 알포드도 이미 마음을 굳힌 상태라 거리낌이 없었다.

더구나 반발이 있을 거라 예상했던 황후궁 또한 아무런 움직임이 없으니, 두 사람의 결혼식은 순탄하게 진행되었다.

이레나는 지금까지 최대한 빨리 결혼식을 치르겠다고 벼르고 있었지만, 그게 정말 눈앞에 닥치니 준비해야 할 게 산더미처럼 많았다.

공식적인 결혼 발표가 나온 뒤, 가장 먼저 이레나를 축하해 주러 온 사람은 역시나 미라벨이었다.

"꺄아아아! 언니이이이! 너무 축하해!"

제 일처럼 기뻐해 주는 미라벨을 보고 있자니 절로 마음이 따뜻해졌다.

"고마워. 미라벨."

"전하랑 결혼을 할 거라고 생각했지만, 그래도 이렇게 빠를 줄은 몰랐어."

"아무래도 카릴의 나이에 비해 결혼이 늦다 보니 조금 서두른 감이 있었어."

"그러게. 생각해 보니까 전하는 황태자인데도 꽤나 늦게까지 결혼을 하지 않았네."

생각지도 못한 미라벨의 말에 이레나는 저도 모르게 뜨끔하고 말았다.

어찌 됐든 칼라일에게 내려온 불길한 신탁 때문에 많은 귀족가에서 그와의 혼담을 거부한 것이었으니까.

그러한 전혀 내용을 알지 못하는 미라벨은 당연히 의아하게 느껴질 수밖에 없었다.

이레나가 어색한 얼굴로 먼저 입을 열었다.

"음, 그건……."

"두 사람이 운명인가 봐!"

"뭐?"

"전하가 언니를 만나려고 아직까지 결혼을 하지 않았

던 거지. 말 그대로 운명적인 사랑! 캬아—"

본인의 상상에 흠뻑 취한 미라벨이 손뼉을 치면서 기뻐하는 모습을 보고 있자니, 이레나는 절로 안도의 한숨이 새어 나왔다.

사실 운명적인 사랑까진 아니었지만, 그래도 칼라일과 인연이 닿아 있었던 건 맞았다.

아무것도 모르던 어린 시절 이미 한 차례 칼라일과 만난 적이 있었고, 그는 과거로 돌아온 이레나가 선택할 수 있는 최적의 카드였으니까.

여러 가지로 아귀가 딱 잘 맞아떨어진 느낌이다.

만약 새끼손가락에 걸려 있는 인연의 실이라는 게 정말로 존재한다면, 분명 칼라일과 이레나 사이에도 이어져 있긴 할 것 같았다. 그게 사랑의 붉은 실인지는 알 수 없었지만 말이다.

미라벨이 말했다.

"저번에 황제 폐하를 만나러 갔다더니 그때부터 결혼 얘기가 오갔던 거야?"

"응. 잠깐 저녁 식사를 하면서 대화를 나눈 건 맞는데, 아무래도 아버지가 폐하를 알현하고 난 뒤에 이것저것 조율해서 마무리를 지은 것 같아. 사실 나도 결혼 발표가 오늘 나올 줄은 몰랐거든."

알포드와 설리반이 만나서 무슨 이야기를 나눴는지는

이레나도 알 수 없었지만, 황실의 혼사이니 상의해야 할 게 많았을 것이다.

결혼식 지참금 문제만 해도 그렇다.

귀족들은 결혼할 때 신부가 신랑에게 일정한 재산을 건넨다.

부유한 가문일수록 친정에서 사전으로 받는 유산 상속이 많아, 굳이 현금이 아니더라도 귀금속, 토지, 노예 등 많은 것을 지참할 수 있었다.

그래서 보통 신랑 측에서는 더 많은 재산을 가지고 올 수 있는 여성을 원했고, 신부도 마찬가지로 본인이 지불하는 금액에 걸맞은 높은 가문을 골랐다.

이러한 부분 때문에 귀족 사회에서는 정략결혼이 많을 수밖에 없었다. 서로 간에 여러 가지의 이해관계가 얽혀 있는 것이다.

그렇기에 특이한 케이스가 아닌 이상, 결과적으로 신분이 높은 남성과 결혼하려면 그만큼 많은 지참금이 필요한 게 현실이었다.

칼라일은 황태자였기 때문에 황실에다 어느 정도 지참금을 내야 할지, 이레나는 벌써부터 머리가 아파 올 지경이었다.

미라벨도 이러한 귀족들의 결혼 문화에 대해 잘 알고 있었기 때문에 급작스러운 이레나의 결혼 준비가 걱정이 될 수밖에 없었다.

미라벨이 염려스러운 눈빛으로 말했다.

"이것저것 준비하느라 많이 바쁘겠다. 뭐부터 해야 하지? 내가 도와줄 건 없어?"

"당장은 나도 어디서부터 손을 대야 할지 감이 잘 안 오는데…… 우선은 저택에서 일할 사람을 더 고용해야 할 것 같아."

"일할 사람?"

"아무래도 결혼 준비를 본격적으로 시작하면 앞으로 많이 바빠질 텐데, 지금 블레이즈 저택에서 일하는 인원으로는 턱없이 부족할 테니까."

"하긴 남부 지방에서 하인들을 더 불러오기에는 왔다 갔다 하는 비용이랑 시간이 더 걸리겠다. 그럴 바엔 단기적으로라도 일할 사람을 고용하는 게 낫지."

"음, 그래서 그 일은 너하고 집사한테 맡길까 하는데 어때?"

"좋아! 그 정도는 아주 쉽지!"

미라벨은 흔쾌히 고개를 끄덕거렸다.

이레나는 황궁에서 나온 뒤 미라벨이 며칠 동안은 울적해 보여서 걱정했는데, 지금은 밝은 모습을 되찾은 것 같아 조금은 마음이 놓였다.

이레나가 한결 가벼워진 표정으로 입을 열었다.

"그럼 집사한테 저택에서 일할 사람을 구한다는 광고를 좀 내 달라고 전해 줘."

"알겠어. 내가 직접 면접 봐서 일을 잘할 것 같은 사람으로 고용할 테니 걱정 마."

"그래, 너만 믿을게. 고마워."

이레나의 감사 인사에 흐뭇한 표정을 짓고 있던 미라벨이 갑자기 무언가 떠오른 듯 재차 입을 열었다.

"그런데 다른 것들도 다 중요하겠지만, 아무래도 제일 신경 써야 하는 건 결혼식 날 입을 드레스가 아닐까?"

"그렇지."

세기의 결혼식까진 아니더라도 황태자인 칼라일의 신부가 되는 날이다. 절대로 남들의 눈에 초라하게 보일 수는 없었다.

더구나 불길한 신탁이 있는 상황이라 자칫 잘못하면 마치 신탁을 해소하기 위해 하는 결혼처럼 오해를 받을 수도 있었다.

이레나는 그런 허수아비 황태자비로 보일 생각이 추호도 없었다.

그렇기에 가능한 칼라일과 화목한 모습을 많이 보이는 것도 중요했다.

정식으로 황궁에 입성하게 되면 최대한 빨리 권력을 장악할 것이다.

곰곰이 고민하던 미라벨이 갑자기 좋은 생각이 떠올랐는지 밝은 표정으로 다시 입을 열었다.

"일단 저번에 수도에서 거래했던 앤코 의상실 기억나지? 거기에 있는 마담 미첼부터 먼저 한 번 만나 봐야겠어. 전하의 결혼식 날 입을 드레스라면 많은 의상실에서 맡고 싶어 경쟁할 테니, 여러 군데에서 상담받아 보고 결정하자."

"그래. 결혼식 날 입을 드레스에 대해선 전적으로 너한테 맡길게."

"에에? 전문가도 아닌 내가 뭐라고…… 그저 힘닿는 데까지 최선을 다해 도울게."

미라벨은 자신이 없는 표정이었지만 그래도 두 눈에선 투지가 불타오르고 있었다.

그 모습이 귀여워서 이레나는 저도 모르게 흐릿하게 웃고 말았다.

이레나는 다른 사람보다 미라벨의 눈을 믿었다. 누구보다 자신에게 어울리는 드레스를 골라 줄 것이라고 말이다.

그렇게 결혼 준비는 매우 바삐 돌아갔다.

*　　*　　*

최근 이레나는 굉장히 많은 업무들을 처리하고 있었다.

결혼 준비 때문에도 그랬지만 블레이즈가의 서류들을 정리하는데도 많은 시간을 쏟아붓고 있었다. 이레나가 결혼하게 되면 집안의 안살림은 모두 미라벨의 몫이 되기 때문이다.

미리 조금씩 준비를 해 두긴 했지만 막상 결혼식 날짜가 잡히니 마음이 조급했다.

그동안 골치를 썩였던 부분이나 미뤄 놓았던 것들은 전부 해결해서 미라벨은 어려움 없이 새롭게 살림을 꾸려 나가도록 만들게 하고 싶었다.

그런 욕심이 생기다 보니 이레나는 자연스럽게 몸을 혹사시킬 수밖에 없었다.

그렇게 언제나처럼 책상에 앉아서 서류를 결재하고 있을 때였다.

톡톡—

창문에서 미약한 소리가 들려왔다.

이레나가 그쪽을 향해 시선을 돌리자, 거기엔 생각지도 못한 남자의 얼굴이 보였다.

짙은 푸른색 머리카락에 창백한 피부를 지닌 남자, 바로 쿤이었다.

그는 평상시처럼 무미건조한 표정으로 이레나의 방 안으로 들어왔다.

만약 그가 다쳤다는 사실을 알지 못했다면, 지금의 상

태만 보고는 절대로 눈치를 채지 못했을 것 같았다.

물론 아직 몸이 다 회복되지는 않은 건지 거동이 조금 불편해 보였지만, 그런 미세한 부분들을 신경 쓰기엔 그는 너무 멀쩡해 보였다.

이레나는 저도 모르게 '몸은 괜찮아요?'라고 물을 뻔했지만, 곧이어 자신은 그가 다쳤다는 사실을 몰라야 한다는 것을 기억해 냈다.

이레나가 아무것도 모르는 척 표정을 숨긴 채 입을 열었다.

"손수건을 묶은 것도 아닌데 어쩐 일이죠?"

"장군께서 아가씨에게 결혼식 장소가 정해졌다고 알려 드리라고 하셨습니다."

"그런 건 그냥 공식적으로 전달해 주셔도 됐을 텐데……."

왜 굳이 다친 쿤이 직접 왔냐는 말이 목구멍까지 차올랐다.

하지만 이레나가 깊게 묻지 않아도 쿤은 자연스럽게 대답했다.

"저도 잘 모르겠습니다. 그저 한시라도 빨리 전해 드리고 오라 하셨습니다."

이레나는 그 말에 담겨 있는 칼라일의 속뜻을 읽어냈다. 아마 자신이 쿤을 부르지 않을까 봐 일부러 그의 건

재한 모습을 보여 주려고 여기까지 보낸 듯싶었다.

하지만 조금 더 쉬게 해도 됐는데 이렇게까지 빨리 복귀시키는 이유를 알 수 없었다.

쿤에게 직접적으로 물어볼 수도 없는 부분이라 이레나는 그저 속으로 끙 하고 앓고 말 뿐이었다.

"일단 알겠어요. 결혼식 장소가 어디로 정해졌죠?"

"수도에서 가장 큰 광장인 벨루에에서 치러질 예정이라고 합니다."

"황궁 안이 아닌 걸 보니, 공개 결혼식을 할 생각인가 보군요."

"네, 황제 폐하의 뜻이라고 하십니다."

황태자의 결혼식이다. 황궁 안에서 치러진다고 해도 모든 귀족들과, 루퍼드 제국과 근접해 있는 왕국까지 전부 사절단을 보내 축하하려 들 것이다.

그런데 공개 결혼식이라면 제국민들 또한 멀찌감치에서 구경할 수 있어서, 말 그대로 어마어마한 인파가 몰리게 된다.

'폐하께서 판을 크게 짜시네.'

참가하는 인원이 많을수록 여러 가지로 부담이 되는 게 사실이었지만, 그렇다고 해서 그걸 거부할 수는 없는 노릇이었다.

원래 예식장은 신랑 측에서 정하는 것이 루퍼드 제국

의 관례였다.

그런 부분을 이레나가 왈가왈부할 수도 없을뿐더러, 이왕 하는 거 성대하게 치르는 것도 나쁘지 않았기에 곧장 수긍했다.

"알겠어요. 식장은 그렇게 참고해서 진행할게요."

루퍼드 제국에서 가장 큰 벨루에 광장을 어떻게 꾸밀지 벌써부터 머리가 아파 왔지만, 그건 일단 나중에 고민해야 할 문제였다.

이레나는 습관처럼 관자놀이를 꾹 한 번 짚은 후, 쿤을 보면서 재차 입을 열었다.

"혹시 전하께서 다른 말씀은 없으셨나요? 제가 황태자궁에 있을 때 부탁드린 게 하나 있었는데요."

"어떤 걸 말씀하시는 겁니까?"

"제 동생 미라벨이 거기서 머무를 때 황후궁의 사람들이 갑자기 방에 침입했다고 들었어요."

"……!"

이레나의 담담한 말을 듣는 순간 쿤의 어깨가 움찔거렸다.

뭔가 의아하다고 생각이 들었지만, 워낙 찰나에 지나간 행동이라 이레나는 자신이 잘못 보았다고 판단할 수밖에 없었다.

"그때 미라벨의 방에 들어온 황후궁 사람들이 누군지 찾아 달라고 말씀을 드렸었는데, 그에 대한 소식은 없나요?"

"……왜 찾으시는 건지 여쭤도 되겠습니까?"

이레나의 명령에 토를 다는 건 쿤답지 않은 행동이었으나, 이 정도의 질문은 허용할 수 있는 범위 안이었기에 이레나도 망설임 없이 대답했다.

"그들이 갑자기 들어오는 바람에 제 동생이 못 볼 꼴을 보였다고 했어요. 언니가 돼서 그런 사실을 알고 그냥 지나칠 수는 없죠. 그들에게 그에 상응하는 벌을 줄 생각이에요."

쿤이 그답지 않게 잠시 머뭇거리다가 이내 나지막이 물었다.

"혹시 그날 동생분께 뭐 다른 말씀을 들으신 건 없으십니까?"

이레나로선 생각지도 못한 질문이었다. 그녀가 의아하다는 표정으로 대꾸했다.

"그게 무슨 말이죠?"

"대충 어떤 상황인지 말씀해 주시면 제가 그들을 찾아내는데 더 수월해질 것 같아서 드리는 말씀입니다."

"다행히 큰일은 없었어요. 그들이 갑자기 들어오는 바람에 동생이 제대로 옷을 갖춰 입지 못하고 있었던 것 같아요. 그게 끝이에요."

"……그렇군요."

쿤이 알 수 없는 표정으로 나지막이 대답했다.

이레나는 그들을 쉽게 용서해 줄 생각이 없었기에 재차 입을 열어서 강조했다.

"설령 그렇다고 해도 레이디의 방에 함부로 침입을 하다니요. 저는 이대로 넘어갈 생각이 없으니 최대한 빨리 조사해 주세요."

"알겠습니다. 제가 곧바로 확인해서 알려드리도록 하겠습니다."

왜인지 쿤의 대답이 평소보다 감정적인 것 같다고 느껴졌지만, 이레나는 깊게 생각하지 않고 고개를 끄덕거렸다.

서로 바쁜 상황이었기에 쿤은 곧장 이레나를 향해 고개를 숙이며 인사를 건넸다.

"그럼 이만 가 보겠습니다."

"네. 항상 건강…… 조심하세요."

갑작스러운 이레나의 인사말에 쿤은 살짝 의아한 표정이 되었지만, 그 또한 별로 대수롭지 않게 생각하고 넘어갔다.

"네 감사합니다. 그럼—"

그렇게 쿤은 방 안으로 들어올 때와 마찬가지로 창문을 통해 소리 없이 이곳을 나갔다.

이레나도 그가 사라지는 모습을 잠시 지켜보다가 다시 원래대로 책상 위에 펼쳐진 서류를 향해 고개를 돌렸다.

*　　　*　　　*

쿤은 언제나처럼 발소리를 죽인 채 블레이즈 저택의 지붕을 거닐고 있었다.

평상시였다면 더욱 날렵하게 움직였을 테지만, 아직까진 상처가 다 낫지 않아 나름대로 몸을 사리고 있는 중이었다.

그때였다.

쿤이 서 있는 방향으로 블레이즈가의 기사들이 다가오기 시작했다.

"……이런."

원래대로라면 재빨리 이 장소를 벗어났겠지만 지금은 그런 속도가 나올 리 만무했다.

쿤은 서둘러 사람의 기척이 느껴지지 않는 방으로 잠시 몸을 피신시켰다.

어차피 정해진 순서대로 저택의 인근을 지키는 기사들이었기에 조금만 기다리면 곧 다른 곳으로 움직일 것이다.

쿤이 그렇게 잠시 대기를 하고 있을 때였다.

전혀 생각지도 못한 목소리가 근처에서 들려왔다.

"집사, 이분이 저희 저택에서 일하려고 제일 먼저 지원한 사람인가요?"

"네, 작은 아가씨. 주로 보석상에서 일한 경험이 많은 자입니다."

쿤은 자연스레 목소리가 들려오는 방향을 향해 걸음을 옮겼다.

그리고 미세한 틈으로 그쪽을 훔쳐보자, 짐작대로 미라벨과 이 저택의 집사인 마이클이 대화를 나누는 모습이 보였다.

우연히 미라벨과 마주친 쿤은 저도 모르게 황태자궁에서 나눈 대화를 떠올렸다.

—우리 한 번만…… 더 만나요. 몸이 다 나으면 저를 찾아와 주세요. 제 이름은 미라벨 블레이즈예요.

마치 언제까지고 그 자리에서 기다리고 있을 것만 같은 목소리였다.

그래서인지 쉬는 동안 가끔 머릿속에 생각이 났다.

그런데 지금 보이는 미라벨은 그날이 모두 꿈결이라고 느껴질 만큼 평상시처럼 밝은 표정으로 생활하고 있었다.

'날 기다리겠다고 했으면서…….'

금세 다 잊어버린 것 같은 미라벨의 얼굴이 조금 씁쓸했지만 괜찮았다.

어차피 자신은 미라벨의 앞에 다시 나타날 예정이 없었다. 아마 앞으로도 그녀는 모른 채 이렇게 혼자서만 마주치게 되겠지.

쿤은 아무도 모르게 해맑게 웃는 미라벨의 얼굴을 한동안 지켜보다가 조용히 들어왔던 창밖으로 다시 사라졌다.

그가 잠시 머물다간 흔적은 그 어디에서도 발견할 수 없었다.

쿤이 나간 곳의 창문으로 희미한 바람 한 줄기가 들어올 때였다.

미라벨이 말했다.

"안면이 익은데 혹시 저랑 마주친 적이 있나요? 이름이 뭐라고 했죠?"

쿤의 존재를 전혀 모르는 미라벨과 집사 마이클은 계속해서 일꾼을 구하는 면접을 진행하고 있는 중이었다.

그 질문에 두 사람의 반대편에 서 있던 웃는 인상을 가진 남자가 슬쩍 실눈을 뜨면서 나지막한 목소리로 대답했다.

"남부 지방 보석상에서 한 번 만나 뵌 적이 있습니다, 아가씨."

그는 이미 이레나와 미라벨, 모두 마주친 적이 있는 남자였다.

처음에는 이레나가 낀 구슬 반지를 추적해 여기까지 왔지만, 이제는 그녀를 감시하라는 파벨루크의 새로운 명령을 받고 나타난 것이었다.

"제 이름은 바토리 코벤이라고 합니다."

*　　*　　*

현재 사교계를 강타하는 가장 중대한 소문은 바로 칼라일과 이레나의 결혼 발표였다.

처음엔 전장에서만 지내 온갖 흉흉한 소문이 가득했지만, 얼마 전에 있던 황실 무도회에서 잘생긴 외모를 드러내 수많은 영애들의 관심을 한 몸에 받았던 칼라일이다.

그런 그의 갑작스러운 연애 소식에 이어 결혼 발표까지.

여러 가지 극적인 요소들이 포함되어 있었기 때문에 세간의 이목이 더욱 집중이 될 수밖에 없었다.

하지만 이렇게 커다랗게 스포트라이트를 받는 이야깃거리 외에도 수도권 사교계에서는 자잘한 사건 사고들이 끊이지 않았다.

이를 테면, 거의 사교계에서 매장당하다시피 묻힌 엘렌이 갑자기 황후의 최측근이나 다름없는 황궁 시녀로 임명되면서 엄청난 권력을 손에 넣었다는 점이다.

그래서 현재 마가렛이 블레이즈가를 방문한 상태였다.

"블레이즈 영애의 결혼 소식은 들었어요. 정말 축하드려요."

"고마워요. 그때 로렌스 영애가 파티장에 나타나 줘서 많은 도움을 받았어요. 덕분에 셀비 영애가 퍼뜨린 악소문도 빠르게 잠재울 수 있었고요."

이레나의 겸손한 말에 마가렛은 그때의 일을 생각하며 손사래를 쳤다.

"에이, 그게 저 때문인가요. 황태자 전하가 그렇게 잘린 목을 들고 나타나셨는데 당연히 다들 숨죽일 수밖에 없었죠."

당시에는 새하얗게 질렸던 마가렛이지만, 지금 와서 생각해 보면 그날 칼라일이 모두에게 보여 준 카리스마는 엄청났다.

"처음엔 황태자 전하가 무섭다고 생각했는데 곰곰이 돌이켜 보니까, 그게 다 블레이즈 영애를 위해서 한 행동인 것 같더라고요. 전하의 사랑을 한 몸에 받으시는 것 같아 정말로 부러워요."

"별말씀을요. 나중에 로렌스 영애는 부군에게 더 많은 사랑을 받으실 거예요."

이레나의 훈훈한 덕담에 마가렛은 부끄러운 미소를 지어 보였다.

그때 이후로 이레나와 마가렛은 서로 간단한 편지를 주고받았기 때문에 그 전보다 훨씬 편안한 사이가 되어 있었다.

그동안 묵혀 두었던 말들이 많았지만 일단은 가장 중요한 문제를 꺼내야 했기에 마가렛은 서둘러 입을 열었다.

"결혼식을 준비하느라 많이 바쁘시죠? 제가 찾아온 건

다름이 아니라 셀비 영애 때문이에요. 이번에 황궁 시녀로 임명되면서 엄청 큰소리를 치고 다닌다는 소문은 들으셨죠?"

"네, 얼마 전에 들었어요."

"황후 폐하께선 어째서 그런 셀비 영애를 곁에 두시는 건지…… 가뜩이나 악독한 셀비 영애가 권력을 손에 넣었으니 무슨 일을 벌이지 않을까 걱정이 되어서 찾아왔어요."

이레나 또한 몇 번이나 자신을 함정에 빠뜨리려고 했던 엘렌이 권력을 손에 넣으니 신경이 쓰일 수밖에 없었다.

그리고 황궁 시녀로 임명이 되었다는 소문을 듣고 추측한 것이지만, 얼마 전 미라벨과 함께 황태자궁에 놀러 갔던 날 우연히 마주친 것은 정말로 엘렌일지도 모르겠다.

만약 그날 정말로 황후와 엘렌이 만났다면 대체 무슨 이야기를 나눴을까?

이레나는 못내 찜찜한 기분을 떨쳐 버릴 수가 없었다.

'황후 폐하를 제대로 본 적은 없지만 어쩐지 느낌이 좋지 않아.'

황후에 대한 칼라일의 경고도 있었기 때문에 가뜩이나 경계를 늦추지 않고 있는 상태였다. 하지만 꼭 그게 아니더라도 왠지 황후와는 좋지 못한 사이가 될 것 같았다.

이레나는 잠시 황후에 대해 생각해 보다가 이내 다시 입을 열었다.

"로렌스 영애는 별다른 일이 없으면 조만간 남부 지방으로 내려갈 생각인가요?"

"네, 아무래도요. 수도에 더 있어도 상관은 없지만 여기서 제가 딱히 할 일은 없으니까요. 블레이즈 영애의 결혼식만 참석하고 곧바로 내려갈까 생각하고 있어요."

사실 마가렛에게 안 좋은 소문이 퍼진 남부 지방이 편하지는 않았지만, 엘렌이 황궁 시녀가 된 마당에 수도에 남아 있어 봤자 좋은 영향을 받지 못할 게 뻔했다.

그래서 마가렛은 이곳을 떠날 준비를 하기 전에 마지막으로 이레나에게 경고를 해 주러 온 것이었다.

이레나의 곁엔 지난번처럼 칼라일이 있을 테니 그나마 걱정이 덜 되긴 했지만, 그래도 사교계의 암투는 남자들이 끼어들 수 없는 부분이 많았다.

마가렛은 여기에 혼자 남겨질 이레나가 못내 걱정이었다.

그리고……

그런 마가렛의 고운 마음씨를 이레나 또한 말하지 않아도 느끼고 있었다.

"로렌스 영애, 혹시 저를 위해 수도에 남아 주실 생각은 없나요?"

"네?"

"영애만 괜찮다면 저는 황태자비가 되자마자 로렌스 영애를 제 첫 번째 황궁 시녀로 임명하고 싶어요."

"브, 브, 블레이즈 영애!"

황실에서 여성으로서 가장 큰 권력을 지닌 건 황후였다. 하지만 그렇다고 해서 황태자비의 권세를 무시할 수는 없었다.

황궁에 거주하는 단 두 여인만이 본인의 황궁 시녀를 임명해서 자유롭게 황궁 안을 드나드는 걸 허락할 수 있었는데, 그중에 한 명이 바로 황태자비가 되는 이레나였다.

황후가 임명한 황궁 시녀보다, 황태자비의 황궁 시녀가 권력이 약할 순 있었다. 하지만 절대로 쉽게 볼 수 없는 위치임은 틀림없었다.

이레나는 자신만의 독자적인 사교 세력을 만들 계획이었다.

거기엔 머리가 좋은 여인도, 권력을 휘두를 수 있는 여인도 필요했지만, 무엇보다 가장 중요한 것은 믿을 수 있는 여성이어야만 했다.

상황에 따라 이리저리 붙는 박쥐 같은 타입은 아무리 유능하다고 해도 가까이에 둘 수 없었다.

치열한 궁중 암투 속에서 이레나는 누구보다 온전히 자신의 편이 되어 줄 사람을 원했다. 하지만 생각보다 누군가에게 신뢰를 준다는 건 쉬운 일이 아니었다.

앞으로 이레나가 헤쳐 나가야 할 황궁 생활은 더욱 그러할 것이다. 그래서 가능하다면 때 묻지 않은 마가렛이 자신의 첫 번째 황궁 시녀가 되어 주기를 오래전부터 생각하고 있었다.

"저, 저는 한낱 백작가의 영애이고, 이제 블레이즈 영애가 황태자비가 되면 많은 귀부인들이 따를 텐데 어찌 저한테……."

"제가 알지 못하는 많은 귀부인들은 필요 없어요. 다른 사람이 아닌 로렌스 영애가 제 곁에 남아 주면 좋겠어요. 저는 누구보다 순박하고 심성이 고운 로렌스 영애가 마음에 들어요."

생각지도 못한 제안에 순간 마가렛의 눈동자가 크게 뜨여졌다.

로렌스 백작가는 꽤 괜찮은 가문이었지만, 마가렛은 말더듬이에다가 성격이 소극적이라서 어렸을 때부터 타인과 잘 어울리지 못했다.

그래서 사람들 사이에서 간교하게 웃는 엘렌이 부러웠고, 그녀가 데리고 다녀 주는 것이 행복하다고 느꼈었다.

매일 무시를 받으면서도 예전에는 그마저도 좋다고 생각될 정도였다.

그런데 이런 마가렛의 성품이 마음에 든다고 표현해 주고, 곁에 남아 주었으면 좋겠다고 말해주는 사람은 이레나가 처음이었다.

마가렛은 너무나도 감격해서 눈물이 글썽글썽 차올랐다.

"로렌스 영애?"

갑자기 마가렛이 눈물을 보이자 맞은편에 앉아 있던 이레나는 크게 당황할 수밖에 없었다.

이레나가 서둘러 테이블 위에 놓여 있던 티슈를 꺼내 마가렛에게 건넸다. 하지만 마가렛은 티슈 대신 이레나의 손을 붙잡고 눈물을 삼켰다.

"흑, 블레이즈 영애. 저, 저, 너무 감동받았어요. 이런 말은 처음 들어 봐요. 설령 나중에 프러포즈를 받는다고 해도 이보다 더 기쁘진 않을 거예요."

"그런 말씀 마세요. 일단 울음을 그치세요."

이레나는 자신이 마가렛을 울렸다는 생각에 허둥지둥거릴 수밖에 없었다.

그리고 그런 모습이 마가렛의 눈에는 더욱 따뜻하게 비쳐서 결국 목 놓아 울음을 터뜨리는 상황이 발생하고 말았다.

"으헝헝, 블레이즈 영애, 고마워요."

"이런, 울지 마세요."

이레나가 서둘러 눈물을 닦아 주자 마가렛의 눈물은 더욱 멈출 줄을 몰랐다.

처음이었다.

이렇게 마가렛에게 손을 내밀어 준 사람은.

한참을 끅끅거리며 울던 마가렛이 어느 순간 눈물을 스

을, 닦아 내더니 누구보다 환한 표정으로 미소를 지었다.

"저 수도에 남을게요. 블레이즈 영애가 황태자비가 되면 제가 누구보다 열심히 옆에서 보필할게요. 저를 첫 번째 황궁 시녀로 삼아 준 것에 대해 절대로 후회하지 않게 만들어 줄 거예요."

이레나는 갑자기 마가렛이 울음을 터뜨려서 잔뜩 걱정을 하고 있던 중이었다. 그런데 그녀가 생각보다 더 당찬 대답을 내뱉자 일순 의아할 수밖에 없었다.

하지만 거기에 담긴 마가렛의 진심이 느껴져서 이레나도 곧 희미한 미소를 지었다.

저번에도 느꼈지만 마가렛은 이레나가 사귄 첫 번째 친구나 마찬가지였다.

그리고 그 친구는 다행히도 오랫동안 자신의 곁에 머물러 줄 것만 같았다.

"정말 고마워요, 로렌스 영애."

"블레이즈 영애가 고마울 게 뭐있어요. 황궁 시녀가 된다는 건 저한테도 엄청 명예로운 일이에요. 저희 아버지가 아시면 엄청 기뻐하실 거예요."

"그렇다면 다행이고요. 우리 앞으로도 잘 해 봐요."

이레나와 마가렛은 서로를 마주 보며 환하게 웃었다.

어느새 해가 지고, 어두운 밤이 찾아왔다.

기나긴 이야기를 간신히 멈추고 이레나와 마가렛이 바깥으로 나왔다.

이제 로렌스 백작가로 돌아가야 하는 마가렛을 배웅해 주기 위해서였다.

"조심해서 들어가세요."

"네, 블레이즈 영애도요. 결혼 준비하는 데 도움이 필요하면 언제든 불러 주세요."

서로 아쉬운 인사를 나눈 후, 마가렛이 못내 떨어지지 않는 발걸음으로 마차에 올라탔다.

그렇게 천천히 달려가는 마차가 시야에서 완전히 사라질 때까지 이레나는 그 자리에서 손을 흔들어 주었다.

그리곤 마가렛이 탄 마차가 보이지 않게 될 때쯤, 이레나는 다시 저택으로 돌아가기 위해 발걸음을 돌렸다.

그때였다.

스윽—

어느 순간 이레나의 뒤편으로 누군가의 그림자가 다가왔다.

불현듯 의아한 생각에 고개를 돌려보니, 저택 내에서 처음 마주하는 얼굴이었다.

준수한 외모인 데다 웃는 인상을 가진 매우 호감형의 남자였다.

"누구지? 저택 내에서 처음 보는 것 같은데……."

막 수도에 올라왔을 때라면 모르겠지만, 지금은 어느 정도 고용인들의 얼굴과 이름을 전부 알고 있는 상태였다.

이레나가 새롭게 등장한 인물에 경계심을 가지려는 찰나였다.

그가 빙긋 웃는 얼굴로 대답했다.

"제 얼굴을 못 알아보시겠습니까? 예전에 남부 지방에서 보석상을 방문하실 때 안내해 드린 적이 있는 바토리라고 합니다. 얼마 전에 작은 아가씨께 면접을 보고 여기서 일하기로 고용되었습니다."

"아……!"

그제야 이레나는 과거에 한 번 마주친 적이 있는 바토리의 얼굴을 떠올릴 수 있었다.

말재주가 좋아 보석상에서 판매 실적이 꽤나 높았을 것 같은데, 그가 갑자기 블레이즈 저택에서 일한다니 의아하게 느껴질 수밖에 없었다.

"그때 일하던 보석상은 어떻게 하고 저희 저택으로 오게 되었죠?"

"새로운 보석상으로 이직하려고 했는데, 중간에 사기를 당했지 뭡니까? 그래서 지금은 숙식이 제공되는 일자리를 찾고 있었죠. 남부 지방에서 한 차례 만난 적이 있는 아가씨들을 다시 뵙게 되니 반가울 따름입니다."

넉살 좋게 웃어 보이는 바토리의 얼굴을 보고 있자니,

약간 의심스러운 마음이 생기려던 게 저절로 사라졌다.

어차피 새로운 일꾼을 뽑는 건 미라벨에게 전적으로 맡겨 놓은 상태였다.

어련히 집사와 미라벨이 이력서를 잘 확인해서 뽑았을까.

아무리 이레나가 안주인이라고 해도 일일이 간섭하기 시작하면 끝이 없었기에, 어느 정도는 타인에게 믿고 맡겨 두는 부분도 필요했다.

이레나는 방금 전보다 한결 부드러워진 목소리로 말했다.

"그렇군요. 저희 저택에서 일하게 된 걸 환영해요. 혹시 힘든 일이 있으면 집사한테 말하시고요, 앞으로 결혼식 준비 때문에 이래저래 많이 바빠질 거예요. 한동안 수고해 주세요."

"네, 맡겨만 주십시오. 아가씨."

바토리가 자신만 믿으라는 듯 본인의 가슴을 툭툭 쳤다.

그 모습에 이레나는 만족스러운 표정으로 다시금 저택 안으로 발길을 옮겼다.

이레나가 사라지고 혼자 남겨진 바토리는 잠시 마가렛이 사라진 방향을 지켜보며 조용히 혼잣말을 읊조렸다.

"……로렌스 백작가인가."

마차에 새겨진 문양만 봐도 어느 가문인지 충분히 유추해 낼 수 있었다.

바토리는 이레나가 예상보다 로렌스 백작가와 더 친하다는 사실을 기억해 두었다.

이제부턴 더욱 가까운 곳에서 이레나의 일거수일투족을 감시할 예정이었다.

*　　*　　*

자신의 방으로 돌아온 이레나는 그동안 혼자서 고민했던 부분에 대해 슬슬 결론을 내려야 한다는 것을 깨달았다.

오늘 마가렛에게 곁에 남아 달라고 말했던 것처럼 지금의 이레나에겐 믿을 수 있는 사람이 절실하게 필요했다.

황궁은 어떤 면으로 봤을 때 전쟁터나 다름없었다. 거기다 황후가 이미 장악하고 있는 적진에 들어가는 상황이다.

아무런 대책도 없이 황궁에 입성할 수는 없었다.

거기서부턴 이레나가 먹고, 마시고, 잠자는 모든 것이 타인에게 노출이 되었다. 한마디로 위험해질 수도 있다는 뜻이다.

'가능한 유모한테는 연락하지 않으려 했는데…….'

하지만 아무리 생각해 봐도 이레나를 키워 준 유모만큼 황태자비의 시녀장으로 어울리는 사람은 찾을 수 없었다.

어머니가 일찍 돌아가신 바람에 이레나와 미라벨은 거의 유모의 손에 큰 것이나 다름없었다.

문제는 자신의 유모가, 돌아가신 어머니의 유모이기도 했기 때문에 나이가 너무 많다는 것이다.

그만큼 박식하고 지혜로웠지만, 곁에 있으면 자꾸만 일을 하려고 하는 통에 건강을 해칠까 봐 몇 년 전에 고향으로 보내 드렸었다. 여생을 편안히 보내시라는 마음에서였다.

'저번 생에서도 그때 헤어지고 한 번을 못 봤네.'

블레이즈 가문이 망하고 몇 년 동안은 제 살길을 찾느라 정신이 없었다.

나중에서야 유모가 혼자 살아남은 이레나를 애타게 찾아다녔다는 사실을 알았다.

간신히 자리를 잡고 유모를 찾아갔을 때는 이미…… 돌아가신 후였다.

유모의 무덤 앞에 놓아 드렸던 하얀색의 국화꽃이 아직도 머릿속에 선명한데, 지금은 살아서 다시 만날 수 있다는 생각에 철없이 가슴이 벅찼다.

'내가 부르면 유모는 한걸음에 달려오겠지만, 괜히 고생만 시켜 드리는 건 아닐지 모르겠네.'

앞으로 칼라일을 황제로 만들고, 권력을 장악해나가는데 많은 일들이 있을 것이다.

그만큼 이레나의 시녀장이 된다는 건 꽤나 중대한 일을 맡는다는 뜻이었다.

육십을 훌쩍 넘긴 유모에게 끝까지 손을 벌리는 것 같아 마음이 무거웠지만, 한편으론 너무나도 그립고 보고 싶었다.

"일단은 유모가 어떻게 지내시는지부터 알아볼까?"

여전히 정정하신지, 혹시 아프신 데는 없는지 궁금한 게 많았다.

마음을 정한 이레나는 자신의 책상 앞에 앉아서 유모에게 보낼 편지를 한 글자, 한 글자 정성스럽게 적어 나가기 시작했다.

21

거기까지만 봐

이레나는 눈코 뜰 새 없이 바빴다.

결혼식까지 남은 기간은 보름 남짓, 지금은 결혼식이 치러질 벨루에 광장을 과연 무슨 꽃으로 꾸밀지 정하기 위해서 회의 중이었다.

"아가씨, 전체적으로 하얀색의 꽃들을 배치하시고 포인트를 주고 싶은 부분에 붉은 꽃을 넣으시면 화사하고 예쁠 거예요."

"……그렇죠."

"아니면 이 노란색으로……."

수십, 혹은 수백 가지의 꽃들을 보고 있자니 머리가 아파 올 수밖에 없었다.

이 꽃은 이래서 예뻤고, 저 꽃은 저래서 예뻤다.

사실 꾸미기에 별로 관심이 없는 이레나의 눈에는 모든 것들이 다 하나같이 예쁘기만 했다.

그런데 이 중에서 가장 예쁜 것을 고르라고 하니, 어떤 것을 선택해야 할지 골치가 아팠다.

"……후우."

이레나의 나지막한 한숨 소리에 앞에서 열심히 설명하고 있던 여자가 오해했는지 조심스러운 목소리로 물었다.

"마음에 드시는 게 없으신가요? 그렇다면 처음부터 다시……."

"아니에요!"

이레나는 강하게 거부했다.

이미 너무 많은 종류를 들어서 선택하기가 어려웠는데, 여기서 더 고민해야 할 게 늘어나는 건 정말로 좋지 않았다.

"지금 설명해 주신 꽃 조합들이 다 예뻐서 어떤 걸 고를지 어려워서 그래요."

"아하, 그러신 겁니까?"

마음 같아선 아무거나 대충 고르고 싶었지만 다른 왕국의 사신부터 시작해, 일반 백성들까지 구경할 수 있는 규모가 매우 커다란 결혼식이다.

루퍼드 제국의 위신이 걸려 있는 일이라 선택하는 데에 부담이 생길 수밖에 없었다.

'어떤 거로 정하는 게 좋을까?'

일단 마음을 다잡은 이레나는 자신이 가장 마음에 들었던 꽃 조합 세 가지를 손으로 짚었다.

하나는 말대로 하얀색의 꽃 바탕에 붉은 장미를 포인트로 넣는 것이었고, 두 번째는 빨간색과 분홍색 등 여러 가지의 붉은 계열의 꽃들을 조화롭게 섞은 것이었다.

그리고 세 번째로 선택한 건 보라색의 라벤더 꽃이었다.

"일단은 이 세 개가…… 마음에 드네요."

"어머, 탁월하신 선택이에요. 다른 조합들도 많지만 아가씨께서 고르신 꽃들은 다 인기가 많아요. 그래서 이 중에서 어떤 거로 하시겠어요?"

그건 이레나에게 가장 어려운 질문이었다.

그나마 세 개로 간추렸으니 이 중에서 한 가지를 선택해야 했는데…… 도무지 어떤 걸 뽑을지 결정이 서지 않았다.

그때였다.

고민하고 있는 이레나의 곁으로 미라벨이 총총히 걸어왔다.

"언니, 예식장을 꾸밀 꽃 보고 있었어? 나 지금 드레스 때문에 언니한테 물어보러 왔는데."

꽃에 이어 드레스까지 더해지자 이레나는 눈앞이 캄캄해졌다. 결혼식을 준비하는 데 있어 하나라도 이레나의 손을 거치지 않는 것이 없었다.

하지만 이레나는 정신을 바짝 차리고 다가온 미라벨을 향해 물었다.

"난 이 세 가지가 마음에 드는데, 미라벨 네가 보기엔 어떤 것이 제일 나아 보여?"

"음, 다 예쁜데?"

"내 눈에도 그렇지만, 여기서 딱 한 가지를 골라야 해서."

어차피 내일로 선택을 미뤄 봤자 답이 나오는 것도 아니었다.

이왕 손을 붙인 김에 꽃은 여기서 해결하고 가는 것이 나았다.

"흐음—"

미라벨이 턱을 괴고 고민하는 듯하자, 그녀에게로 모든 시선이 모아졌다.

사람들의 주목을 받자 미라벨이 순간 부담스러운 듯 어색하게 웃어 보였다. 그리곤 이레나를 향해 조심스레 물었다.

"언니가 이 세 가지를 뽑은 거지?"

"응."

"그렇다면 이 중에서 가장 마지막으로 선택한 게 뭐야?"

"여기 보라색의 라벤더 꽃."

이레나가 손가락으로 가리키자 미라벨은 고개를 끄덕거렸다.

"그럼 이걸로 하면 되겠네."

"네가 보기에 이게 제일 예뻐?"

"그게 아니라 언니는 제일 좋아하는 걸 가장 마지막까지 아껴 두는 편이잖아. 아마 언니한테 이 보라색 꽃이 제일 마음에 들었을 거야."

"……!"

이레나는 새삼 방금 전의 상황을 돌이켜 생각해 볼 수밖에 없었다.

하얀색이나 붉은 계열의 꽃들은 결혼식장에 무난하게 어울릴 것 같아서 선택했는데, 마지막으로 선택한 보라색의 라벤더는 이레나가 좋아하는 꽃이라 꼽은 것이었다.

이레나는 신기하다는 눈빛으로 미라벨을 쳐다봤다.

"……어떻게 알았어?"

"내가 언니랑 하루 이틀을 같이 있었던 줄 알아? 척 보면 척이지!"

씨익 웃는 미라벨의 표정이 귀여워서 이레나는 저도 모르게 마주 웃고 말았다.

하지만 보라색의 꽃은 너무 특이했다. 보통의 결혼식장에서 쓰는 색상이 아니었다.

"너무 튀지 않을까? 참석하는 사람들도 많은 결혼식인데 좀 더 무난한 게……."

"다른 누구도 아닌 언니 결혼식이야. 언니가 가장 마음에 드는 거로 선택하면 돼."

그럼에도 이레나가 망설이는 듯한 기색이 보이자, 미라벨은 확고한 표정으로 재차 입을 열었다.

"언니, 인생에 딱 한 번뿐인 결혼식이다? 나중에 괜히 후회하지 말고 언니가 원하는 대로 꾸미면 되는 거야."

미라벨의 말이 이상하게 가슴에 와닿았다.

'인생에 단 한 번뿐인…… 나의 결혼식.'

시간도 촉박할뿐더러 황실과의 혼사라 여러 가지로 부담을 갖다 보니 지금까지 까맣게 잊고 있었던 말이었다.

아무리 계약 결혼이라 할지라도 이레나의 인생에 단 한 번뿐일지도 모르는 결혼식이었다.

처음에 꽃에 대해 설명해 주던 여자도 조용히 눈치를 보다가 한마디를 보탰다.

"맞는 말씀이세요, 아가씨. 더구나 라벤더 꽃도 잘만 꾸미면 우아하고 고급스러울 거예요. 절대 나쁜 선택이 아니랍니다."

다들 이렇게까지 말하자 이레나도 마음의 결정을 내릴

수박에 없었다.

이레나는 고개를 끄덕이면서 세 번째 중에서 가장 마지막으로 골랐던 보라색의 라벤더 꽃을 가리키며 말했다.

"그럼 이걸로 꾸며 주세요."

"네, 잘 선택하셨어요. 그렇다면 여기 샘플 디자인을 보시고……."

가장 메인이 되는 꽃을 선택했다고 끝나는 게 아니었기 때문에 이레나는 한동안 더 설명을 들어야 했지만, 이상하게 어딘가 마음이 한결 가벼워지는 느낌이었다.

그렇게 커다란 벨루에 광장을 가득 채울 꽃과 디자인을 선택하고 난 뒤, 방 안에 이레나와 미라벨 오직 둘만 남은 상황이었다.

미라벨이 이제야 자신의 차례가 왔다는 듯 서둘러 입을 열었다.

"일단 여러 의상실에서 견적을 받아 봤는데, 아무래도 이미 한 차례 거래를 해 봤던 앤코 의상실에서 드레스를 맞추는 게 가장 좋을 것 같아."

"그래?"

"응. 조만간 견본도 보고, 치수도 재러 직접 한 번 방문해야겠어. 만약에 가서 별로면 다른 의상실도 후보로 뽑아 놓은 데가 있으니까 바로 옮기면 돼."

"네가 어련히 잘 골랐을까. 굳이 다른 의상실까지 둘러 볼 필요는 없을 거야."

"그래도 혹시 모르니까."

생각보다 결혼식을 준비하는데 미라벨은 무척이나 듬직했다.

언제나 어린 소녀라고만 생각했는데 요즘은 문득 아가씨 같은 느낌이 들어서 마음이 싱숭생숭했다.

미라벨이 얼른 자라 어엿한 숙녀가 되었으면 하는 마음 한편에는, 언제까지나 자신만을 쫓아다니는 동생으로 남아 주었으면 하는 바람이 있었다.

이레나는 복잡한 시선으로 미라벨을 쳐다보다가 곧이어 나지막이 입을 열었다.

"고마워, 미라벨."

이제는 가족들을 모두 잃고 눈물로 밤을 지새웠던 때가 마치 아주 오래전의 일 같았다.

지금처럼 미라벨의 성숙해지는 과정을 볼 수 있다는 것이나, 가족들의 축하를 받으면서 결혼식을 치른다는 게 마치 꿈처럼 느껴졌다.

미라벨이 수줍게 웃으면서 말했다.

"언니 결혼식인데 내가 돕는 게 당연하지, 별 게 다 고맙네요. 그럼 언니 일정이 빌 때 조만간 의상실에 같이 들리는 거다?"

"그래. 이럴 때 다른 사람이 아닌 네가 직접 디자인해 준 웨딩드레스를 입고 결혼식을 치를 수 있었다면 좋았을 텐데……."

이레나가 무척 아쉽다는 듯 말하자 미라벨은 펄쩍 뛸 수밖에 없었다.

"에이. 웨딩드레스를 리폼할 수도 없는 거고, 처음부터 아예 새로운 디자인을 짜기엔 난 너무 초보인걸."

안 그래도 미라벨의 마음에도 내심 서운한 구석이 있었다.

얼떨결에 남부 지방의 티 파티부터 황실의 무도회장까지, 이레나는 미라벨의 손을 거친 드레스들을 입고 주목을 받았었다.

자신의 손안에서 탄생하는 이레나의 아름다운 모습을 보며, 새삼 옷을 디자인한다는 게 무척이나 재밌다고 보람차다는 것을 깨달았다.

하지만 다른 것도 아니고 웨딩드레스를 손대기에 미라벨의 실력은 아직 한참이나 모자랐다.

'……아쉽지만 어쩔 수 없지.'

현재로선 넘볼 수 없는 영역이라 미라벨은 깔끔하게 포기할 수밖에 없었다. 하지만 한편으로는 그에 대한 아쉬움이 진하게 남았다.

미라벨은 혹시 이런 마음을 이레나가 눈치챌까 봐 더

욱 밝은 표정을 지으며 다른 이야기를 꺼냈다.

"언니 웨딩드레스도 중요하지만, 전하의 턱시도는 어떻게 할지 생각해 봤어?"

"하아, 정말 산 넘어 산이다."

이레나가 답이 없다는 듯 관자놀이를 꾸욱 짓눌렀다.

짐작은 했지만 결혼식을 한 번 치른다는 게 보통 어려운 일이 아니었다.

앞으로도 이것저것 선택해 나가야 할 것들이 태산이었다.

*　*　*

일차적인 결혼 준비 일정을 모두 끝내고 이레나가 혼자서 자신의 방 안에 앉아 블레이즈가의 서류들을 살피고 있을 때였다.

끼이익—

문고리를 잠가 놓지 않은 창문이 열리며, 언제나처럼 그곳을 통해 쿤이 태연하게 모습을 드러냈다.

지난번에 그에게 알아봐 달라고 한 게 있었기 때문에 이레나는 반갑게 맞이했다.

"어서 와요, 카샤 경."

"네, 저번에 말씀하신 것을 보고 드리려고 찾아왔습니다."

"그래요. 미라벨의 방에 침입한 황후궁의 사람들이 누군지 찾아냈나요?"

"네. 찾아내긴 했습니다만, 아가씨께서 굳이 손을 쓰지 않으셔도 될 것 같습니다."

"그건 무슨 말이죠?"

생각지도 못한 답변에 이레나가 의아하다는 듯이 물었다.

그러자 쿤은 예의 그 무표정한 얼굴로 나지막이 대답했다.

"미라벨 아가씨의 방에 침입한 사람은 총 여덟 명입니다. 그중에 하나는 얼마 전에 낙마를 하여 반신불수가 되었고, 하나는 불법 도박을 하다가 걸리는 바람에 한쪽 팔이 잘렸으며, 다른 하나는 괴한에게 습격을 받아……."

쿤은 그 여덟 명이 전부 불의의 사고를 당했다는 내용을 하나하나 읊어 주었다.

누가 일부러 그들을 벌한 것도 아니고 최근 사이에 하나같이 전부 폐인이 되었다는 게 믿겨지지가 않았다.

절로 입을 벌린 채 듣고 있던 이레나가 믿을 수 없다는 듯 물었다.

"……어떻게 그럴 수 있죠?"

"글쎄요, 그들이 한 조로 움직이다 보니 아가씨 말고도 다른 자가 원한을 품었었나 봅니다."

“저랑 시기가 참 절묘하게 맞아떨어졌네요.”

거의 이레나와 같은 날에 원한을 품은 게 아니라면 이렇게까지 시기가 겹칠 리 없었다. 대체 누가 어떤 사건 때문에 그들을 먼저 건드린 건지 의아함이 남았다.

‘나 말고 미라벨의 일로 움직일 만한 사람은 없을 텐데…….’

이레나가 고민스러운 표정으로 물끄러미 쿤의 얼굴을 바라볼 때였다.

그런 그녀의 감정을 눈치챘는지 쿤이 다시 한 번 나지막이 물었다.

“이 정도로 분이 풀리지 않으시다면…… 제가 전부 제거할까요?”

“됐어요. 원한이 남은 건 사실이지만 다들 충분한 벌을 받은 것 같으니, 그 일은 이쯤에서 넘어가도록 하죠.”

“알겠습니다.”

문득 이레나의 눈에 쿤이 입고 있던 하얀 소매에 붉은 핏물이 묻어 있는 게 보였다.

방금 전 창문으로 쿤이 들어올 때 보아하니, 아직 상처가 완전히 다 낫지 않은 것 같았기에 이레나가 걱정스럽게 물었다.

“혹시 어디 다쳤어요?”

“갑자기 그건 왜 물으십니까?”

"소매에……."

쿤이 이레나의 눈길이 향하는 소매를 확인하고는 아무렇지 않은 목소리로 대꾸했다.

"아, 이건 제 피가 아닙니다. 최근에 사람들을 좀 처리해야 할 일이 있어서요."

너무도 담담하게 말하는 모습을 보고 있자니 새삼 쿤이 뛰어난 암살자라는 사실이 떠올랐다.

방금 전에 '제가 전부 제거할까요?'라는 질문도 결코 허투루 들리지 않았다.

어떻게 보면 이런 점에선 칼라일이나 쿤이나 똑같았다.

이레나는 저도 모르게 절레절레 고개를 젓다가 문득 칼라일에 대한 생각이 떠올랐다. 그는 요즘에 어떻게 지내는지 궁금했다.

최근 결혼식 준비로 바빠 한동안 칼라일과는 연락조차 하지 못한 상태였다.

"전하는…… 어떻게 지내고 계신가요?"

"평소랑 똑같으십니다."

너무나도 단답형의 대답에 이레나는 순간 말문이 막힐 수밖에 없었다.

쿤도 자신의 답변이 너무 짧았다는 걸 알아차렸는지 다시 한 번 입을 열었다.

"장군께 아가씨가 안부를 궁금해하신다고 전해 드릴까요?"

"아뇨, 됐어요. 그냥 생각나서 물어본 거라 굳이 전해 주실 필욘 없어요."

"네, 알겠습니다."

곧바로 흘러나오는 쿤의 대답은 매몰차다고 느껴질 정도로 칼 같았다.

이레나는 순간 기가 막히면서도 너무나도 쿤 같은 행동이라는 생각이 들어, 이내 픽 하고 작게 웃고 말았다.

쿤이 말했다.

"그런데 요즘 블레이즈 저택에 못 보던 일꾼들이 보이던데 새로 사람을 뽑으셨습니까?"

쿤이 블레이즈 저택을 예의 주시하고 있다는 사실을 잘 알기에 이레나는 거리낌 없이 고개를 끄덕거렸다.

"네 맞아요. 결혼식을 준비하려니 일손이 부족한 것 같아서요."

"그렇군요."

쿤은 잠시 고민하는 듯하더니 나지막이 말을 이었다.

"혹시 수상한 자는 없으셨습니까?"

"미라벨과 집사가 이력서를 철저하게 검증하고 뽑았을 거예요. 왜요? 마음에 걸리는 일이 있나요?"

"아닙니다. 저택에 새로운 사람들이 들어오니 혹시 몰

라 주시하고 있을 뿐입니다."

쿤은 아무것도 아니라고 말했지만, 이런 이야기를 한다는 것 자체가 이레나에겐 왠지 모를 여운을 남겨 주었다.

사실 자신을 건드릴 자객이야 없겠지만, 집 안에는 연약한 미라벨도 있었다.

다행히 최근엔 데릭 오라버니가 함께 있어서 듬직하긴 했지만, 그래도 가능한 위험한 인물은 곁에 두지 않는 게 좋았다.

그리고 이레나의 마음에 몇 개 걸리는 일도 있었다. 일단 엘렌도 자신에게 미행하는 사람을 붙인 적이 있었고, 얼마 전에 소문을 해결하기 위해 비비아나 후작 부인을 이용했다.

스텔라 비비아나, 그녀가 암살자를 보내 자신을 제거하려 한다 해도 이상하지 않은 일이었다.

"만약 의심스러운 자를 발견한다면 꼭 저한테 알려주세요."

"알겠습니다. 특별히 더 신경 쓰고 있으니 걱정 마십시오."

"그래요."

그렇게 할 말을 끝나자 쿤이 더 이상 지체하지 않고 마무리를 인사를 건넸다.

"더 이상 분부하실 일이 없으시다면 저는 이만 가 보겠습니다."

"네, 카샤 경이 필요한 일이 생기면 손수건을 묶어 둘게요."

"그럼—"

쿤은 들어올 때와 마찬가지로 소리 없이 창문을 통해 바깥으로 사라졌다.

그가 사라지고 얼마 지나지 않았을 때였다.

다시금 서류를 확인하고 있는 이레나의 방을 다급히 두드리는 소리가 들려왔다.

똑똑—

의아한 생각에 이레나가 고개를 들어 방문을 바라보며 말했다.

"들어와."

그러자 허겁지겁 문을 열고 나타난 건 다름 아닌 집사 마이클이었다.

그가 이처럼 당황하는 모습은 흔치 않은 일이었기에 이레나는 매우 의아하게 느껴질 수밖에 없었다.

"무슨 일이죠?"

차분한 이레나의 말에 마이클은 상기된 표정으로 일단 손에 들고 있던 한 장의 초대장부터 내밀었다.

최근 황태자비가 확정된 이레나에겐 하루에도 수십 개의 초대장들이 날아오고 있는 상황이었다. 전혀 특별할 것이 없는 일이라 더욱 이상했다.

이레나가 말없이 이게 뭐냐는 눈빛으로 쳐다보자, 마이클이 한 번 깊이 심호흡을 하고는 재빨리 입을 열었다.

"황실에서 직접 사람이 나와 전해 주고 갔습니다."

"황실에서요?"

얼마 전 설리반이 아무도 모르게 붉은색으로 된 초대장을 보내 온 적이 있었다.

'폐하가 또 저녁 식사를 하자고 보낸 건가?'

이레나가 막 궁금증에 초대장을 직접 열어서 확인할 때였다.

거기에는 전혀 생각지도 못한 인물이 적혀 있었다.

제 2황자 레드필드.

그는 바로 오펠리아의 친아들이자, 현재 칼라일의 가장 큰 걸림돌이었다.

'왜 나를……?'

거기다 초대장 안에는 하얀 종이 한 장이 더 끼워져 있었는데, 레드필드의 친필로 작성한 것처럼 보이는 글씨로 이렇게 적혀 있었다.

[조만간 형수가 되실 분을 꼭 모시고 싶으니, 초대에 응해 주셨으면 좋겠습니다 — 레드필드]

문득 저번에 황실 무도회장에서 만났을 때 자신에게

직접 티아라를 씌워 주던 레드필드의 모습과 말투가 떠올랐다.

어딘가 석연치 않은 느낌이 들어서일까?

왠지 불길했다.

이레나는 잠시 레드필드가 보내온 초대장을 들고 고민하다가 이내 마음을 정했다.

어차피 레드필드와 이레나는 결코 좋은 사이가 될 수 없었다. 칼라일이 황제로 등극하면 가장 먼저 제거해야 할 대상이 바로 레드필드였다.

그리고 아마 반대의 경우도 마찬가지일 것이다.

겉으로 드러내 놓고 싸우지는 못할 뿐이지 이미 암암리에 치열한 전투를 벌이고 있는 과정에서 굳이 레드필드가 초대한 파티에 참석해야 할 이유는 없었다.

무엇보다…… 느낌이 좋지 않았다.

이레나는 책상 한편으로 초대장을 치우면서 집사 마이클을 향해 말했다.

"결혼식 준비로 너무 바빠서 초대에는 응할 수가 없다고 답해 주세요."

"아, 그래도 황실에서 온 초대장인데 이렇게 무시하셔도 괜찮으시겠습니까?"

지금까지 마이클은 여러 종류의 초대장을 받아 봤지만, 황실에서 직접 나온 전령이 건네주는 초대장을 받아

보기는 처음이었다.

어쨌든 이레나는 곧 황실로 들어가게 될 텐데 괜히 미운털이 박히는 건 아닐까 걱정이 될 수밖에 없었다.

이레나가 말했다.

"바쁜 일정을 굳이 쪼개 가면서 참석할 생각은 없어요. 그게 설령 제 2황자가 직접 주최하는 파티라고 해도 마찬가지예요."

레드필드의 파티는 워낙 비밀스러운 모임이었다. 그래서 온갖 소문이 무성했지만 모두 하나같이 말하기를 그가 주최하는 파티에 참석하면 천국이 무엇인지 알 수 있다고 했다.

젊은 층들이 많이 모이는 파티다 보니 전혀 색다른 재미를 즐길 수 있어서 많은 귀족가의 자제들이 가고 싶어 하는 자리였다.

하지만 이레나는 별로 그런 유흥을 즐기고 싶은 생각이 없었다.

더구나 언제 서로 칼을 겨눌지 모르는 상대하고는 더더욱 말이다.

"알겠습니다. 아가씨. 그럼 초대에는 응할 수가 없다고 전달하겠습니다."

"네. 수고해 주세요."

그 말을 끝으로 마이클이 다시 바깥으로 나갔다.

이레나에게 약간의 찜찜함이 남았지만 그건 초대를 거절함으로써 곧 머릿속에서 사라졌다.

지금 눈앞에 어지럽게 펼쳐진 책상 위의 서류들을 뒤적이는 것만으로도 다른 데에 신경 쓸 겨를은 없었으니까.

* * *

이레나와 미라벨이 웨딩드레스를 보러 앤코 의상실에 들르기로 한 날짜가 다가왔다.

요즘 한창 결혼식 준비로 바빴던 이레나는 오랜만에 블레이즈 저택을 벗어나 바깥으로 외출을 할 수 있었다.

"스읍—"

봄이 오려는 건지 맑은 공기가 느껴져서 이레나가 폐부로 깊게 숨을 들이마실 때였다.

옆에서 손을 잡고 걷고 있던 미라벨이 배시시 웃으면서 말을 건넸다.

"이제 곧 봄이 오려나 봐."

"그러게, 날씨가 점점 따뜻해져서 다행이다."

이레나는 미라벨의 건강을 염려해서 한 말이었는데, 미라벨은 다른 의미로 해석했는지 크게 수긍을 하며 대꾸했다.

"맞아. 벨루에 광장에서 치르는 결혼식인데 겨울보다야 당연히 봄이 낫지."

"음. 야외라 하객들이 힘들어서 그렇지, 나는 아무런 상관없어."

"에이— 웨딩드레스가 보기에만 예쁘지 전혀 실용성이 없어서 얼마나 추운데, 그것만 입고 바깥에 서 있다가는 감기 걸리기 십상이라구."

요즘 부쩍 걱정 어린 잔소리가 늘어난 미라벨이 귀여워서 이레나는 살포시 웃음을 머금고 말았다.

"그래, 네 말이 맞아."

예전에는 미라벨에게 이것저것 잔소리를 해대는 건 이레나의 몫이었는데, 이제는 조금씩 바뀌어 가는 것만 같았다.

그만큼 미라벨이 자란 것 같아서 대견한 마음이 들었다.

"그러고 보니, 미라벨 네 키가 조금 큰 것 같네."

"아 정말? 다행이다. 난 키가 너무 작아서 좀 컸으면 좋겠어."

"지금도 예뻐. 어려 보이고 좋은데?"

"……어리게만 보이는 건 싫어."

미라벨이 순간 어울리지 않는 씁쓸한 표정으로 웃었다.

그 모습이 지금까지의 미라벨과는 너무나도 달라 보여서 이레나는 저도 모르게 눈을 동그랗게 뜰 수밖에 없었다.

점점 성장하고 있다고 생각하긴 했지만, 이런 표정까지 짓는 걸 보니 정말로 성숙한 느낌이 물씬 풍겼다.

이레나가 조심스레 물었다.

"그렇게 보이기 싫은 상대가 생긴 거야?"

"아, 아니야. 그런 거."

미라벨이 서둘러 양손을 휘저으며 부정했지만, 이레나는 이상한 낌새를 눈치챌 수밖에 없었다.

이레나가 의심스럽다는 듯이 눈을 가느다랗게 뜨며 미라벨을 쳐다보았다.

"혹시 그런 사람이 생기면 나한테 꼭 말해 줘야 해."

"치, 언니도 전하랑 비밀 연애했으면서……."

"그거랑은 달라!"

이레나는 저도 모르게 강하게 부인했다.

사실 칼라일과는 어쩌다 보니 그렇게 꾸민 것일 뿐이다. 실제로 미라벨 몰래 비밀 연애를 한 게 아니었다.

더군다나 귀하디귀한 미라벨을 아무 남자한테나 보낼 순 없었다. 아무리 부유하고, 잘생기고, 설령 모든 여성들이 원하는 남자라고 할지라도 이레나의 눈에는 부족해 보일 것이다.

세상 그 무엇보다 소중한 동생의 짝이었으니까.

미라벨은 심각한 표정을 짓는 이레나를 바라보며 작게 미소 지을 뿐이었다.

"알겠어, 알겠어. 저기 앤코 의상실이 보인다. 얼른 들어가자."

그 말과 동시에 미라벨이 재빨리 이레나의 손을 붙잡은 채 앞으로 잡아당겼다.

이레나는 내심 석연치 않은 구석이 있었지만, 언제나 그렇듯이 미라벨의 애교에 사르르 녹을 수밖에 없었다.

끼익—

앤코 의상실이라고 적혀 있는 간판의 문을 열었다.

그러자 입구에는 언제부터 기다리고 있었는지 마담 미첼이 나와 있었다.

"어머, 드디어 오셨군요. 다시 방문해 주셔서 정말로 감사드립니다."

마담 미첼은 과거에 만났던 그때보다 훨씬 더 정중한 자세로 인사를 건넸다. 그녀의 뒤로도 앤코 의상실에서 일하는 직원들이 일렬로 서 있었기 때문에 얼마나 많이 신경을 쓴 것인지 알 수밖에 없었다.

그때와 태도가 바뀐 건 어쩔 수 없는 것이었다.

저번에 방문했을 때 이레나와 미라벨은 단순히 백작

영애였지만, 지금은 곧 루퍼드 제국의 황태자비가 될 여인이었으니까.

이레나가 마담 미첼의 인사를 받아 주며 말했다.

"환영해 줘서 고마워요. 웨딩드레스 샘플은 어디서 볼 수 있나요?"

시간이 넉넉하지 않았기에 이레나는 본론부터 꺼냈다. 그러자 눈치가 빠른 마담 미첼이 서둘러 앞장을 서면서 대답했다.

"미리 준비를 다 해 두었답니다. 이쪽으로 따라오세요."

그렇게 마담 미첼의 안내를 받으며, 이레나와 미라벨은 앤코 의상실의 안으로 들어갔다.

은은한 조명에 고풍스러운 디자인으로 꾸며진 의상실은 예전과 크게 변함없었지만, 이상하리만치 주위가 고요했다.

예전에는 황실 무도회 때문에 1층에서도 재봉틀을 돌리는 소리가 들렸는데, 그때와 비교가 돼서 그러는 건지 지나칠 정도로 아무런 기척도 느껴지지 않았다.

이레나가 의아하게 물었다.

"오늘 의상실에 사람이 없는 것 같네요?"

"네. 아무래도 중요한 손님을 모시는 자리다 보니, 오늘 하루는 아무도 받지 않기로 했습니다. 조용한 곳에서 감상하실 수 있도록 최대한 노력했으니 편안하게 이용해 주세요."

마담 미첼이 말하는 중요한 손님은 바로 이레나를 가리키는 것이었다.

너무나도 극진한 대접에 이레나는 내심 적응이 되지 않았지만, 그래도 겉으로는 그런 내색을 하지 않은 채 태연하게 걸었다.

아무래도 황태자비의 웨딩드레스를 제작한다는 건 많은 귀족들에게 앤코 의상실을 알릴 좋은 기회였다.

원래도 유명한 앤코 의상실이었지만, 더욱더 높은 곳으로 도약하기 위해서는 이번 기회를 놓치고 싶지 않은 모양이었다.

가장 깊숙한 방에 다다라서야 마담 미첼의 걸음이 멈췄다.

"이쪽으로 들어오세요."

준비된 방에 도착한 것인지 마담 미첼이 정중하게 문을 열어 주었다.

이레나가 먼저 그 안으로 한 걸음 내디딘 순간이었다.

전혀 상상도 하지 못했던 사람이 그 방 안에 먼저 앉아 있는 모습을 보고 깜짝 놀랄 수밖에 없었다.

이레나가 저도 모르게 우뚝 걸음을 멈춰 서자, 그 뒤편에서 따라오던 미라벨이 고개를 빼꼼 내밀고 안을 들여다보았다.

상대를 확인한 미라벨이 반가운 목소리로 입을 열었다.

“형부!”

쪼르르 칼라일을 향해 달려가는 미라벨을 보며, 이레나는 놀라운 마음을 감출 수 없었다.

칼라일은 긴 다리를 꼰 채로 소파 위에 앉아 있었다. 그저 단순히 앉아 있던 것뿐인데도 쉽게 범접할 수 없는 분위기가 풍겨 왔다.

그건 칼라일에게서 느껴지는 특유의 카리스마였다.

“이제 오는 건가?”

“네. 언니랑 바로 온다고 왔는데, 형부가 먼저 도착해 계셨군요.”

미라벨은 이미 칼라일의 등장을 알고 있었다는 듯 전혀 당황스러운 기색이 없었다.

이레나 혼자서만 놀란 표정을 지은 채 물었다.

“여긴 어쩐 일이세요?”

그 질문에 칼라일보다 미라벨이 먼저 대답했다.

“내가 오늘 웨딩드레스를 보러 갈 거라고 형부한테 연락드렸어. 시간이 나시면 같이 보고 골라 주면 좋겠다고 말씀드렸는데 정말 오실 줄은 몰랐어.”

이레나가 진짜 그런 거냐는 듯 칼라일을 쳐다보았다. 그러자 그가 고개를 끄덕이면서 나지막한 목소리로 대꾸했다.

"오늘 스케줄이 한가했어. 마침 내 신부의 드레스가 궁금하기도 했고."

그렇다면 먼저 이레나에게 한 마디라도 언질을 해 주면 됐을 텐데, 마치 둘이 짠 것처럼 갑자기 등장하자 기가 막힐 수밖에 없었다.

"저한테 미리 말씀을 해 주시지."

"그대가 연락하면 말해 주려고 했지. 그런데 어떻게 한 번을 안 하더군."

묘하게 뒤끝이 느껴지는 발언에 이레나가 설마 하는 심정으로 물었다.

"마음에 담아 두신 거예요?"

"그럴 리가."

그는 아니라고 부정했지만 왠지 믿음이 가지 않았다.

미라벨은 옆에서 흐뭇하게 두 사람의 애정 행각을 지켜보다가 말했다.

"말씀은 우선 웨딩드레스를 보시면서 천천히 나누세요."

그 말에 칼라일은 편안하게 앉아 있던 자세를 풀고, 자신의 옆자리를 툭툭 손바닥으로 두들기며 이레나를 쳐다봤다.

"이리 와."

그 간단한 동작과 별거 아닌 말 한마디가 지니는 섹시함이 엄청났다.

이레나 혼자서만 그렇게 느낀 게 아니었던 듯, 지금까지 뒤편에서 묵묵히 서 있던 마담 미첼의 얼굴조차 붉게 물들어 갔다.

칼라일의 치명적인 섹시함은 이렇듯 중년 여성인 마담 미첼까지 설레게 할 정도였다.

이레나는 아주 잠시 머뭇거렸지만 이내 망설임 없이 칼라일의 옆자리로 가서 앉았다. 이제부터는 여기가 자신의 자리였으니까.

"큼큼."

마담 미첼은 붉어진 얼굴을 애써 가라앉히며 정중한 목소리로 다시 입을 열었다.

"그럼 저희 의상실에서 준비한 웨딩드레스 다섯 벌을 먼저 보여 드리겠습니다."

생각보다 훨씬 많은 의상 수에 이레나가 깜짝 놀란 표정으로 물었다.

"벌써 다섯 벌이나 준비가 되어 있나요?"

"아, 네. 작은 아가씨께서 빠르고 정확하게 오더를 내려 주신 덕분에 최대한 서둘러서 작업을 하다 보니 현재 다섯 벌이 완성된 상태이고요, 혹시 보시고 마음에 들지 않으신다면 새로운 디자인으로 다시 만들 예정입니다."

맞은편에 앉아 있던 미라벨이 고개를 끄덕이며 말을 이었다.

"결혼식까지 시간이 촉박해서 일단 언니한테 어울릴 것 같은 디자인으로 먼저 다섯 벌을 의뢰했어. 어차피 완성된 게 마음에 들지 않으면 계약을 하지 않아도 괜찮다고, 앤코 의상실이랑 다 합의가 되어 있는 상태야."

그동안 웨딩드레스에 관한 건 전적으로 미라벨에게 맡겨 둔 상황이라 일이 이만큼이나 진척된 줄 몰랐다. 여러 의상실에서 견적을 받았음에도 굳이 여기를 선택한 이유에는 분명 이러한 부분들도 포함이 되어 있을 것이다.

이레나는 생각보다 더 많이 고생해 준 미라벨에게 고마운 마음이 들 수밖에 없었다.

사실 이레나에게 선택받지 못한 웨딩드레스들만큼 앤코 의상실에서 손해를 떠안을 수밖에 없는 상황이었다.

그럼에도 진행을 했다는 건 그만큼 앤코 의상실에서 야심 차게 준비를 했다는 뜻이기도 했고, 이레나의 웨딩드레스를 기필코 여기서 제작하겠다는 의지를 불태운 것이기도 했다.

순식간에 상황을 파악한 이레나는 대체 어떤 웨딩드레스를 준비했는지 궁금증이 들었다.

마침 마담 미첼이 말했다.

"일단 직접 눈으로 확인하시죠."

그 말이 끝남과 동시에 마담 미첼은 작은 무대처럼 마련해 놓은 단상 위로 올라갔다. 그리곤 지금까지 휘장으로 가려져 있던 마네킹들을 한 번에 들춰내었다.

좌르르르륵—

어두운 휘장이 걷히는 것과 동시에 눈부신 웨딩드레스 다섯 벌이 눈앞에 나타났다.

그것을 확인한 이레나의 붉은 눈동자가 크게 뜨여졌다.

놀란 건 이레나뿐만이 아니었다. 미라벨조차도 실물을 직접 확인하고 작은 탄성을 내질렀다.

"와아—"

눈부신 새하얀색의 드레스들은 하나같이 우아하고 고급스러웠다. 그럼에도 신기하게 다 각각 포인트가 되는 부분이 달랐다.

어떤 건 쇄골을 드러내 더욱 여성미를 강조했으며, 또 어떤 건 풍성한 치맛자락으로 화려함을 과시했다. 그리고 하얀색과 황금색이 뒤섞여져 어디에서나 쉽게 볼 수 없는 독특한 디자인마저 존재했다.

이레나가 많은 결혼식장에 참석해 본 것은 아니었지만, 지금 눈 앞에 펼쳐진 이 다섯 벌보다 더 아름다운 웨딩드레스를 본 적은 없었다.

다섯 벌 중에 무엇이 최고라고 꼽을 수 없을 정도로 전부 다 아름다운 디자인이었다.

이레나와 미라벨의 반응을 확인한 마담 미첼은 뿌듯한 표정을 지을 수밖에 없었다.

마담 미첼 인생에 최고의 역작이라고 부를 수 있을 정도로 잘 만들어진 드레스들이었다. 황실 무도회 때 제작한 드레스들은 아무래도 한꺼번에 여러 개의 주문을 받다 보니 보편적인 디자인들이 섞였지만 이건 다르다.

심혈을 기울여서 만든 드레스였기 때문에 당연히 자부심도 있었지만, 직접 눈으로 두 사람의 반응을 확인하니 더욱 자신감이 차올랐다.

멍하니 드레스를 바라보던 미라벨이 먼저 입을 열었다.

"이건 뭐, 어떤 게 더 낫다고 딱 꼬집을 수 없을 정도로 다 예쁘다. 이레나 언니가 보기엔 뭐가 제일 마음에 들어?"

그 질문에 이레나도 선뜻 대답을 내놓을 수가 없었다.

"그러게, 정말로 다 마음에 드네."

이레나는 과연 이 중에서 어떤 드레스를 입고 벨루에 광장을 걷게 될지, 저도 모르게 머릿속에서 상상을 하게 되었다.

그때까지 말없이 지켜보고 있던 칼라일이 나지막한 목소리로 말했다.

"이미 답은 나와 있는 것 같은데."

그 말 한마디에 이곳에 있는 모든 사람들의 시선이 집중됐다.

이레나조차도 과연 칼라일은 저 중에서 어떤 드레스를 가장 마음에 들었을까, 궁금해질 수밖에 없었다.

"카릴은 어떤 게 제일 마음에 드나요?"

"그걸 굳이 정해야 하나?"

생각지도 못한 그의 아리송한 대답에 이레나의 표정이 의아하게 변했다.

이레나뿐만 아니었다. 미라벨이나 마담 미첼도 궁금하다는 듯이 쳐다볼 때였다.

칼라일이 나른한 목소리로 말을 이었다.

"전부 다 사도록 하지."

그 말에 약속이라도 한 것처럼 이레나와 미라벨의 눈이 동시에 커다랗게 뜨여졌다.

그들과는 전혀 다른 의미로 마담 미첼도 깜짝 놀란 표정을 지어 보였다. 하지만 속으론 당장이라도 춤을 추고 싶을 정도로 기쁜 상태였다.

마담 미첼이 떨리는 목소리로 입을 열었다.

"저, 전하, 그 말씀은……?"

"내 신부의 웨딩드레스를 제작하느라 수고했어. 지금 보여 준 것들 전부 다 포장해서 블레이즈 저택으로 보내 줘."

"가, 감사합니다. 전하!"

마담 미첼은 감격에 겨워 금방이라도 울 것 같은 표정이 되었다.

정신을 차린 이레나는 자그마한 목소리로 칼라일에게 말을 건넸다.

"웨딩드레스는 한 벌이면 돼요. 이렇게 다섯 벌씩이나 있을 필요 없어요."

"난 전부 마음에 들어. 모두 그대에게 어울릴 것 같으니 결혼식 날이 아니더라도 기분이 내킬 때 입도록 해."

"하지만……."

이레나가 더 반박하려고 하자 칼라일이 슬쩍 미라벨을 바라보며 물었다.

"처제의 생각은 어때?"

"……형부 최고."

미라벨이 조용히 엄지를 치켜세웠다.

그 모습에 칼라일조차도 큭, 하고 낮게 웃음을 지을 수밖에 없었다.

지금 현재 미라벨은 감동했고, 이레나는 당황했으며, 마담 미첼은 흥분한 상태였다.

그들 중에서 칼라일만이 무척이나 평온한 표정으로 말을 이었다.

"이게 끝인가? 다른 준비한 것들도 보여 주지."

다섯 벌을 구매하는 거로 끝날 줄 알았던 마담 미첼은 퍼뜩 정신을 차렸다.

"네, 네! 다른 건 디자인으로만 그려져 있는 건데 지금 가져오도록 하겠습니다."

이레나는 이미 몇 차례나 경험한 적이 있었지만, 칼라일의 스케일은 정말이지 상상을 초월하는 수준이었다.

칼라일은 진심으로 앤코 의상실에서 이레나를 위해 준비한 모든 웨딩드레스 디자인들을 전부 다 완성시켜서 구입하려고 했다.

이레나가 다급히 그를 말리는 바람에 간신히 추가적인 구매는 막을 수 있었지만, 그렇다 해도 이미 완성된 웨딩드레스를 다섯 벌이나 구입한 상태였다.

싱글벙글 웃는 마담 미첼의 얼굴을 보며, 이레나는 왠지 마음이 착잡해졌다.

"그럼 다음번에 또 방문해 주세요."

마담 미첼의 극진한 배웅을 받으며, 세 사람은 앤코 의상실에서 나왔다.

미라벨은 아직도 여운이 가시지 않았는지 약간 멍한 표정으로 이레나를 향해 물었다.

"그럼 결혼식 날 입을 웨딩드레스는 저 다섯 벌 중에서 고르면 되는 건가?"

"그렇지."

이레나가 고개를 끄덕거렸다. 이만큼이나 구매했는데 다른 의상실까지 들릴 이유가 없었으니까.

하지만 옆에 서 있던 칼라일이 나지막한 목소리로 대꾸했다.

"너무 섣불리 결정할 필요 없어. 다른 곳까지 전부 둘러보고 마음에 드는 거로 고르도록 해."

다섯 벌이나 되는 웨딩드레스를 구입하고도 이렇게 태연하게 말하는 칼라일을 보고 있자니, 이레나는 당황스러운 마음을 감출 수 없었다.

"설마…… 다른 의상실에서도 이만큼이나 구입하시려고요?"

"그대에게 어울린다고 판단된다면 그럴 수도 있지. 이것도 꼭 결혼식 날 입으라고 구매한 건 아니야. 내가 그대에게 주는 개인적인 선물일 뿐이지."

여타 다른 드레스들에 비해 결혼식에 입는 웨딩드레스는 월등히 가격이 비쌌다.

아무래도 무도회장이나 파티장에서 입는 유행적인 드레스보다, 결혼식 날 입을 웨딩드레스를 더욱 신경 쓰기 마련이다.

귀족 여성들은 하나같이 특별한 웨딩드레스를 제작하기를 바라는데, 그것을 만들 수 있는 의상실은 한정적이다 보니 자연스레 가격이 하늘 높은 줄 모르고 올라간 것이다.

그런 값비싼 웨딩드레스를 다섯 벌씩이나 구매했으면서, 칼라일은 너무나도 아무렇지 않게 다른 것들도 더 둘러보라며 권유를 하고 있었다.

아무리 이레나가 부족하지 않은 백작 영애로 자라 왔다곤 하지만 이건 엄연히 다른 문제였다. 이레나는 잠시 이마를 짚을 수밖에 없었다.

"……결혼식은 단 하루뿐인데, 그에 비해 웨딩드레스가 너무 많아요."

"그대가 원한다면 나중에 리마인드 결혼식을 몇 번이라도 치러 주지."

"그런 말이 아니잖아요."

"난 내 신부에게 뭐든 다 사 주고 싶어. 그게 싫은 건가?"

"……!"

이레나는 순간 아무런 말도 못 한 채, 입만 벙긋거릴 수밖에 없었다.

생각지도 못한 너무나도 달콤한 발언이었다.

둘과 함께 서 있던 미라벨조차 갑자기 이런 달달한 분위기로 변하자 내심 부럽다는 눈빛으로 바라보고 있었다.

괜히 민망한 마음에 이레나의 뺨이 살짝 붉어졌다.

"말씀은 고맙지만 너무 과하니까 그렇죠. 이러다간 나

중에 사치 부리는 황태자비라고 욕먹겠어요."

꼭 근검절약을 해야 된다는 것은 아니었지만, 그래도 황태자비라는 위치에 서게 되었는데 과도한 소비는 좋지 않았다.

사실 거창한 대의명분 없이 그저 가족들을 지키기 위해서 올라선 자리였지만, 최소한 루퍼드 제국의 앞날을 위해 기여하지는 못하더라도 방해만큼은 하지 않도록 노력할 생각이었다.

이레나의 그런 사명감 어린 발언에 칼라일은 그저 픽 하고 낮게 웃을 뿐이었다.

"첫 번째, 그대에게 주는 선물들은 전부 내 개인 재산으로 구매하는 것들이니 상관없어. 두 번째, 설령 그렇다고 해도 이 정도의 사치로 무너질 만큼 제국의 재정이 어렵진 않아. 그리고 세 번째……."

칼라일의 푸른 홍채에 어린 기이한 열기가 더욱 짙어졌다.

"난 차라리 그대가 이런 사치스러운 생활에 물들어서 내 곁을 떠나가지 못했으면 좋겠군."

예상치 못한 그 말에 이레나는 두 눈을 크게 뜬 채 놀란 표정으로 칼라일을 올려다보았다.

마치 돈으로 이레나의 마음을 살 수 있다면 그게 얼마라도 지불하겠다는 것처럼 들려왔다.

잠시 두 사람이 서로 아무 말도 없이 쳐다보고 있을 때였다.

지금까지 옆자리에 조용히 서 있던 미라벨이 작게 헛기침을 했다.

"흠흠."

그 목소리에 이레나가 퍼뜩 정신을 차리고 미라벨을 쳐다보았다.

그러자 미라벨이 약간 민망한 표정으로 조심스럽게 입을 열었다.

"중간에 끼어들어서 죄송하지만 각기 다른 스타일의 웨딩드레스를 다섯 벌이나 구매해서 추가적으로 더 볼 필요는 없을 것 같아요. 상황에 따라 여기서 장신구나 레이스를 더 값진 소재로 변경하는 것만으로도 충분히 업그레이드를 할 수 있고요. 제가 마담 미첼과 더 의논해 볼게요."

야무진 미라벨의 말에 이레나는 그저 고개를 끄덕일 수밖에 없었다.

사실 드레스나 장신구, 이런 치장에 관련해서 이레나는 별로 관심이 없었다. 그래서 그 분야에 대해 잘 알지 못하는 것도 사실이었고 말이다.

애초에 웨딩드레스는 미라벨에게 맡겨 두다시피 한 일이라 인제 와서 이레나가 이러쿵저러쿵 간섭할 생각은 없었다.

더구나 이렇게나 일 처리를 잘하는 미라벨을 두고, 이레나가 딱히 참견할만한 일도 생기지 않았다.

이레나가 말했다.

"그래, 네 말대로 할게."

그제야 칼라일도 수긍한다는 듯이 나지막이 말을 덧붙였다.

"그럼 필요한 게 있으면 지금처럼 내게 연락을 줘."

"네, 그럴게요. 형부."

미라벨은 처음부터 칼라일의 호의를 거부할 생각이 전혀 없는 듯했다.

이레나가 슬쩍 눈을 부라리자 미라벨은 혀를 낼름 내밀 뿐이었다.

"그리고 이번 기회에 아예 앤코 의상실과 독점 계약을 맺어서 앞으로 드레스를 좀 더 저렴하게 구입할 수 있는 방법이 없나 찾아볼게요."

생각보다 치밀한 미라벨의 제안에 이레나가 의외라는 표정으로 물었다.

"그게 될까?"

"언니가 황태자비가 되면 이제부터 어떤 드레스를 입고 사교계에 나오는지 화세가 될 텐데 의상실에서도 손해는 아닐 거야. 정확한 건 마담 미첼이랑 대화해 보고 얘기해 줄게."

"그래, 그렇게만 된다면 서로 좋겠다."

이번엔 미라벨이 칼라일을 바라보면서 입을 열었다.

"언니의 웨딩드레스가 확정되면 그다음에는 형부가 입을 턱시도도 맞춰야 하니 나중에 잠시 시간을 내주셔야 할 거예요."

"그러지."

서둘러 두 사람에게 각각 할 말을 끝마친 미라벨이 한 걸음 뒤로 물러서며 말을 이었다.

"그럼 저는 이만 블레이즈 저택으로 먼저 돌아가 볼게요."

그건 누가 들어도 두 사람을 위해 자리를 비켜 주겠다는 뜻이었다.

이레나는 미라벨을 혼자서만 집으로 돌려보낸다는 게 마음에 걸려서 서둘러 입을 열었다.

"아니야. 그럴 필요는……."

"결혼식 준비 때문에 바빠서 형부랑 잘 만나지도 못했잖아. 이런 날, 두 분이서 오붓한 시간 보내세요!"

미라벨이 의미심장한 웃음을 지으며 눈치껏 자리를 피해 주자, 칼라일은 무척이나 마음에 든다는 표정으로 대답했다.

"그럼 다음에 또 보지."

"네, 형부! 또 연락드릴게요!"

이레나가 뭐라고 더 말을 꺼내기도 전에 미라벨이 재빨리 블레이즈가의 마차가 있는 곳으로 걸음을 옮겼다.

어차피 말려 봐야 소용없다는 것도 잘 알았기에, 이레나는 그저 걱정스러운 표정으로 멀어져 가는 미라벨의 뒷모습을 쳐다볼 뿐이었다.

그런 이레나를 향해 칼라일이 나지막한 목소리로 말을 건넸다.

"의외로 그대의 동생은 사업가 기질이 뛰어나군."

한 번도 그런 식으로 미라벨을 생각해 본 적은 없어서 이레나는 칼라일의 평가에 내심 놀란 마음을 감출 수 없었다.

"그런가요?"

"적어도 처제가 사업을 한다면 나는 투자할 생각이야. 절대로 손해는 보지 않을 것 같은 느낌이 들거든."

미라벨에게 블레이즈 저택의 안살림을 맡긴다는 것만으로도 걱정이 되었는데, 막상 결혼 준비를 하면서 도와주는 모습을 보니 생각보다 야무지게 일을 잘하는 건 사실이었다.

하지만 누가 뭐래도 이레나의 눈에는 바람만 불면 날아갈 듯한 연약한 동생이었다.

"하지만 사업은 힘들잖아요. 그런 건 미라벨에게 시키

고 싶지 않아요. 예쁘고 좋은 것들만 하게 할 거예요."

설령 이레나의 손에 수천, 수만의 피를 묻힌다고 해도 미라벨만큼은 아무것도 모른 채 행복하게 만들어 줄 것이다.

모든 가족이 소중했지만 그중에서 미라벨은 유독 지켜 주고 싶은 존재였다.

미라벨에게 태양처럼 밝고 따뜻한 길을 걷게 할 수 있다면, 이레나는 평생 어둠 속의 달이 될 각오가 되어 있었다.

이번 생에서만큼은 절대로 자신보다 미라벨이 먼저 죽게 놔두지 않을 것이다.

이레나가 애절한 눈빛으로 미라벨이 사라진 방향을 바라보고 있을 때였다.

스윽—

칼라일의 커다란 손이 소리 없이 다가와서 이레나의 턱을 쥐었다. 그리고 자신이 서 있는 쪽으로 방향을 돌렸다.

갑작스럽게 턱을 잡힌 이레나가 의아한 표정으로 칼라일을 쳐다보았다.

그러자 칼라일이 불만 어린 눈빛으로 말했다.

"거기까지만 봐."

"……네?"

"더 이상은 질투 나서 못 봐 주겠으니까."

이레나가 벙진 표정으로 지금 뭐라고 하는 거냐고 물으려 했지만, 그럴 시간조차 주어지지 않았다.

칼라일은 그대로 이레나의 손을 붙든 채 다른 곳으로 나아갔다. 그러자 손이 잡혀있는 이레나는 끌려갈 수밖에 없었다.

"뭐하는 거예요? 갑자기 어디 가는 건데요?"

당황한 이레나의 질문에 칼라일이 슬쩍 고개만 돌린 채 나지막한 목소리로 대꾸했다.

"어디든. 그대가 나한테만 집중할 수 있는 곳으로."

* * *

칼라일을 따라 도착한 장소에서 이레나는 실소를 머금을 수밖에 없었다.

가끔 이 남자 머릿속에는 대체 뭐가 들어있는 건지 들여다보고 싶은 심정이었다.

이레나는 고요하게 흘러가는 강물을 바라보면서 기가 막힌다는 듯이 물었다.

"여긴 대체 왜 온 거예요?"

현재 두 사람은 나룻배를 타고 있는 상태였다.

해 질 녘 강물이 흐르는 장소에 있으니 주변의 경관은

말도 못 하게 아름다웠지만, 뜬금없이 이런 장소로 오게 된 것이 의아할 수밖에 없었다.

정말로 여기선 아무것도 하지 못한 채, 눈앞에 있는 칼라일을 쳐다봐야만 했다.

"말했잖아. 나한테만 집중할 수 있는 장소로 갈 거라고."

"그래서 정말 이런 데로 온 거예요? 남들이 들으면 안 되는 중요한 할 얘기가 있는 게 아니고요?"

이레나가 믿지 못하겠다는 듯 재차 물었다.

강물을 떠다니는 나룻배는 오직 두 사람이 타고 있는 단 한 척뿐이었다.

암암리에 칼라일을 보호하는 기사들도 전부 땅에서 이곳을 지켜보고 있는 상황이라 둘이서 조용히 비밀스런 대화를 나누기에 최적화된 장소였다.

"그런 거 없어. 단둘이서만 있을 수 있는 곳으로 온 거뿐이야."

"전 가끔 카릴이 무슨 생각을 하는 건지……."

"물어봐."

"……뭘요?"

"내게 궁금한 게 있으면 뭐든 물어보라고. 다른 사람한텐 몰라도 그대에겐 전부 솔직하게 말해 줄 테니까."

생각지도 못한 칼라일의 제안에 이레나는 순간 말문이

막혔다.

그저 눈앞에 있는 그를 물끄러미 바라보고 있을 때였다.

문득 칼라일의 뒤편으로 태양이 서서히 지고 있는 모습이 보였다. 노을이 형형색색으로 붉게 빛나며 푸른 하늘을 화려하게 수놓고 있는 광경이었다.

그제야 새삼 주변엔 아무도 없고, 오롯이 단둘이서만 이곳에 존재한다는 사실을 깨달았다.

그래서일까. 간간이 강물이 흐르는 소리만 들려오는 이 고요함이 왠지 가슴을 떨리게 만들었다.

이레나가 천천히 입을 열었다.

"지금…… 무슨 생각해요?"

"이런 장소에서 살아도 좋겠다는 생각."

"여기요? 뭐가 그렇게 마음에 드는데요?"

그 질문에 순간 칼라일의 눈빛이 그윽하게 변했다. 그리곤 그가 자신의 무릎에 팔을 얹어 한 손으로 턱을 괴었다.

"좁잖아."

"……?"

"좁아서 그대가 내게 도망갈 공간도 없고, 다른 곳에 한눈을 팔 수도 없지."

"……듣기에 따라선 조금 이상하게 해석이 되네요."

"어떻게 해석이 되는데?"

"저를 지금……."

이레나가 느릿하게 말을 하면서 슬쩍 칼라일의 눈치를 살폈다.

"……가둬 두고 싶다는 건가요?"

그 말이 끝나자마자 칼라일이 그답지 않게 낮게 웃음을 토해 냈다. 그 모습이 정말로 유쾌해 보여서 이레나는 눈을 동그랗게 뜰 수밖에 없었다.

"그대의 대답은 항상 내 상상을 초월해. 나야말로 가끔은 그대의 머릿속을 알고 싶어져."

이레나의 귀엔 분명히 그렇게 들렸다. 좁은 공간, 도망갈 수 없고, 한눈을 팔 수도 없는 장소.

정말 칼라일이 그런 생각을 하고 있다면 꽤나 섬 한 일이었기 때문에 이레나는 말을 하는 동안 불안한 심정이었다.

칼라일이 웃음기가 가시지 않은 표정으로 말을 이었다.

"잘못 짚었어. 사실 그런 방법도 있겠지만 나는 욕심쟁이라 전부 다 갖고 싶거든."

뭐를?

"그래서 기다리는 거야. 훨씬 앞서 있는 내 마음을 따라잡을 수 있게."

그러니까 대체 뭘…….

이레나는 혼란스러운 표정으로 칼라일의 얼굴을 가만히 들여다봤다. 그러다가 솔직하게 궁금한 점을 입 밖으로 털어놓았다.

"무슨 뜻인지 잘 이해가 안 돼요. 그렇게 기다리면서까지 갖고 싶은 게 뭔데요?"

칼라일은 무언가를 말하려다가 곧이어 머뭇거리는 모습을 보였다.

이런 그의 모습을 보는 건 처음이라 이레나는 꽤나 흥미롭게 느껴질 수밖에 없었다.

'대체 무슨 말을 꺼내려고 이렇게 망설이는 거지?'

이레나가 호기심 어린 표정으로 눈을 빛내자, 그것을 본 칼라일이 이내 흐릿하게 실소를 지으며 말을 이었다.

"그건 말 못 해. 말하면 도망가 버릴지도 모르거든."

"……?"

"내가 원하는 걸 입 밖으로 꺼내는 순간 거절을 당할지도 몰라. 그런데 말했다시피 난 욕심쟁이라…… 거절 따위 용납할 수 없으니까."

이레나가 불만스러운 표정으로 입을 열었다.

"아깐 뭐든 말해 준다고 했잖아요. 이렇게 궁금증만 유발시켜 놓고 멈추는 게 어디 있어요?"

"그 대상이 뭔지 밝힐 수 없다는 것도 솔직하게 대답한 거야.”

칼라일이 적반하장으로 나오자 이레나는 기가 막힐 수밖에 없었다.

비밀을 비밀이라고 말하는 게 뭐가 솔직하단 건지 이해가 되지 않았다. 그게 뭔지를 속 시원하게 밝혀야 옳았다.

하지만 그런 이레나의 못마땅한 표정조차 칼라일은 그저 즐겁다는 듯이 바라볼 뿐이었다.

“궁금하면 이번에도 그대가 고민해서 정답을 맞혀 봐. 내가 이렇게나 갖고 싶어 하는 게 대체 무엇인지.”

“……기다려 봐요.”

칼라일은 둘이서 첫 만남을 어디서 가졌는지도 가르쳐 주지 않았는데, 이번에도 그때의 상황과 비슷하다는 느낌을 받았다.

이레나는 방금 전 칼라일과 나눴던 말들을 곰곰이 돌이켜보았다.

좁은 공간에 가둬 두고 싶을 만큼 소유하고 싶은 거.

하지만 그건 말을 하면 도망을 갈지도 모른다. 그렇다면 그것은 본인의 의지로 움직일 수 있는 생명체일 확률이 높았다.

그렇게 골똘히 고민하던 이레나가 갑자기 무언가를 깨달은 듯 눈을 동그랗게 떴다.

"……설마."

이레나가 드디어 무언가를 알아차린 듯 보였다.

칼라일이 순간 긴장이라도 한 것처럼 표정을 딱딱하게 굳힐 때였다.

"물고기 키우고 싶어요? 아까 강물 안에 되게 희귀한 물고기가 헤엄쳐 가는 걸 봤어요. 카릴이 그렇게까지 갖고 싶다면 저도 말리지는……."

하지만 이레나는 끝까지 말을 잇지 못했다.

칼라일이 그녀의 말을 듣다가 갑자기 허리를 구부릴 정도로 큭큭거리며 낮은 웃음을 터뜨리고 있었기 때문이다.

"뭐예요? 틀렸어요?"

"아니, 아니야. 내 생각보다 그대의 상상력은 훨씬 풍부한 것 같군."

"그럼 뭔데요. 말해 줘요."

이레나의 재차 이어지는 말에도 칼라일은 웃음을 그칠 줄 몰랐다.

그렇게 두 사람의 뒤편으로 붉은 노을이 완전히 저물어 가고 있었다.

지금 그들의 모습은 누가 보아도 완벽한 한 쌍의 연인이었다.

*　*　*

마이클은 이레나와 미라벨이 잠시 블레이즈 저택을 비운 사이, 쉴 새 없이 날아드는 통보에 정신을 차릴 수 없었다.

이레나는 얼마 전에 결혼식이 치러질 벨루에 광장을 꾸밀 꽃들을 정했었다.

그런데 거기에 보라색의 라벤더와 함께 사용될 작약 꽃집에서 갑자기 팔지 않겠다는 일방적인 통보를 보내왔다.

뿐만 아니었다.

결혼식을 준비하기 위해 마련해 놓은 몇 군데의 업체에서 갑자기 일을 못 하게 될 것 같다는 연락들이 속속들이 도착하기 시작했다.

그렇게 단시간 안에 혼이 쏙 빠져 있는 마이클에게 마지막으로 전해진 것은 화려한 가면과 편지 한 장이 있었다.

바로 황실에서 제 2황자 레드필드가 다시 보낸 것이었다.

처음에 블레이즈 저택에 왔을 때보다 전령의 눈빛은 싸늘하게 변해 있었다.

"이것을 블레이즈 영애에게 전해 주십시오. 그리고 황자님께서 꼭 파티의 참석을 원하고 계신다고 말씀해 주세요."

마이클은 떨리는 눈동자로 화려한 가면과 편지 한 장을 바라보았다.

누가 굳이 설명해 주지 않아도 자연스럽게 알 수밖에 없었다.

어쩌면 이 모든 일이 레드필드가 이레나를 괴롭히기 위해 꾸민 일일지도 모른다는 걸.

'……아가씨.'

이 사태를 파악한 이레나가 원래대로 레드필드의 파티에 참석하지 않을지, 아니면 마음을 바꿀지는 알 수 없었다.

그것은 전적으로 그녀가 직접 판단해야 할 문제였으니까.

22

그때만큼 춥지 않네요

블레이즈 저택으로 돌아온 이레나의 표정은 좋지 못했다. 왜냐면 레드필드가 보내온 편지내용 때문이었다.

[결혼식 준비에 바빠 참석하지 못한다니 아쉬울 따름입니다. 제가 조금 도와드리고 싶은데 시간을 내주시면 어떨는지요? 이번에도 거절하신다면 왠지 지금처럼 순탄하게 흘러가지만은 않을 것 같은 예감이 드는군요. 부디 이번에는 거부하지 마시길.
— 레드필드]

꾸깃, 이레나의 손안에서 레드필드가 보내온 편지지가

완전히 구겨졌다.

그것을 전달한 마이클조차 그런 모습에 깜짝 놀란 듯 보였다.

하지만 이레나는 마이클의 반응에 개의치 않고, 황실의 문양이 찍혀 있는 그 편지를 직접 쓰레기통에 처박았다.

"아, 아가씨……."

"2황자가 나를 우습게 봐도 한참을 우습게 본 모양이군요."

갑자기 일을 못 하겠다는 일방적인 업체들의 통보와 이 편지가 가리키고 있는 건 하나였다.

바로 초대에 응하지 않으면 결혼식을 방해할지도 모르겠다, 협박을 하는 것이다.

감히 그런 말도 안 되는 생각을 하다니 기가 막힐 뿐이었다.

이건 단순히 이레나만의 문제가 아니었다. 공식적으로 루퍼드 제국을 이어받을 황태자 칼라일의 첫 번째 결혼식이다.

그런데 그걸 2황자가 이렇게 대놓고 위협하려 하는 건 있을 수 없는 일이었다.

그동안 레드필드가 얼마나 칼라일과 자신을 무시하고 있었는지 단편적으로 보여 주는 것만 같았다.

무엇보다 이레나의 기분을 불쾌하게 만드는 건, 레드필드의 이런 얕은 장난에도 대응하기가 쉽지만은 않다는 것이다.

'폐하께 말씀드릴 순 없어. 아무도 이 일을 꾸민 게 2황자라고 증언해 주진 않을 테니까.'

레드필드의 뒤에는 황후 오펠리아와 아니타 가문이 버티고 서 있었다. 그렇기에 루퍼드 제국 내에 그 누구도 그를 함부로 건드릴 수 없었다.

그게 설령 황제 설리반이라 해도 마찬가지였다.

정확한 증거와 증인도 없이 제국의 황자를 추궁할 수는 없는 노릇이었다.

'카릴에게 말하자니 분명 가만히 있진 않을 것 같은데…….'

지금까지 칼라일을 겪으면서 그의 성격에 대해서도 충분히 파악할 수 있었다. 레드필드가 자신의 결혼식을 방해했다는 걸 알면 어떤 수를 써서라도 응징하려 들 텐데, 그것도 그리 내키진 않았다.

왜냐면 레드필드는 이레나를 파티장으로 부르기 위해 아주 가벼운 도발을 한 것일 뿐이다.

여기서 이레나가 다시 한 번 파티의 참석을 거절하거나, 칼라일이 직접 나서는 상황이 벌어진다면 그때부턴 전면전이었다.

그렇게 된다면 레드필드가 어떤 방식으로 결혼식을 방해할지 알 수 없었다.

하지만 분명한 건 그때는 이깟 어린애 장난 같은 수준으로 그치지 않을 거라는 것이다.

본격적으로 결혼식을 방해받기 시작하면 가뜩이나 시간도 촉박한데 이래저래 귀찮은 일들이 벌어질 수밖에 없었다.

'대체 이렇게까지 해서 나를 초대하려는 이유가 뭐지?'

처음 초대장을 받았을 때부터 불길하다고 느꼈지만, 지금은 정말 이해가 가지 않는 정도로 수상한 점이 많았다.

단순히 칼라일과 결혼하는 자신에게 호기심이 생겨서 부른 것일까?

아니면…… 다른 무언가가 있는 걸까?

곰곰이 고민하고 있는 이레나를 향해 마이클이 조심스럽게 물었다.

"어떻게 하실 생각이십니까? 아가씨."

"이렇게까지 제가 보고 싶다는데…… 초대에 응해 줘야죠."

"정말 참석하시겠습니까? 재차 요구하는 걸 보면 뭔가 이상합니다."

그 말에 이레나의 보석같은 붉은색 눈동자가 순간 번

뜨거렸다.

“그래서 가 보려고요. 도대체 어떤 사람인지 알아 둬야겠어요.”

칼라일이 황위를 물려받으려면 레드필드는 반드시 몰아내야 할 대상이었다.

황후 오펠리아와 아니타 가문의 위세가 대단했지만, 어찌 됐든 그들은 레드필드를 중심으로 모여 있는 세력이었다.

결국 황가의 핏줄을 이어받은 레드필드가 없다면 그저 다른 가문들보다 조금 더 힘이 있는 권세가일 뿐이다.

현재 공식적인 황태자의 자리를 물려받은 건 칼라일이었지만, 아직까지 레드필드가 그것을 뒤엎고 황제가 될 거라고 믿는 귀족들도 많았다.

그걸 뿌리째 없애려면 아니타 가문을 누르고, 황후 오펠리아를 넘어서, 최종적으로 레드필드를 상대해야 했다.

불현듯 이레나의 머릿속에 무도회장에서 만났을 때 레드필드가 했던 말이 떠올랐다.

—다음번엔 나와 춤을 추지. 형님보다 춤은 내가 더 잘 추거든.

이레나의 입술이 저절로 비틀려 올라갔다. 마치 비웃는 것처럼 말이다.

칼라일은 모든 면에서 이레나의 상상을 뛰어넘는 존재였다. 머리는 명석했고, 판단은 과감했으며, 검술 실력도 대단했다.

황제, 칼라일은 정말로 그 자리에 정말 잘 어울리는 남자였다.

'과연 2황자는 어떤지 한 번 구경해 볼까?'

이레나의 시선이 레드필드가 보내온 화려한 가면에 닿았다.

이번 레드필드의 파티 컨셉은 가면무도회라고 했다. 그렇다면 이 가면을 보내온 이유는 분명 저것을 착용하고 와 달라는 뜻일 것이다.

* * *

이레나는 오랜만에 쿤을 부르기 위해 창문에 붉은색의 손수건을 묶었다.

칼라일에게 이번 레드필드가 벌인 사건에 대해 모두 말할 생각은 없었지만, 그렇다고 전부 비밀로 한 채로 그의 파티에 참석할 생각은 없었다.

그렇게 한밤중이 되었을 때였다.

언제나처럼 이레나는 결혼식 전에 해결해야 하는 블레이즈가의 문서들 때문에 밤늦게까지 책상 앞에 앉아 있었다.

그런 이레나의 방 안으로 누군가가 소리 없이 침입한 것이 느껴졌다.

이레나는 그 상대가 쿤이라는 것을 곧바로 알아차릴 수 있었다.

"왔어요?"

어둠속에서 점점 드러나는 쿤의 잿빛 눈동자에 순간 이채가 어렸다.

"저번에도 느꼈지만 아가씨는 귀가 정말 밝으시군요."

"뭐, 그런 편이죠."

이레나는 대충 에둘러 넘겼다. 이 정도로 쿤이 다가왔으면 남들도 어렴풋이 알아차릴 수 있을 거라 생각했는데, 그것도 평범한 사람들에겐 어려운 모양이었다.

어차피 과거에도 쿤의 기척을 감지해 낸 적이 있었기 때문에 새삼 이런 부분을 들켰다고 해서 달라질 건 없었다.

쿤도 의아하게 생각하는 것 같긴 했지만, 기본적으로 타인에게 별로 관심을 두지 않는 편이라 깊게 파고들지 않았다.

쿤이 먼저 입을 열었다.

"그런데 어쩐 일로 부르셨습니까?"

"전하께 말씀드릴 이야기가 있는데 편지로 작성해서 보내기엔 아무래도 시간이 소요될 것 같아서요."

"네, 말씀하십시오."

"2황자가 저한테 본인의 파티 초대장을 보냈어요. 어떻게 할까 고민하다가 일단 초대에 응하기로 결정했어요."

"……미심쩍은 일이군요."

쿤이 듣기에도 꽤나 수상한 일인 것 같았다.

이레나는 동조하듯이 고개를 끄덕이며 뒷말을 이어나갔다.

"저도 이런 초대장이 갑자기 온 것에 대해 의심스럽긴 한데, 그래도 2황자가 직접 저를 보고 싶다고 초대한 거라 딱히 거절할 명분이 없어요."

사실 그런 체면치레에 별로 무게를 두진 않았지만, 이레나는 일단 이런 식으로 둘러대기로 마음을 먹은 상태였다.

있는 그대로 설명하면 칼라일은 파티의 참석을 허락하지 않을 게 뻔했고, 그렇다면 일이 커졌다.

가능한 칼라일과 관계된 문제에 한해선 서로 상의를 하기로 마음먹었지만, 이번 일만큼은 이레나 혼자서 나설 생각이었다.

어차피 레드필드가 초대한 것은 이레나였다. 그렇다면 볼 일은 이레나에게 있다는 소리였으니까.

대체 무슨 일을 준비하고 있는지 직접 가서 확인해 볼 생각이었다.

'마냥 카릴에게 기대기만 할 수는 없어.'

그에게 상의를 하는 것과 그의 허락 없이는 움직이지 못한다는 것의 차이는 컸다.

얌전히 칼라일의 명령대로 따르기 위해 황태자비가 되려는 게 아니었다.

잊지 말아야 할 건, 이레나는 그의 앞길을 가로막는 적들을 물리칠 가장 날카로운 검이라는 사실이었다.

"그렇다면 파티에 참석하는 아가씨를 보호해 달라고 요청하시는 겁니까?"

"그래 주시면 고맙죠. 공식적으로 초청을 받은 자리라 저를 해코지할 거라고 생각되진 않지만…… 혹시 모르는 일이니까요."

사실 이레나를 직접적으로 위협할만한 일은 별로 없었다.

하지만 칼라일 측에서 자체적으로 보호해 준다면 딱히 거절할 생각은 없었다.

지금은 호위 기사 렌으로 움직이는 게 아니라, 블레이즈 백작가의 영애 이레나로 활동하는 자리였기에 함부로 검을 들고 날뛸 수가 없었으니까.

"알겠습니다. 일단 장군께 보고 드린 후에 어떻게 할지 답을 받아오겠습니다."

"네. 가능한 한 빨리 오셔야 할 거예요."

"무슨 일이라도 있으십니까?"

이레나는 무의식적으로 레드필드가 보낸 화려한 가면을 힐끔 쳐다보았다.

"파티가 열리는 날짜가 얼마 남지 않았거든요."

"그게 언제입니까?"

쿤의 딱딱한 물음에 이레나는 흐릿한 미소를 지으며 대답했다.

"내일이에요."

이미 한 번 거절했던 파티라 생각보다 남은 기한이 무척이나 촉박했다.

그 말을 들은 쿤의 안색 또한 급격히 어두워졌다.

* * *

쉬이이익—

몸이 그나마 회복된 쿤은 빠른 속도로 이레나의 방을 빠져나왔다.

시간이 없는 만큼 서둘러서 칼라일에게 내용을 전달해야 했기 때문이다.

그런데 창문으로 빠져나와서 몇 걸음 채 걷지 않을 때였다.

"……!"

쿤은 걸음을 우뚝 멈춘 채 뒤를 돌아보았다.

미세하지만 분명 누군가의 기척이 느껴졌다. 워낙 빠르게 감지한 덕분에 상대도 쿤의 모습을 제대로 확인하지 못했을 테지만, 그건 쿤 역시도 마찬가지였다.

쿤은 서둘러 품속에 가지고 있던 복면으로 얼굴을 가렸다.

혹시나 누군가의 눈에 띄게 된다면 얼굴은 감춰야 했다. 암살이 주된 업무인데 얼굴이 드러나는 건 좋지 않았다.

타닷!

그리곤 한걸음에 방금 전 기척이 느껴졌던 장소를 향해 움직였다.

상대가 누구든 처리를 해야 했다. 이레나의 방을 한밤중에 지켜보고 있었다는 건 충분히 의심스러운 일이었으니까.

그런데…… 상대도 그만큼 빠르게 모습을 감췄다.

쿤이 막 기척을 느낀 장소에 도착했을 때는 그곳에 아무도 남아 있지 않았다.

서둘러 고개를 돌려 주변을 살펴보았지만, 어디에서도 의심스러운 인물이나 인기척은 느껴지지 않았다.

"……놓친 건가?"

언제나 무표정한 쿤의 얼굴이 미세하게 일그러지기 시작했다.

왜냐면 루퍼드 제국을 통틀어 쿤을 상대로 이렇게 감쪽같이 도주를 할 수 있는 사람은 그리 많지 않았기 때문이다.

누구인지 몰라도 실력이 무척이나 뛰어난 놈이었다. 그리고 현재 이런 놈이 이레나의 곁에 맴돌고 있다는 건 무척이나 위험한 일이었다.

"한시라도 빨리 장군께 보고 드려야 할 일이 하나 더 늘었군."

나지막한 읊조림과 함께 쿤은 그 자리에서 연기처럼 사라졌다.

워낙 빠른 속도로 이동하는 통에 아무것도 모르는 사람이 봤다면 그저 감쪽같이 사라졌다고밖에 느낄 수 없었다.

그리고……

쿤이 사라지고 난 뒤에 나무 뒤편에서 그림자 하나가 모습을 드러냈다.

아그작, 손에 들린 사과를 한 입 베어 무는 정체불명의 남자는 바로 블레이즈 저택에 위장 취업한 바토리였다.

"……저놈은 또 뭐야?"

바토리가 재밌다는 듯이 입꼬리를 올렸다.

한밤중에 이레나의 방 안으로 뛰어난 실력자가 찾아왔다. 생각지도 못한 일이라 흥미롭게 느껴질 수밖에 없었다.

"황태자와 연관이 있는 놈이려나?"

예전에 이레나의 곁에 맴돌다가 누군가에게 습격을 받고 크게 다친 적이 있었다. 덕분에 이레나가 끼고 있는 구슬 반지가 범상치 않다고 눈치채기는 했지만 말이다.

아마도 그때 자신을 공격한 놈들과 연관이 있을 게 분명했다.

그리고 그건 칼라일의 수하들일 거라고, 이미 대충 짐작을 하고 있는 상태였다.

바토리가 입 안에 넣은 사과를 아삭아삭 씹으면서 아쉽다는 듯이 중얼거렸다.

"……얼굴을 확인하지 못한 게 아쉽네."

하지만 조금만 지체했어도 쿤에게 들켰을 것이다.

파벨루크는 이레나에게 벌어지는 일들을 멀리서 감시하라고만 명령했을 뿐, 직접 간섭하라고 지시하지 않았다.

그래서 바토리는 자신의 정체가 탄로 날까 봐 먼저 몸을 감춘 것이었다.

그가 입꼬리를 올린 상태로 자그맣게 휘파람을 불었다.

"휘유— 일이 재밌게 돌아가는군."

*　　*　　*

다음 날, 이레나는 머리부터 발끝까지 화려하게 치장을 마쳤다.

바로 레드필드가 초대한 파티장에 참석하기 위해서였다.

미라벨은 본인이 직접 골라 준 드레스를 흡족한 표정으로 쳐다보다가 불쑥 엄지를 치켜세웠다.

"음음, 완벽해!"

"고마워. 매번 이렇게 신경 안 써 줘도 되는데."

"아니야, 내가 재밌어서 하는 건데 뭘. 요즘 드레스에 관해 점점 더 관심이 생기고 있어."

"그래?"

애초부터 미라벨이 디자인에 대해 재능이 있다는 걸 알아차렸기 때문에 이레나는 반색하는 표정으로 바라보았다.

그러자 미라벨이 쑥스럽다는 듯이 콧잔등을 긁적이며 나지막이 말했다.

"어쨌든 잘 다녀와, 언니. 요즘 결혼식 준비하느라 제대로 쉬지도 못했잖아."

"그래도 네가 도와준 덕분에 웬만한 건 다 정리가 된 상태야. 이제 남은 건 마무리밖에 없는걸."

"다행이다. 결혼식 날짜가 얼마 남지 않았으니까, 어디 다치지 않게 항상 조심하고!"

미라벨의 걱정 어린 잔소리에 이레나는 희미하게 웃으면서 그녀의 머리를 쓰다듬어 주었다.

"그래, 그럴게."

그렇게 두 사람이 저택의 입구까지 함께 나왔다. 그러자 먼저 마차 앞에서 기다리고 있던 집사 마이클이 정중하게 허리를 숙이며 인사를 건넸다.

"무사히…… 다녀오십시오. 아가씨."

현재 마이클만이 레드필드가 초대한 파티의 진상을 모두 알고 있었기 때문에 표정이 무척이나 어두운 상태였다.

하지만 이레나는 아무렇지 않게 대꾸했다.

"네. 이따 돌아와서 봬요."

미라벨은 아무것도 모른 채 밝은 표정으로 크게 손을 흔들면서 말했다.

"재밌게 놀다 와, 언니."

"그래. 너무 늦지 않게 돌아올게."

인사를 마친 이레나가 마차 안에 탑승하자, 블레이즈가의 문양이 새겨진 마차가 천천히 앞을 향해 나아가기 시작했다.

현재 마차의 목적지는 황궁이 아니었다. 레드필드가 주최하는 파티의 장소가 수도에서 조금 떨어진 외딴 별장이었기 때문이다.

부지런히 달리는 마차 안에서 이레나는 물끄러미 창밖의 풍경을 쳐다보았다.

불현듯 예전에 칼라일과 함께 말을 타고 달렸던 날이 떠올랐다.

이제는 그때처럼 주위를 신경 쓰지 않고 말을 타고 달릴 수가 없는데, 가끔은 마차 안이 갑갑하게 느껴지는 것 같아서 큰일이었다.

그렇게 한참 후에야 마차는 목적지에 도착했다.

끼익, 마부가 열어주는 문을 통해 이레나가 조심스레 바깥으로 발을 내디뎠다.

"밖에서 대기하고 있을 테니 끝나면 불러 주십시오, 아가씨."

"알겠어요."

이레나는 짤막한 답변과 함께 앞으로 걸어 나갔다.

현재 이레나의 손에는 레드필드가 보낸 화려한 가면이 들려 있었다.

가면무도회라는 것은, 말 그대로 이곳에 참석한 모든 사람들의 얼굴을 가린 채로 즐기는 색다른 이벤트였다.

물론 지금이 무도회라 부를 만큼 대규모의 모임은 아니었지만, 서로의 정체를 모르고 만난다는 목적은 같았다. 그래서인지 입구에서부터 모두가 얼굴에 가면을 쓰고 있었다.

이레나도 다른 사람들의 앞에 모습을 드러내기 전에 레드필드에게서 받은 가면을 착용해 얼굴을 가렸다.

또각또각—

풍성한 깃털이 달려 있는 화려한 가면을 쓴 이레나가 지나가자, 모두의 시선이 홀린 듯이 그녀에게로 모여들었다.

현재 이레나의 정체가 누구인지 모를 텐데도 사람들의 이목을 집중시키는 건 예나 지금이나 마찬가지였다.

단순히 얼굴을 가린다고 해서 이레나의 아름다움을 완전히 감출 수는 없었기 때문이다.

그렇게 이레나는 레드필드가 주최하는 파티장으로 입장했다.

이곳은 지금까지 이레나가 참석해 온 여타의 파티들과 확연하게 달랐다.

여태껏 이레나도 귀족 영애로서 크고 작은 파티들과 무도회에 다녀 봤지만, 여기만큼 퇴폐적이고 자유분방한 느낌을 받은 적은 없었다.

보통 파티에선 중앙에 커다란 홀을 두기 마련인데, 그것은 사람들끼리 서로 편하게 대화도 나누고 준비한 음식들을 손쉽게 먹을 수 있게 하기 위함이었다.

그런데 여기는 서 있는 곳보다 앉을 수 있게 마련된 장소가 더 많았다.

수십 개의 테이블과 소파들이 사방에 비치가 되어 있어서, 벌써부터 거기에 앉아 소규모로 어울리는 사람들이 눈에 들어왔다.

개중에 몇몇 테이블에서는 가면을 쓴 남녀가 지나치게 낯 뜨거운 스킨십을 하고 있어서 보기에 민망할 정도였다.

확실히 젊은 연령층만 모이는 곳이다 보니, 공식적인 행사보다 훨씬 제약이 없는 느낌이었다.

'다들 가면을 쓰고 있어서 더 그런가?'

뿐만 아니라 항상 밝고 화려하게 장식된 샹들리에만 보다가 이곳처럼 어둡고 음침하게 낮춰 놓은 조명을 보니 뭔가 색달랐다.

이레나는 이 모든 게 생소하기 짝이 없었는데, 희한하게도 다른 사람들은 무척이나 익숙한 듯 행동에 거리낌이 없어 보였다.

'그런데…… 이건 무슨 냄새지?'

처음 파티장 안에 들어서자마자 풍겨 오는 묘한 냄새가 계속 신경에 거슬렸다.

왠지 어디선가에서 맡아 본 적이 있는 향인 것 같아서 이레나가 고개를 돌리며 냄새의 근원지를 찾고 있을 때였다.

어느샌가 이레나를 향해 다가오는 남자의 발소리가 들려왔다.

뚜벅 뚜벅.

고개를 돌려보니 타오를 듯한 붉은 머리카락을 지닌 한 남자가 눈에 들어왔다.

다른 사람들과 마찬가지로 가면으로 얼굴을 가리고 있었지만, 이레나는 자신을 향해 직진으로 다가오는 그의 정체를 단번에 알아차렸다.

바로 레드필드였다.

그 또한 본인이 직접 보내 준 가면을 쓰고 있는 이레나를 한눈에 알아본 듯하였다.

"이런, 오셨군요."

예전에 황실 무도회에서는 이레나에게 반말을 했었는데, 그래도 조만간 황태자비가 될 거라는 사실에 말을 높이는 것 같았다.

이레나는 아무것도 모르는 척 입꼬리를 올렸다.

"이렇게까지 저를 보고 싶다고 초대를 해 주셨는데 안 올 수가 있나요."

굳이 결혼식을 방해하면서까지 자신을 불러낸 것에 대해 궁금증을 내비친 것이었다.

그러자 레드필드도 가벼운 웃음과 함께 맞받아쳤다.

"잘 오셨습니다. 아마 이번에도 거절하셨으면 제가 매

우 섭섭했을 겁니다.”

만약 이 파티에 참석하지 않았다면 이레나가 예상했던 것처럼 본격적으로 결혼식을 방해를 했을 거란 뜻처럼 들렸다.

겉보기에 두 사람은 화기애애한 분위기일지 모르겠지만, 서로 속마음을 감춘 채 상대방을 떠보고 있는 중이었다.

레드필드가 말했다.

“일단 제가 있던 자리로 안내해 드릴까요? 미래의 형수님을 이렇게 서 있게 하니 제 마음이 좋지 않군요.”

“그러죠.”

“이쪽으로—”

레드필드가 가면 아래로 빙긋 웃으면서 먼저 걸음을 옮겼다.

이레나는 그 뒤를 따라 걸으면서 생각보다 레드필드의 말솜씨가 화려하다는 걸 느꼈다. 지금처럼 ‘형수님’이라고 넉살 좋게 부르는 것만 봐도 알 수 있는 사실이었다.

칼라일은 가끔 짓궂긴 했으나 본인이 할 말만 딱 내뱉는 스타일이었는데, 레드필드는 그런 그와 전혀 닮지 않은 듯했다.

그렇게 레드필드를 따라 이레나가 도착한 곳은, 오픈된 공간이 아닌 커다란 룸 안이었다.

테이블 위에는 온갖 진귀한 음식들이 마련되어 있었는데, 이곳에는 사람이 한 명도 있지 않아서 의아한 마음이 생겼다.

"앉으시죠."

레드필드가 이레나에게 자리를 권유하고는 먼저 소파에 앉았다.

이레나는 어쩔 수 없이 자리에 앉으며 그에게 물었다.

"2황자께서 있던 곳으로 안내해 준다고 하지 않으셨나요? 그런데 일행분이 아무도 없는 장소인 것 같군요."

이제는 주변에 사람이 없었기 때문에 이레나는 스스럼없이 레드필드를 향해 황자라는 호칭을 사용했다.

가면은 정체를 감추기 위해서 착용한 것이었는데, 이미 서로의 신분을 알고 있는 두 사람에게는 소용이 없는 것이었다.

레드필드가 한쪽 입꼬리를 스윽 올리며, 얼굴에 쓰고 있던 가면을 벗었다. 그러자 그의 흠 잡을 데 없는 준수한 외모가 바깥으로 드러났다.

그가 왜인지 뜨거운 눈빛으로 이레나를 바라보고 있다는 생각이 들 때였다.

"형수님과 단둘만이 있는 자리를 마련한 것입니다. 굳이 이곳에 나른 이들이 낄 필요는 없지요. 안 그렇습니까?"

안 그렇긴 뭐가 안 그래.

이레나는 씰룩거리는 표정을 감추며 태연하게 대꾸했다.

"저는 저번 무도회장에서 뵈었을 때, 춤을 추자는 말씀을 하셔서 그런 줄로만 알았어요."

"하하, 춤이야 뭐 언제든 추면 되는 것 아니겠습니까? 왜요? 지금 여기서라도 저랑 한 번 춰 보시겠습니까?"

마치 사람을 가지고 노는 것 같은 그의 말투에 이레나의 미간이 알게 모르게 좁혀지기 시작했다.

칼라일의 능글거림과는 차원이 다른 수준의 불쾌함이었다.

"아니요. 굳이 춤을 추는 자리가 아닌데 그럴 필요는 없어 보이는군요."

"그러시죠. 뭐, 오늘만 날이 아니니까요."

레드필드는 음흉한 웃음을 지으면서 준비되어 있던 술병을 들어올렸다. 그리곤 이레나를 향해 자연스럽게 권유했다.

"한잔하시겠습니까?"

"술은 잘 못 해서요. 사양하겠습니다."

"딱 한 잔인데 뭐 어떻습니까? 모처럼 이렇게 만났는데 잔도 안 받으시면 섭섭하지요."

"……그럼 잔만 채울게요."

이레나가 자신의 앞에 놓인 술잔을 집어 들자, 레드필드가 거기에 가득 찰 정도로 술을 따라 주었다.

그런데 이 방 안에서 풍겨 오는 향은 바깥보다 더욱 짙었다. 불현듯 머리가 지끈거려서 이레나가 이마를 짚을 때였다.

그 모습을 본 레드필드의 눈동자가 순간 번뜩거렸다.

"형수님 저도 한 잔 따라 주시겠습니까?"

"2황자께서 따라 주신 술잔은 감사히 받았으나, 그걸 제가 똑같이 따라 하기에는 남들이 보기에 별로 좋아 보이지 않을 것 같군요."

"하하, 가족인데 뭐 어떻습니까?"

"그러니까 더욱 지킬 건 지키는 게 좋죠."

이레나의 확고한 태도에 레드필드는 살짝 어깨를 으쓱거리며 말을 이었다.

"정 그러시다면 알겠습니다."

그가 자신의 술잔을 직접 채우고 먼저 단숨에 들이켰다.

이레나는 순간 그 모습이 몽롱하게 보인다는 생각이 들어서 고개를 살짝 흔들었다. 그러자 레드필드가 걱정스러운 목소리로 말을 이었다.

"어디 안 좋으신 겁니까? 술이 싫으시다면 물이라도 한 잔 드시지요."

레드필드는 이레나의 물컵에 다시금 물을 가득 채워 주었다.

그것을 가만히 바라보고 있던 이레나는 레드필드가 자꾸 무언가를 마시라고 권유하는 게 이상하다는 생각이 들었다. 그래서 일부러 물도 입에 대지 않은 채 대답했다.

“아뇨. 괜찮습니다. 요즘 결혼식 준비 때문에 잠을 좀 설쳤더니 현기증이 나나 봐요.”

“아이쿠, 몸을 조심하셔야지요.”

“그래서 잠깐 2황자님의 얼굴만 뵙고 돌아가려고 했어요. 별다른 할 얘기가 없으시다면 그만 일어나고 싶군요.”

한 치의 흐트러짐 없는 이레나의 태도에 레드필드는 그저 비열한 웃음을 삼킬 뿐이었다.

“제가 할 얘기도 없이 형수님을 여기까지 불렀겠습니까?”

레드필드의 말을 들으면서도 이레나는 머릿속으로 계속 지금 이 냄새를 어디서 맡았었는지를 떠올리려 애썼다.

처음부터 이상했지만 자꾸만 늘어지는 몸 상태를 느끼자 더욱 수상한 생각이 들었다.

‘……어디서 맡아 본 냄새더라?’

머리가 바쁘게 움직이고 있는 동안에 레드필드의 말을 계속해서 이어졌다.

"이 자리까지 형수님을 부른 건, 제안할 일이 한 가지 있어서입니다."

"제안할 일이요?"

"네. 아시다시피 루퍼드 제국에서는 전대 황제의 젊고 아름다운 첩을 후대가 물려받는 일은 비일비재하지요. 넓게 보면 가족이라 할 수도 있겠지만 황실에선 크게 흠 잡을 일이 아닙니다."

이레나는 이해하지 못하는 역사였지만, 실제로 그런 경우가 있었기 때문에 미세하게 고개를 끄덕였다.

그러자 레드필드는 지금까지 눌러 왔던 본심을 꺼내었다.

"어차피 형님과 나, 우리 둘 중 한 명이 황제가 되겠지요. 그렇다면 누가 황제가 되든 살길을 마련해 놓는 게 좋지 않겠습니까?"

"무슨 말씀인지……."

"내가 황제가 되면 형님과 결혼한 당신을 거둬 주겠다는 소리야."

"……!"

전혀 생각지도 못한 제안에 이레나의 붉은 눈동자가 크게 떠졌다.

레드필드가 여기서 이런 말을 할 거라곤 정말이지 단 한 번도 상상해본 적이 없었다.

그가 비열한 표정으로 계속 말을 이어 나갔다.

"그러니까 내 품에 안겨서 아양을 떨어 보는 건 어때? 응? 춤뿐만이 아니야. 형님과 나 둘 중에 누가 더 잘하는지 심판을 좀 봐 달라고."

이레나가 기가 막혀서 자리를 박차고 일어나려는 찰나였다.

그런데 순간 머리가 핑, 돌면서 하늘이 무너져 내리는 것 같았다. 그래서 어쩔 수 없이 다시금 자리에 앉게 될 때였다.

그 모습을 본 레드필드가 빙긋 웃으면서 말을 이었다.

"드디어 약 효과가 든 건가?"

그 말에 이레나는 지금까지 기억 저편에 묵혀 두었던 한 가지의 꽃을 떠올릴 수 있었다.

파얀꽃. 노란색의 아름다운 꽃으로 그것을 조합해 연기를 피우면 냄새를 맡은 자는 점점 정신이 몽롱해지다가 환각에 빠지는 일종의 마약이었다.

그런데 원래의 약 효과보다 더 강하게 제조해 낸 모양이었다. 단시간 맡았다고 이 정도까지 몸의 기운을 빼앗기지는 않았는데, 이레나는 현재 마비 증상까지 찾아오고 있었다.

"일단 여기서 나와 남녀의 정을 뜨겁게 나누고 난 다음에 내가 한 제안에 대해 곰곰이 생각해 보라고. 하하하."

레드필드가 호기롭게 이레나가 쓰고 있던 가면으로 손을 뻗을 때였다.

짜악!

이레나는 단숨에 그의 손길을 쳐냈다.

감정이 격해져서 힘 조절을 못 했더니, 레드필드는 맞은 부위가 얼얼한지 꽤나 놀란 눈빛으로 이레나를 쳐다보고 있었다.

그런 생각을 하면 안 되는데 순간 칼라일이 이런 남자가 아니라서 얼마나 다행인지 모른다고 안심이 되었다.

'처음엔 분명 단순한 계약 결혼일 뿐이었는데…….'

성격, 외모, 심성, 아무것도 따지지 않았다.

중요한 건 오로지 칼라일이 황태자란 위치에 있다는 것, 그것 하나뿐이었다. 그런데 만약 지금의 레드필드 같은 남자였다면 어떻게 됐을까?

이레나는 가족을 구하기 위해 어쩔 수 없이 레드필드를 황제로 만들었어야 했나?

칼라일이 이런 남자였더라도 결혼을 진행했을까?

불쾌했다.

어차피 정해진 답은 하나였기 때문이다.

만에 하나 이레나가 선택한 게 레드필드였다면, 그를

황제로 만들려고 노력했을 것이며 그와의 결혼을 진행하려고 했을 테니까.

레드필드의 손길을 쳐내느라 잠시 맞닿았던 손바닥에서 마치 벌레가 기어 다니는 느낌이 들었다.

사실 처음에는 누구와 결혼하든 상관없다고 생각했다. 하지만 지금의 이레나는 확실히 레드필드의 손을 잡고 싶지 않았다.

이레나가 최종적으로 물리쳐야 할 적은 파벨루크였다. 말대로 레드필드와도 나쁘지 않은 사이를 유지하면, 혹시라도 칼라일이 패배했을 때 살아날 구멍이 생기는 게 맞았다.

하지만…… 이렇게 더러운 요구를 들어줄 바에는 차라리 칼라일을 황제로 만들기 위해 조금이라도 더 노력하는 게 나았다.

칼라일과 황위를 다투는 남자라기에 과연 어떤 사람일까 궁금했는데 이제 정확히 알았다.

'……쓰레기.'

제 2황자 레드필드는 마약으로 여자나 건드리려고 하는 재활용도 안 되는 폐기물이었다.

가면을 쓴 이레나가 서늘한 눈빛으로 레드필드를 노려보았다.

그러자 정신을 차린 레드필드가 기가 막힌다는 듯이

반박했다.

“지금 뭐 하는 거야? 움직이기도 힘들…….”

“누가요?”

이레나는 똑바른 자세로 몸을 일으켰다. 분명 제대로 몸을 단련한 적이 없는 평범한 귀족 영애였다면 거동하기 힘들었겠지만 상대는 다름 아닌 이레나였다.

저번 생보다 면역력이 떨어지는 지금의 몸 상태로는 확실히 행동이 굼떠지긴 했지만, 그렇다고 눈앞에 있는 레드필드 하나 해치우지 못할 정도로 무기력한 건 아니었다.

만약 그 정도로 연약했다면 자신이 칼라일의 가장 날카로운 검이라는 말을 함부로 하고 다닐 순 없었을 것이다.

‘이 자리에서 확 없애 버리고 싶네.’

이레나는 주먹을 꾹 쥐면서 레드필드에게 피어오르는 살심을 참았다.

언젠가 칼라일이 황제로 등극하면 가장 먼저 제거해야 할 대상이었지만, 그게 지금 이 자리는 아니었으니까.

“똑똑히 들어요, 2황자. 그딴 더러운 제안 받을 생각 없으니까. 다시 한 번만 더 내 앞에서 이런 얄팍한 술수를 쓰면…….”

이레나의 목소리가 지금까지보다 훨씬 스산하게 변했다.

"……내 손에 죽을 줄 알아요."

그 말을 마침과 동시에 이레나는 휙 몸을 돌려서 룸 바깥으로 걸어 나갔다. 어찌 됐든 계속해서 향이 피어오르고 있는 장소에 오래 있어 봤자 좋지 않았으니까.

그리고 방을 완전히 나서기 전, 이레나는 레드필드가 있는 곳에서는 잘 보이지 않는 사각지대에서 잠시 발을 멈췄다.

바로 향료 안에 들어 있는 가루를 가져가기 위해서였다.

당장 어찌하지 못할 뿐이지 이번 일을 결코 가벼이 넘기지 않을 것이다. 이걸 계기로 레드필드가 주최하는 파티에 대해 낱낱이 조사해 볼 생각이었다.

이레나는 재빠른 손놀림으로 순식간에 향료 안에 있는 가루를 한 움큼 손으로 쥐어서 손수건 안에 고이 모아 감쌌다. 그리곤 전혀 흐트러짐 없는 걸음걸이로 룸을 나섰다.

레드필드는 순간 이레나가 내뿜은 살기에 짓눌려 딱딱하게 얼어붙어 있다가 곧이어 얼굴을 붉게 물들였다.

지금 자신이 당한 수치가 무엇인지 깨달은 것이다.

"이, 이……!"

자리를 박차고 일어선 레드필드가 재빨리 이레나의 뒤를 쫓아가려고 룸을 나설 때였다.

콰당탕!

쟁반을 들고 서빙을 하던 종업원과 갑자기 튀어나온 레드필드가 부딪쳤다.

"이 새끼가 지금 뭐 하는 거야?"

"죄송합니다."

꾸벅, 고개를 숙이는 종업원의 머리색은 짙은 파란색이었다. 거기다 슬쩍 고개를 들자 보이는 창백한 하얀 피부.

그 종업원의 정체는 바로 쿤이었다.

이레나가 레드필드의 파티에 참석한다는 사실을 알고 있었기에, 그녀를 보호하기 위해 현재 칼라일의 수하 몇 명이 종업원으로 잠입을 한 상태였다. 그리고 거기엔 쿤도 포함되어 있었다.

레드필드는 잠시 한눈을 판 사이에 놓쳐 버린 이레나의 빈자리를 쳐다보며 욕지거리를 내뱉었다.

"이런, 씨발."

* * *

이레나는 똑바른 걸음걸이로 레드필드의 파티장을 나왔다. 그리곤 서둘러서 블레이즈가의 마차로 되돌아가려고 하는 찰나였다.

저벅저벅—

이레나의 앞으로 전혀 생각지도 못한 사람이 다가오고 있었다.

새까만 머리카락에 서늘한 한기가 느껴지는 푸른 눈동자, 수려한 이목구비가 절로 완벽하다는 탄성을 자아내게 할 정도로 잘생긴 그는 다름 아닌 칼라일이었다.

"여긴 어떻게……?"

이레나는 말을 하는 도중 지금 자신의 얼굴에 화려한 가면이 씌워져 있다는 사실을 깨달았다. 그렇다면 칼라일은 자신의 정체를 알아차리지 못하고 지나칠 게 분명했다.

이레나가 재빨리 얼굴의 가면을 풀려고 손을 들어 올리는 순간이었다.

타악, 칼라일의 발걸음이 정확히 이레나의 앞에 다가와 멈춰 섰다.

"하루 전에 통보하고 움직이는 게 어디 있어. 나를 걱정시키지 마."

"저를 어떻게 알아봤……."

이레나는 말을 다 끝내지도 못하고 비틀거렸다. 지금까지 억눌러 온 마약의 효과가 뒤늦게 나타나는 것이었다.

그게 아니라면 지금까지 긴장했던 게 칼라일을 보자마

자 한순간에 다 풀려 버려서인지도 모르겠다.

칼라일은 휘청거리는 이레나의 어깨를 재빨리 붙잡고는 눈살을 찌푸렸다. 한눈에 봐도 이레나의 상태가 좋지 못했기 때문이다.

그는 화를 내지도 윽박지르지도 않았지만, 순간 소름이 돋을 만큼 험악한 말투로 물었다.

"어떻게 된 거야?"

"아니, 저는 괜찮…… 으앗!"

이레나의 말이 채 끝나기도 전이었다.

칼라일이 단번에 그녀를 양손으로 안아 올렸다.

순식간에 공주님 안기 자세가 된 이레나가 놀란 듯 눈을 크게 떴지만, 칼라일은 개의치 않은 채 앞을 향해 나아갔다.

이레나는 이런 낯간지러운 자세로 칼라일에게 안겨 있다는 게 부끄러웠지만, 그렇다고 딱히 거부할 수도 없는 입장이었다. 점점 몸을 가누기가 힘들어지고 있다는 게 느껴졌기 때문이다.

방금 전 마약의 효과를 그동안 단련한 체력과 정신력으로 잠시 늦췄을 뿐이지 완전히 사라지게 만들 순 없었다.

점차 시간이 갈수록 이레나의 몸이 물먹은 솜처럼 늘어지는 건 어쩔 수 없었다.

"카릴……."

그 말에 칼라일의 시선이 자신에게로 향하는 게 느껴졌다.

하지만 그뿐, 여전히 앞을 향해 나아가는 일정한 발자국 소리와 자신을 지탱하고 있는 굳건한 팔뚝은 미동조차 없었다.

"죄송한데 너무 졸리네요. 잠시만 이대로 눈을 감아도 될까요?"

"……그래."

칼라일은 묻고 싶은 게 많은 눈치였지만, 이레나의 졸린 목소리에 더 이상 아무런 말도 꺼내지 않았다.

이레나는 점점 허공에 붕 뜬 것처럼 정신이 몽롱해졌다.

그래서일까. 저도 모르게 지난 생의 기억을 떠올리고 말았다.

과거에는 가족들을 모두 잃고 어디 하나 의지할 데가 없어서, 지금처럼 누군가가 나타나서 도움을 준다거나 하는 건 있을 수 없는 일이었다.

그때였다면 아마 지금도 혼자서 블레이즈 저택으로 돌아가기 위해 갖은 노력을 해야 했을 것이다.

오로지 복수심 하나만으로 버텨 왔던 지난 삶.

이제와 과거를 돌이켜보면 도대체 어떻게 버텼는지 모를 순간들이 많았다.

이레나는 혼잣말처럼 나지막이 입을 열었다.

"오래전에…… 너무 추운 날 동상에 걸린 적이 있었어요."

검술 실력이 어느 정도 경지에 도달하고 난 다음부터는 차라리 버틸 만했다.

가장 괴롭고 힘들었던 건 여자의 몸으로 아무것도 가진 것 없이, 또 아무런 재주도 없이 전쟁터에 혼자 던져졌을 때였다.

"발에 아무런 감각도 없고 물집이 크게 잡혀 있어서 옆에 있던 사람이 발을 잘라 내야 할지도 모르겠다고 하더라고요."

담담한 목소리로 말하는 이레나를 쳐다보며, 칼라일이 이해가 가지 않는다는 듯 대꾸했다.

"백작 영애인 그대가 그렇게 고생을 한 적이 있었나?"

하지만 그의 목소리는 이레나의 귓가에 마치 꿈결처럼 들려올 뿐이었다.

이레나는 여전히 몽롱한 시선으로 칼라일의 가슴팍에 얼굴을 기댄 채 중얼거리듯이 말을 이어 나갔다.

"그런데 정말 우습게도 발을 절단해야 할지도 모른다는 말을 듣는 순간, 그렇게 되면 복수를 해야 한다는 사명감에서 자유로워질 수 있지 않을까? 하는 생각이 가장 먼저 머릿속에 들었어요."

가끔은 너무 괴롭고 힘이 들어서 자신을 짓누르는 삶의 무게에서 도망치고 싶었다.

가족들의 죽음은 어쩔 수 없는 것이었다고, 자신의 편안함을 위해 외면하고 싶었던 순간은 생각보다 많이 찾아왔다.

레드필드가 사용한 마약 성분이 들어있는 파얀꽃의 향을 맡자마자 알아차린 것도 바로 그런 이유에서였다.

저번 생에서도 이런 더러운 짓으로 이레나를 겁탈하려고 했던 자들은 수도 없이 많았으니까.

약 기운에 정신을 잃지 않기 위해 칼날을 손바닥에 쥔 채로 싸웠던 적도 있었다.

밤마다 누가 자신이 잠든 막사 안으로 쳐들어오진 않을까, 머리맡에 놓아둔 검을 쥔 채로 잠들지 못했던 숱한 나날들.

대륙에서 손꼽는 여기사로, 철혈의 여인이라 불리기까지의 길이 결코 쉽지만은 않았었다.

"막상 동상에 걸린 발을 잘라 내려고 칼을 들이미니까, 정말 우습게도 이 지옥 같은 전쟁터를 벗어나면 저는 아무것도 아니라는 걸 깨달았어요. 복수를 포기하게 되는 순간, 저는 더 이상 이레나 블레이즈가 아닌 거죠."

"……."

"그래서 차라리 죽을지언정 도망치지 말자고 생각했어요.

다행히도 다리를 자르지 않고 나중에 치료를 받을 수 있었죠. 그런데 요즘엔 문득…… 그런 생각이 드는 거 있죠?"

칼라일은 술에 취한 것처럼 중얼거리는 이레나의 말을 전혀 납득이 안 된다는 표정으로 쳐다보고 있었다.

하지만 그럼에도 이상하게 이레나의 말이 허투루 들리지 않아서일까. 그는 곧이어 나지막한 목소리로 물었다.

"……무슨 생각을 했는데?"

이레나는 저도 모르게 자조적인 미소를 지으면서 나지막이 말했다.

"만약 복수에 성공했어도…… 나는 죽었을지 모르겠구나."

파벨루크를 물리친다는 건 이레나의 평생 숙원을 달성했다는 것이었다.

하지만 과연 그 후에 이어지는 삶이 존재했을까?

파벨루크가 사망하면 루퍼드 제국이 발칵 뒤집혀서 수많은 일들이 벌어지겠지만, 그 무엇 하나 이레나의 관심을 끄는 일은 없었다.

설령 블레이즈가를 다시 복원시켜 준다고 해도 이미 가족들은 다 죽고 사라진 마당에, 이레나 혼자서 무슨 의미로 가문을 지킬까?

아마도…… 자신은 파벨루크를 없애고 그 뒤를 따라갔을지도 모르겠다.

불현듯 그런 생각을 하고 나니 조금은 허탈해졌다. 만약 복수를 성공했다 쳐도 아무것도 남는 게 없었을 거란 사실에.

칼라일이 말했다.

"무슨 소린지 도통 모르겠지만, 함부로 죽는다는 말은 하지 마. 그건 내가 숨을 거두기 전까지 있을 수 없는 일이니까."

확신에 찬 그의 목소리에 이레나는 설핏 웃고 말았다.

"그때는 카릴이 없어서 그랬나 봐요. 당신이 죽고 없어서……."

"내가 죽어?"

칼라일이 의아하다는 눈빛으로 품 안에 안겨 있는 이레나를 쳐다보았다.

하지만 그런 행동들을 지금의 이레나가 눈치챌 수는 없었다.

"당신 같은 파트너를 만나서 다행이에요. 지금은 그때만큼…… 춥지 않네요."

칼라일은 궁금한 게 많은 표정이었지만, 그럼에도 말없이 이레나를 자신의 품 안으로 더욱 바짝 끌어당겼다.

혹시라도 이레나가 춥지 않을까 염려가 되는 것 같았다.

그리고 그러한 칼라일의 마음을 이레나 역시 모르지 않았다. 더욱 가깝게 느껴지는 그 따스한 체온에 이레나는 저도 모르게 편안한 표정을 지을 뿐이었다.

"고마워요. 그럼…… 조금만 잘게요."

그 말을 끝으로 이레나는 까무룩 정신을 잃었다.

칼라일의 품 안은 마치 세상의 모든 것으로부터 보호를 받는 느낌이 들었다. 그래서인지 습관처럼 머리맡에 두고 자는 단검이 없어도 쉽게 잠에 빠질 수 있었다.

마치 어린 시절 어머니가 토닥여 주는 손길을 받는 그런 기분이었다.

꿈이 참 다디달았다.

23
처음부터 그랬다

반짝, 잠에 빠져 있던 이레나는 정신을 차리고 눈을 떴다.

이레나의 보석 같은 붉은 눈동자가 잠시 멍하니 낯선 천장을 바라봤다.

'여긴 어디지?'

문득 그런 의문이 들 때였다.

하지만 그 생각이 길어지기도 전에 이레나가 일어나기를 기다렸다는 듯이 옆에서 허스키한 목소리가 들려왔다.

"이제 깬 건가?"

이레나는 그 나른한 목소리가 들려오는 방향으로 고개를 돌렸다.

그리고 바로 옆에 펼쳐진 광경을 확인하자마자, 숨을 들이마실 수밖에 없었다.

칼라일이 바로 옆자리에 누워, 한쪽 팔꿈치를 세운 채로 그 위에 고개를 얹어서 물끄러미 이레나를 쳐다보고 있었다.

그의 묘한 열기가 어린 푸른색의 눈동자와 허공에서 딱 눈이 마주치는 순간이었다.

벌떡!

이레나는 그대로 누워 있던 자리에서 상체를 일으켜 세웠다.

"……피곤해 보이던데 더 자지?"

이상하게도 칼라일의 그 어투가 결코 곱게 들리지 않았다. 마치 전날 잔뜩 만취해서 들어온 아내를 구박하는 것처럼 말이다.

"여기가 어디예요?"

"내 방."

짤막한 칼라일의 대답에 이레나는 절로 입을 벌릴 수밖에 없었다.

이레나가 자신을 왜 이곳으로 데리고 왔냐는 듯이 쳐다보자, 칼라일은 용케도 그 눈빛의 의미를 알아채고 대꾸했다.

"그럼 어디로 데려갔어야 하지? 그대와 내가 단둘이 호텔로 들어가는 모습이 그리 좋아 보이진 않았을 텐데."

"블레이즈 저택으로 데려다주셔도……."

이레나의 말이 다 끝나기도 전이었다.

뒤이어 침대에서 몸을 일으킨 칼라일이 미리 준비해 놓은 듯, 김이 모락모락 나는 따뜻한 차 한 잔을 건넸다.

"마셔."

그 말에 이레나는 얼떨결에 차를 받고 말았다.

뜨거운 온기가 느껴지는 찻잔을 가만히 쥐고 있다가 한 모금을 마셨을 때였다.

독특한 알싸한 맛이 느껴져서 이레나가 궁금하다는 표정으로 물었다.

"이건 무슨 차예요?"

"생강차. 그대가 동상에 걸렸었다기에 준비했어."

"……풉, 콜록콜록."

자연스레 다시 한 번 생강차에 입을 댔던 이레나는 생각지도 못한 말을 듣고 사레에 들리고 말았다.

그러자 칼라일이 티슈를 건네면서 가볍게 이레나의 등을 두드려 주었다.

"천천히 마셔."

그제야 이레나의 머릿속에 자신이 잠들기 전에 중얼거렸던 말들이 어렴풋이 떠올랐다.

당연히 칼라일의 입장에선 진혀 이해가 되지 않는 헛소리였을 것이다.

그런데 지금 이레나가 덮고 있는 이불은 꽤나 두툼했을뿐더러, 푹신한 감촉에 발을 이리저리 움직여 보니 따로 양말까지 신겨 놓은 상태였다.

누가 봐도 동상에 걸렸다는 자신의 믿지 못할 말을 듣고서 신경 써 준 거라는 사실을 알 수 있었다.

'……큰일이다.'

뭐라고 변명을 해야 하나, 머리를 급속도로 빠르게 회전시키고 있을 때였다.

완전히 기침을 멈춘 이레나를 바라보면서 칼라일이 먼저 입을 열었다.

"그럼 이제 일어났으니, 자기 전에 했던 말들을 설명해 봐."

"제가…… 무슨 말을 했었죠? 잘 기억이 나질 않네요."

이레나는 '아무것도 몰라요' 방법으로 밀어붙이기로 결정했다.

"기억이 안 난다고? 경험했던 일들이 아닌 이상에야 그렇게 실감 나게 묘사를 할 순 없었을 것 같은데."

이레나는 애써 침착한 표정을 유지하고 있었지만, 속으로는 잠들기 전의 자신에게 분노가 치밀고 있었다.

'대체 2황자는 얼마나 강한 마약을 제조한 거지?'

마약에도 강도라는 게 있었는데, 이건 현실과 다름없는 환각 증세까지 일으킬 정도로 약효가 매우 센 편인 것 같았다.

단순히 몸이 마비되는 정도로 그쳤다면 지금처럼 잠에 빠지거나 쓸데없는 이야기를 주절주절 늘어놓지는 않았을 것이다.

하지만 이미 벌어진 일. 이레나는 어떻게든 자신이 했던 말을 수습하기 위해 입을 열었다.

"블레이즈 백작가에서 태어난 제가 그렇게 고생할 일이 뭐가 있었겠어요. 어젯밤 잠들기 전에 소설을 봤는데 거기에 나오는 여주인공에 감정이입을 했었나 봐요."

이레나는 억지로 입가를 올리며 어색하게 웃음을 지어냈다.

"정말 그런 일은 없었던 건가?"

"그럼요."

이레나가 서둘러 고개를 끄덕거리며 어물쩍 넘어가려고 할 때였다.

칼라일의 딱딱하게 굳어 있던 표정이 한결 풀어지면서 나지막이 말했다.

"다행이군. 그대가 실제로 그런 고생을 했다면 꽤나…… 신경이 쓰였을 것 같아."

그가 왜 그렇게 신경을 쓴다는 건지 알 수 없었지만, 이레나는 일단 이 상황을 모면했다는 것만으로도 만족했다.

괜히 쓸데없는 소리를 하는 바람에 칼라일에게 혼란만 심어 줄 뻔 했다.

이레나가 남몰래 안도의 한숨을 쉬고 있을 때였다.

"그럼 이제 다른 부분에 대해 설명해야겠군. 레드필드의 파티장에서 도대체 무슨 일이 있었던 거지?"

"아, 그건……."

그제야 칼라일의 눈빛에 사나운 기운이 감돌았다.

전부 다 사실대로 말하면 칼라일이 가만히 있지 않을 것이다.

이레나는 최대한 있는 사실을 돌려서 설명하자고 마음먹었다.

"어떤 룸에 들어갔는데 이상한 향기가 나더라고요. 수상한 생각이 들어 주의 깊게 지켜보니까 그 안에 있던 사람들이 마약을 하고 있었어요."

"마약?"

"네. 그래서 혹시 몰라 제가 향료에 들어있던 가루를 조금 가져왔어요. 이걸 조사해 보면 뭔가 나올 것 같아요. 이번 일을 계기로 2황자의 파티에 대해 좀 더 파고들어야겠어요. 제가 본 바로는 의심스러운 점이 한두 가지가 아니었거든요."

이레나는 무사히 빠져나왔지만 만약에 그 자리에 다른 영애가 있었다고 생각한다면 끔찍한 일이었다.

더구나 그런 레드필드를 말릴 만한 사람이 루퍼드 제국 내에 거의 없다는 것도 문제였다.

칼라일은 물끄러미 이레나가 손수건에 담아온 가루들을 쳐다보다가, 다시 그녀의 얼굴을 빤히 들여다보았다.

"레드필드의 파티는 항상 주시하고 있었어. 하지만 워낙 초대받은 손님들만 입장이 가능한 장소일뿐더러, 웬만해선 꼬리가 잡히지 않아 골치를 썩이고 있었는데…… 그대는 단번에 실마리를 가지고 돌아왔군."

그의 날카로운 말에 이레나는 순간 식은땀을 흘려야 했다.

"아무래도 여자인 데다 신분이 확실하다 보니 경계를 좀 늦춘 게 아닐까 싶네요."

차마 레드필드가 그 마약을 자신에게 사용하려고 했었다는 말은 꺼내기가 힘들었다.

예전에 이레나에 대해 거짓 소문을 퍼뜨린 남성의 목을 잘라 왔던 칼라일이다. 당장 레드필드를 죽일 수야 없겠지만 가만히 있지 않을 거란 건 불 보듯 뻔한 사실이었다.

어차피 레드필드는 처리해야 할 대상이다. 그런데 분노란 감정에 휩싸여 성급하게 움직이다 보면, 자칫 일을 그르칠 수도 있었기 때문에 일단은 비밀로 하는 게 나을 것 같았다.

"그렇다면 이 마약 가루를 가져오는 과정에서 그대도 당한 건가? 그래서 상태가 그리도 안 좋았던 거야?"

"네, 맞아요. 그런데…… 생각해 보니까 한 가지 이상한 게 있었어요."

"뭐지?"

"2황자는 같은 방에 있었는데도 아무렇지 않아 보였어요."

"……특정한 사람은 해독이 가능하다, 이 말인가?"

"네. 정확히는 모르겠지만 이 가루가 대체 어떤 마약인지 조사해 보시면 정확해지겠죠."

칼라일도 동조한다는 듯이 고개를 끄덕였다. 하지만 그의 표정은 커다란 수확을 낸 것에 비해 썩 좋지만은 않았다.

그런 칼라일의 감정이 느껴졌기에 이레나가 조심스레 물었다.

"왜 별로 기뻐 보이지 않으세요? 이걸로 2황자의 약점을 잡을 수 있다면 잘된 일 아닌가요?"

"다른 사람은 쉽게 할 수 없는 일을 그대가 척척 해내는 게 불안해."

그의 생각지도 못한 말에 이레나는 잠시 놀랐지만, 곧 이어 저도 모르게 피식하고 웃어 보일 수밖에 없었다.

이미 몇 번이나 들어서 잘 알고 있었다. 칼라일은 언제나 자신이 다치는 것에 대해서 유달리 걱정을 했으니까.

그런 감정이 싫지만은 않았다.

옛말 중에 그런 말이 있다. 기사는 자신을 알아봐 주는 주군에게 목숨을 건다고.

칼라일을 겪고 보니 그게 틀린 말이 아니라는 것을 깨달았다. 누구라도 자신의 죽음을 애통하게 생각해 주는 대상에게 목숨을 걸고 싶어지기 마련이니까.

"걱정하지 마세요. 제가 황제로 만들어 드리겠다고 했잖아요."

그 말을 들은 칼라일의 얼굴에 쓴웃음이 어렸다.

"내 걱정은 그런 게 아니야. 만약 그대가 마약으로 인해 파티장 안에서 쓰러졌으면 어떻게 됐을까 하는 거지."

"전하의 사람들이 종업원으로 위장해 있었는데 큰일이야 있겠어요?"

그건 이레나도 칼라일을 안심시키기 위해 한 말이었고, 칼라일 또한 그러한 사실이 별다른 위안이 되지는 않았다.

칼라일이 변함없는 표정으로 말했다.

"일단은 고생했으니 좀 더 쉬어. 마약에 중독되었으니 의사에게 진찰도 받아 보고."

"괜찮아요. 미라벨에게 일찍 들어가겠다고 말해 놨는데……."

"처제한텐 내가 연락하지."

칼라일은 잠시 이레나의 얼굴을 빤히 쳐다보다가 이내 다시금 입을 열었다.

"생강차 더 먹어. 그대가 동상이 걸렸었다는 말을 들었을 때…… 꽤나 놀랐었거든."

괜히 뜨끔한 이레나가 서둘러 반박했다.

"그건 사실이 아니라니까요."

"알아, 그래도 말이야."

칼라일의 이런 행동에 걱정이 담겨 있다는 걸 알기에, 이레나는 어쩔 수 없다는 듯이 미소 지을 뿐이었다.

* * *

잠시 후, 이레나는 의사에게 진료를 받고 난 뒤 다시 잠이 들었다.

칼라일은 그녀가 자는 모습을 확인하곤 조심스럽게 방을 빠져나왔다. 그리곤 미리 밖에서 대기하고 있던 쿤에게 마약의 가루를 건넸다.

"어떤 것으로 만들었는지, 무슨 약효가 있는 건지 조사해 봐."

"네."

"그리고 이레나한테 블레이즈가에 수상한 인물이 있다는 건 아직 말하지 마라."

쿤은 의아하단 눈빛으로 쳐다봤지만, 곧 아무렇지 않게 대답했다.

"알겠습니다."

"아무래도 이 사실을 알면 그녀가 더 위험한 일을 하려고 할 것 같아."

"그럼 어떻게 할까요? 그냥 내버려 둘 수는 없을 것 같습니다만."

칼라일이 잠시 생각에 잠기더니 곧이어 눈앞에 있는 쿤을 쳐다봤다.

그의 강렬한 시선에 쿤이 의문스러운 표정을 지을 때였다.

"네가 직접 블레이즈 저택에 들어가라."

어지간한 일로는 당황하지 않는 쿤의 눈동자가 커다랗게 뜨여졌다.

암살과 잠입이 전문이었기 때문에 어딘가로 위장을 해서 들어간 적은 수도 없이 많았다. 이미 한 차례 남부 지방에 있는 블레이즈성에도 들어가 이레나를 만나기도 했었으니까.

하지만 그때와 지금은 많이 달랐다.

무엇이 다르냐면…… 미라벨에게 자신의 얼굴이 공개되었다는 사실이다.

쿤이 한층 낮아진 목소리로 입을 열었다.

"장군, 저번에도 말씀드렸지만 이미 블레이즈가의 작은 아가씨에게 제 얼굴이 공개되었습니다. 저는 그 일에 대한 적임자가 아닌 듯합니다."

이레나에겐 그때의 일을 사실대로 말하지 않았지만, 이미 칼라일에겐 지난번 황태자궁에서 있었던 일을 보고한 상태였다.

그렇기에 칼라일은 애초에 쿤과 미라벨이 서로 만난 적이 있다는 사실을 알고 있었다.

"알아. 네가 다친 걸 처제가 구해 줬고, 이름을 물어봐서 알려줬다며."

"……네."

"네가 내 수하라는 사실이 들킨 것도, 이레나를 위해 움직이고 있다는 사실을 알게 된 것도 아닌데 아무 문제 없잖아."

그렇게 듣자 쿤은 말문이 막힐 수밖에 없었다.

사실 미라벨이 알고 있는 건, 쿤이 그저 위험한 일을 하고 있다는 것 정도였다.

물론 그런 사람이 저택에서 일하는 걸 꺼려할 수도 있었지만, 생각해 보면 미라벨이 쿤에게 갖는 감정은 불신이 아닌 호감에 가까웠다.

그때 미라벨이 남긴 마지막 말조차도 한 번만 더 만나고 싶다는 내용이었으니까.

정확한 건 직접 대면해 봐야 알겠지만, 미라벨이 쿤을 채용하지 않을 확률은 낮았다.

이성적으로 생각이 돌아가자 쿤은 자신이 딱히 이 일을 거절할 만한 이유가 없다는 걸 깨달았다. 더구나 이보다 더 안 좋은 상황에서도 적진에 잠입했던 적이 있었다.

하지만 문제는 왠지 마음이 내키지 않는다는 것이다. 다시 또 미라벨의 앞에 나타나게 될 거라고는 생각해 본 적이 없었다.

"장군, 저는……."

쿤이 다시 한 번 거절의 말을 내뱉으려 할 때였다.

칼라일의 미간이 보기 좋게 찡그려졌다. 그가 지금까지와 다른 서늘한 눈빛으로 쿤을 쳐다보면서 말을 이었다.

"너답지 않게 왜 이 일을 기피하는 거지? 정 싫으면 블레이즈 저택에 잠입한 그놈을 하루빨리 잡아서 내게 데려와."

"……."

"너한테서 기척을 감추고 도망친 놈이야. 아무나 보낼 수 없다는 거 잘 알고 있을 텐데."

"……알겠습니다."

쿤은 내키지 않는 감정을 억누르고 칼라일의 명령을 받아들였다.

말대로 상대가 누구인지조차 파악하지 못한 상황에서 아무나 블레이즈 저택에 보낼 수는 없었다.

저번 블레이즈 저택에서 마주쳤을 때 그놈을 직접 놓친 적이 있었다. 그가 얼마나 뛰어난 실력자인지는 마주해 본 쿤이 누구보다 잘 알았다.

사실 안 그래도 이번에 블레이즈 저택에 고용된 자들이 내심 의심스러웠던 상황이다. 딱히 문제가 있는 인물은 아무도 없었지만, 그래서 더욱 찝찝했다.

충분히 다른 곳에서 황태자비가 될 이레나에게 첩자를 심어 놓으려 할 가능성이 컸다. 그런데 들어온 사람들이 모두 하나같이 깨끗해서 오히려 마음에 걸렸었다.

결국 이렇게 겉으로 드러나지 않는 무서운 적이 숨어 있다는 걸 알게 되었지만 말이다.

"그럼 가짜 신분이 만들어지는 대로 블레이즈 저택으로 가겠습니다."

"그래."

그제야 칼라일의 날이 선 눈빛이 풀렸다. 그가 지금까지와 다른 걱정스러운 표정으로 이레나가 잠들어 있는 방을 바라보다가 말을 이었다.

"내가 처음에 내렸던 명령을 잊지 않았겠지?"

"네, 장군. 어떤 상황이 오든 아가씨의 안전을 가장 최우선으로 생각하겠습니다."

칼라일은 처음부터 쿤을 이레나에게 보내면서 명령했었다.

위급한 상황이 찾아왔을 때 블레이즈 저택의 모든 사람들을 버리더라도 이레나의 안전을 확보하라고 말이다.

만약 이레나와 미라벨이 위험에 처하면, 쿤은 망설임 없이 이레나를 선택해야 했다.

"상황이 여의치 않으면 이레나를 제압해서라도 내 앞으로 데리고 와. 그게 너한테도 쉬운 일은 아니겠지만……."

쿤은 칼라일이 이처럼 말꼬리를 흐리는 이유를 알지 못했다.

손꼽히는 암살자인 쿤에게 이레나 같은 아가씨 한 명을 제압하는 건 아주 쉬운 일이었다. 물론 이레나의 귀가 생각보다 밝아서 자신의 위치를 귀신같이 찾아낸다는 게 마음에 걸리긴 했지만 말이다.

뭔가 의심스러운 점이 있었지만, 딱히 말해 주지 않는 부분까지 알고 싶은 생각은 없었다.

쿤이 짧게 대답했다.

"명심하겠습니다."

다른 사람은 몰라도 쿤은 칼라일이 얼마나 이레나를 아끼고 있는지 잘 알고 있었다.

그건 딱히 쿤의 눈치가 빨라서가 아니었다. 칼라일이 전장에서 어떻게 지냈는지 아는 사람이라면 자연스럽게 알 수밖에 없는 사실이었으니까.

이렇게 걱정스러운 표정을 짓고 있는 칼라일이라니, 예전이었다면 감히 상상조차 할 수 없는 일이었다.

처음부터 그랬다. 칼라일은 황실로 돌아오기 전에, 가장 먼저 예의범절을 가르쳐 주는 사람을 고용해서 레이디를 대하는 방법을 익혔다.

과거에 칼라일이 여자들을 어떻게 대했는지 아는 사람이라면 정말 기함을 토해 낼 일이었다.

칼라일은 여자를 마치 무생물 보듯이 쳐다봤다. 수많은 날들을 함께한 쿤조차도 그가 여자와 함께 있는 장면을 본 적이 없었다.

그런데 갑자기 이레나가 나타난 것이다.

칼라일이 처음 이레나를 소개시켜 주던 날, 쿤은 바로 알아차릴 수 있었다.

지금까지 칼라일이 공을 들여 준비한 모든 것이, 바로 이 한 여인을 위해서였다는 걸.

'그러니까 더 나를 보내려는 것이겠지.'

쿤은 원래 칼라일을 어둠 속에서 수호하는 자들 중에 최고의 실력을 가지고 있었다.

주특기 때문에 종종 암살이나 적진에 잠입해서 기밀을 빼내는 일을 하기도 했으나, 대부분 칼라일을 뒤에서 호위하는 임무를 맡아 왔다.

그런 자신을 붙여 준 것만 봐도 칼라일이 얼마나 이레

나를 위하고 있는지 자연스럽게 알 수밖에 없는 사실이었다.

그때였다.

부스럭—

대화를 나누고 있던 칼라일과 쿤의 귓가에 방 안에 잠들어 있어야 할 이레나가 움직이는 인기척 소리가 들려왔다.

아마도 방금 전까지 잠들어 있던 이레나가 정신을 차린 모양이었다.

그 사실을 알아차린 칼라일은 뒤도 돌아보지 않은 채, 곧바로 이레나가 있는 방을 향해 몸을 돌렸다. 그리곤 나지막한 목소리로 쿤에게 지시했다.

"시간 없어, 최대한 빨리 저택으로 잠입하도록 해."

"네, 장군."

그렇게 말하고 나서 칼라일은 성큼성큼 이레나가 있는 방 안으로 들어가 버렸다. 그의 다급한 뒷모습을 바라보며 쿤은 다시 한 번 느낄 수 있었다.

혹시라도 이레나가 잘못되는 순간 피바람이 불지도 모르겠다고…….

전장에서 칼라일이 어떻게 승리를 거머쥐었는지 아는 사람이라면, 그의 소중한 것을 건드렸을 때의 대가가 얼마나 참혹한 것인지 알 수밖에 없었다.

예전에 그런 말을 들은 적이 있었다. 용의 목덜미에는 거꾸로 난 비늘 하나가 있다고.

그래서 사람들은 그걸 역린이라고 부르며, 용의 약점이라고 칭했다.

쿤은 지금 칼라일의 역린을 엿본 듯한, 그런 기분이 들었다.

*　　*　　*

이레나는 완전히 제 컨디션을 회복했다.

사실 파얀꽃의 마약 성분이 남아 있었다기보다는 그동안 결혼 준비를 하느라 쌓여 있었던 피로가 한 번에 몰려온 느낌이었다.

한숨 푹 자고 일어나니 오히려 이전보다 몸 상태가 더 가볍게 느껴졌다.

그런 맑은 정신의 이레나에게 칼라일이 생각지도 못한 말을 꺼냈다.

"네? 지금 뭐라고 했어요?"

이레나가 붉은 눈동자를 크게 뜨며 놀랍다는 듯이 물었다.

그럼에도 칼라일은 전혀 대수롭지 않은 표정으로 대꾸했다.

"지참금을 받지 않겠다고 했어."

"그게…… 가능한 일이에요?"

귀족들 사이에서 아주 희박한 게 지참금을 받지 않고 이루어지는 결혼이 있었다. 그럼 사람들이 진정한 사랑으로 이루어진 결혼이라며 뒤에서 우스갯소리를 하곤 했다.

그리고 그건 딱히 틀린 말이 아니었다. 귀족 간의 결혼에서 지참금이란 절대로 무시할 수 없는 것이었으니까.

더욱이 황실과의 혼사에서 지참금을 내지 않은 신부는 지금까지 단 한 명도 없었다.

"이미 아버지와는 얘기를 끝냈어. 나중에 알면 놀랄까 봐 미리 말해 주는 거니까 알고 있으라고."

"폐하께서 그걸 허락하셨단 말이에요?"

설리반에 대해 잘 아는 건 아니었지만, 지난번에 만났을 때만 보더라도 정치적으로 꽤나 뛰어난 인물이란 걸 알 수 있었다.

블레이즈 가문조차 탐탁지 않아 했던 그가 지참금까지 들고 오지 않는 결혼식을 찬성했다는 게 믿기지가 않았다.

이레나의 그런 마음을 알아차렸는지 칼라일이 피식 웃으며 대답했다.

"그대도 알다시피 내게 아버지를 움직일 만한 패가 있었거든."

"패요? 설마……."

이레나의 시선이 절로 자신의 손가락에 끼여져 있는 푸른색 구슬 반지로 향했다.

아직 칼라일과 설리반이 이 반지에 대해 주장하는 바가 왜 다른 건지 정확히 알진 못했지만, 중요한 건 설리반은 정말로 이 반지를 귀중하게 생각하고 있다는 것이다.

설리반이 정말 이레나와 결혼하는 남자가 루퍼드 제국의 황제가 되고, 제국의 변영을 가져다준다는 말을 믿었다면 절대로 두 사람의 결혼식이 무산되게 놔둘 리 없었다.

그리고 칼라일이 그런 설리반의 심리를 교묘하게 이용했다면 충분히 가능한 일이었다.

이레나가 믿을 수 없다는 표정으로 물었다.

"그때 말한 이 반지에 대한 내용으로 협박이라도 한 거예요?"

"협박보단 타협이라는 말이 더 어울릴 것 같지만, 어쨌든 그걸 빌미로 그대의 지참금을 받지 않겠다고 한 건 맞아."

"저희 블레이즈 가문은 그렇게 가난하지 않아요. 충분히 황실에서 요구한 지참금을 정당하게 지불하고 결혼식을 치를 수 있어요."

"글쎄, 내 아버지가 요구한 지참금의 내용을 들으면 아마 깜짝 놀랄 텐데."

그 말에 이레나는 의아한 표정을 지을 수밖에 없었다.

사실 알포드가 지금까지 그런 부분에 대해 명확하게 밝히지 않았기 때문에, 가문의 재정을 관리하는 이레나조차 아직 파악하지 못한 내용이긴 했다.

'내 짐작보다 훨씬 많은 지참금을 요구한 건가?'

여태까지 알포드가 벌어오는 봉급을 잘 관리했기 때문에 블레이즈 백작가의 재정은 꽤나 풍족한 편이었다.

하지만 그걸 이레나가 결혼하면서 전부 다 탕진할 수는 없는 노릇이었다.

황태자비가 되면 황실에서 이레나의 앞으로 지급하는 금액이 적지는 않을 테지만, 그렇다고 그것만 믿고 알뜰살뜰하게 모아 온 친정의 재산을 몽땅 끌어다 쓸 순 없었다.

설령 이레나가 자신이 사용한 지참금을 어느 정도 돌려주고 싶다고 하더라도 그만한 금액을 모으려면 상당한 시간이 필요했다.

보통의 귀족 영애라면 이렇게까지 고민하지 않겠지만, 지금까지 블레이즈가의 재정을 담당했던 이레나는 머리가 복잡했다.

이레나의 낯빛이 어두워지는 걸 본 칼라일이 나지막이 말했다.

"그대가 걱정하라고 꺼낸 얘기가 아닌데."

"어떻게 걱정을 안 하겠어요. 황실에서 요구한 지참금이 많다면 저한텐 나름 심각한 문제예요."

"그러니까 굳이 가져올 필요 없다고 말하는 거야."

사실 칼라일의 제안은 솔깃했지만 그렇게 행동해도 되는 것인지 확신이 서지 않았다.

혹시라도 다른 귀족들에게 블레이즈 백작가가 얕잡아 보이진 않을까, 황실에선 이 사실을 어떻게 받아들일지 이런저런 생각이 많아졌다.

칼라일은 나른한 표정으로 팔꿈치를 무릎에 올린 채 턱을 괴고, 고민하는 이레나를 지켜보았다.

"가끔 보면 그대는 내 말을 너무 허투루 듣는 것 같아."

"그건…… 아니에요. 저야 당연히 감사한 일이지만 가문의 명예가 걸린 부분이라 신중해지는 것뿐이에요."

"복잡하게 생각할 것 없어. 대내외적으로는 내가 그대를 너무 사랑해서 자발적으로 지참금을 받지 않았다고 소문이 날 테니, 그대의 가문이나 명예에 흠이 갈 일은 없어."

"……!"

칼라일이 이렇게까지 나서줄 줄은 몰랐기에 이레나는 새삼 놀랐다.

어찌 됐든 이레나가 가져온 지참금은 칼라일에게로 가게 되어있다. 그건 그에게 무척이나 좋은 일이었기에 지금처럼 양보해 줄 거라고는 생각하지 못했다.

더구나 지금껏 루퍼드 제국의 황실에서 아무도 하지 않았던 일을, 칼라일은 이토록 아무렇지 않게 제안하고 있었다.

"……이건 저한테만 너무 유리한 일이네요."

"맞아. 그러니 내게 빚을 하나 더 졌다고 생각해."

이미 칼라일에겐 여러 차례 신세를 지고 있는 느낌이었다. 거기다 지참금을 내지 않는 것까지 얹으려니 왠지 마음이 무거워졌다.

그런 이레나의 마음을 아는지 모르는지, 칼라일은 입꼬리를 올려 웃고 있을 뿐이었다.

"그저 잊지 말고 잘 기억하고 있다가 나중에 갚으면 돼."

사실 칼라일의 말처럼 사랑으로 인해서 지참금이 생략된다면 여러 가지로 이득을 볼 수 있었다.

우선 두 사람의 관계를 더욱 견고히 다른 사람들에게 알릴 수 있었으며, 블레이즈 가문의 돈을 사용하지 않음으로서 미라벨에게 재정 관리를 물려주는 일도 훨씬 수월해졌다.

여러 가지로 따져 봐도 칼라일에게 미안해질 정도로 이레나에게 좋은 조건이었다.

"……그럼 사양하지 않고 받겠어요. 나중에 카릴이 해준 배려 잊지 않고 갚을게요."

칼라일과의 결혼 자체가 블레이즈 가문을 위해서였지만, 어찌 됐든 가문을 떠나고 나면 직접적으로 도움을 줄 수 있는 일이 줄었다.

이레나는 지금껏 평생을 블레이즈가의 일원으로 살아왔다. 아버지, 오라버니, 미라벨이 자신이 없어진 후 어떻게 지낼지 걱정이 되는 건 당연했다.

그래서 이기적이더라도 칼라일이 주는 부담스러운 호의를 거절할 수 없었다.

칼라일은 만족한 표정을 지으면서 대답했다.

"감사 인사는 하지 않아도 돼. 결국은 다 나를 위해 하는 일이니까."

"이득은 저만 보는 것 같은데 아닌가요?"

"그대를 위하는 일이 결국엔 나를 위한 일이라고 해 두지. 우린 곧 부부가 될 테니까."

부부, 새삼 그 말이 이레나의 가슴 깊숙이 와 닿았다.

이제는 정말로 칼라일과 결혼식을 치를 날이 얼마 남지 않은 상황이었으니까.

"돌아가기 전에 저녁 식사나 함께하지."

"그러기엔 시간이 너무 늦었……."

"거절은 허락 안 할 거야. 황궁에서부터 그대의 저택까지 걸어가고 싶지 않다면, 내 말대로 따르는 게 좋을 텐데."

짓궂은 칼라일의 말에 이레나는 순간 반발심이 일었다.

사실 칼라일이 마차를 내주지 않아도 어떻게든 돌아갈 수 있었다. 하지만 방금 전에 그가 준 호의를 받자마자 이런 제안을 거절할 수는 없었다.

이레나가 어쩔 수 없다는 표정으로 말했다.

"……알겠어요."

그 대답에 왠지 칼라일의 웃음이 더 짙어졌다. 마치 이런 상황을 만들기 위해 이레나의 지참금을 포기한 게 아닐까, 생각이 될 정도로 말이다.

이유는 모르겠지만, 칼라일은 이레나에게 빚을 하나 더 지게 만든 이 상황이 상당히 마음에 드는 것처럼 보였다.

그래서일까.

이레나는 왠지 칼라일이라는 늪에 조금씩 빠져들어 가는 것 같았다.

* * *

며칠 후.

이레나와 칼라일의 결혼식이 정말로 코앞까지 다가온 어느 날이었다.

덩달아 정신없이 움직이고 있던 미라벨에게 갑자기 집사 마이클이 의외의 소식을 가지고 왔다.

“작은 아가씨, 저번에 붙인 공고를 보고 누군가가 면접을 보러 찾아왔다고 합니다.”

“면접이요? 이미 원하는 만큼의 인원을 뽑아서 추가로 더 고용할 필요는 없을 것 같은데…….”

“그렇다면 돌려보낼까요?”

집사 마이클의 말에 미라벨은 잠시 생각하다가 고개를 저었다.

“아니에요. 그래도 여기까지 찾아왔는데 제가 직접 거절을 해도 하는 게 맞을 것 같아요.”

제법 의젓한 판단에 마이클은 흐뭇한 표정으로 고개를 끄덕거렸다.

“알겠습니다. 작은 아가씨. 면접자는 1층의 응접실로 안내했다고 하니 먼저 만나 보시겠습니까? 저도 하던 일을 끝내고 곧바로 따라가겠습니다.”

이미 수차례의 면접을 보면서 같이 손발을 맞춰 왔던 두 사람이다. 막바지에는 딱히 마이클이 없어도 미라벨 혼자 잘 해냈기 때문에 굳이 따라붙을 필요가 없었다.

“그래요. 그럼 먼저 가 볼게요.”

미라벨이 밝게 웃으며 마이클이 말해 준 응접실로 향했다.

오늘따라 햇빛이 아주 화창해서 이상하게 기분이 들떴다. 문득 '이레나 언니의 결혼식 때도 이렇게 날씨가 좋아야 할 텐데'라는 생각이 들 정도였다.

그렇게 미라벨이 자그맣게 허밍을 읊조리며, 굳게 닫혀 있던 응접실의 문을 열 때였다.

응접실 안에는 단정한 뒷모습을 가진 한 남자가 서 있었다. 짙은 파란색의 머리카락에 목덜미마저 새하얀 피부가 눈에 들어왔다.

절로 떠오르는 한 인물에 미라벨이 순간 숨을 멈추고 쳐다보았다.

그러자 뒤돌아있던 남자가 미라벨이 들어온 인기척 소리에 몸을 돌렸다.

곧이어 자연스럽게 상대방의 얼굴을 확인하게 된 미라벨의 심장이 쿵 하고 바닥으로 떨어졌다.

면접자는 바로 어젯밤 미라벨의 꿈에도 나타났던 남자, 쿤이었다.

경악으로 물든 미라벨의 싱그러운 녹색 눈동자를 쳐다보며, 쿤이 예의 무표정한 얼굴로 말했다.

"오랜만입니다. 작은 아가씨."

"여긴 어떻게……?"

쿤은 태연하게 인사를 건넸지만, 미라벨은 전혀 그렇지 못했다.

황태자궁에서 헤어진 이후 그가 자신을 찾아올까, 혹은 찾아오지 않을까에 대해서 끊임없이 고민을 했다.

그런데 정말 거짓말처럼 이렇게 눈앞에 나타난 것이다. 그것도 블레이즈 저택에서 뽑는 고용인 면접을 이용해서 말이다.

지금까지 쿤과 어떤 재회를 하게 될지 숱하게 상상해 봤지만, 이런 식으로 다시 만나게 될 거라곤 단 한 번도 생각해 본 적이 없었다.

미라벨이 얼음처럼 딱딱하게 굳어 있자 쿤이 먼저 걸음을 움직였다.

그가 뚜벅뚜벅, 걸어서 미라벨에게 가까이 다가왔다. 왜 갑자기 다가오는 것인지 이유를 알 수는 없었지만, 점점 쿤과의 거리가 좁혀질수록 미라벨은 숨을 쉬는 법조차 잊어버릴 수밖에 없었다.

"……흡!"

미라벨이 완전히 숨을 멈춘 상태로 가까워진 쿤을 바라보고 있을 때였다.

쿤은 그대로 미라벨을 지나쳐 열려 있던 응접실의 문을 닫았다.

달칵—

지금부터 그들이 하는 대화 소리가 바깥으로 새어 나가지 않게 하기 위함이었다.

쿤이 여기까지 잠입한 이유는 단 하나였다. 블레이즈 저택에 침투한 정체불명의 실력자를 잡아서 칼라일의 앞에 데려다 놓는 것.

아무리 주변에 다른 인기척이 느껴지지 않더라도 조심하는 게 좋았다.

미라벨은 그제야 자신이 놀라서 미처 닫지 못한 응접실의 문 때문에 쿤이 다가왔다는 사실을 깨달았다. 하지만 서로의 거리가 가까워졌다는 것만으로도 얼굴에 뜨거운 피가 몰리는 기분이었다.

미라벨이 떨리는 눈동자로 쿤을 쳐다보며 말했다.

"그때 다시 찾아와 달란 제 말을 들어주기 위해서 오신 건가요?"

"네."

쿤은 거짓말을 했다. 사실 칼라일의 명령이 아니었다면 다시 미라벨의 앞에 나타나지 않을 생각이었으니까.

"고, 고마워요. 저번에 다친 상처는 다 나았나요?"

"이제 멀쩡합니다."

쿤의 대답은 지나치게 단답형이었다.

그래서 미라벨은 이 예기치 못한 만남에 어떤 대화를 꺼내야 할지 조금 막막했다.

머릿속에서 수도 없이 그려 왔던 상황이었지만, 지금은 아무런 생각도 나지 않았다. 그저 쿤이 이제 약속을 지켰으니 돌아가겠다는 말을 할까 봐 마음이 조급해질 뿐이다.

그렇게 미라벨의 머릿속이 복잡해질 때 쿤이 처음으로 먼저 말을 꺼냈다.

"다만……."

낮게 울리는 쿤의 목소리에 미라벨의 흔들리던 시선이 다시 그에게 움직였다.

"그때 입은 상처로 인해 예전처럼 몸을 움직이기가 힘들더군요."

"저런, 어디가 어떻게 아픈 거예요?"

"의사한테 진료는 받았습니다만, 완전한 치료는 불가능할 거라는 판정을 들었습니다."

"아……."

미라벨의 표정이 안타깝게 변했다.

사실 지금 쿤이 하고 있는 말은 전부 다 거짓이었다. 모든 건 블레이즈가의 저택에 고용되기 위한 물밑 작업일 뿐이다.

"그래서 이제는 평범한 삶을 살아 보려고 합니다."

"설마……?"

"네. 작은 아가씨와의 약속도 지킬 겸, 일자리를 구하기 위해서 왔습니다."

다시 한 번 미라벨의 눈동자가 크게 뜨여졌다.

지금의 짧은 만남을 뒤로한 채, 쿤이 다시 눈앞에서 사라질까 봐 마음 졸이고 있었는데 이건 정말로 예상치 못한 일이었다.

두 사람이 잠시 서로를 쳐다보고 있을 때였다.

똑똑—

응접실의 문을 두드리는 노크 소리가 들려왔다. 그리곤 평상시처럼 집사 마이클이 안으로 들어서며 입을 열었다.

"아가씨, 면접은 잘……."

하지만 마이클조차 하려던 말을 끝까지 이을 수 없었다.

이 안에 들어서자마자 쿤과 미라벨 사이에 흐르는 묘한 기류를 느꼈기 때문이다.

잠시 멈칫한 마이클이 두 사람을 의아하게 쳐다보고 있을 때였다.

미라벨은 갑자기 들어온 마이클을 힐끔 쳐다보곤 곧바로 다시 쿤에게로 시선을 돌렸다. 그녀의 눈동자에 강한 의지가 깃들었다.

"집사."

"네."

"이분을 저희 저택에 고용하기로 했어요."

"네에?"

마이클의 입이 절로 벌어졌다.

지금까지 모든 고용 계약은 마이클과 미라벨의 상의 후에 이루어졌다. 이번처럼 미라벨의 독단으로 결정된 적은 단 한 번도 없었다.

더구나 면접을 보기 전까지만 해도 이미 필요한 인원은 다 구했다는 식이었는데, 순식간에 미라벨의 태도가 바뀐 것이었다.

미라벨은 그저 쿤을 빤히 쳐다보면서 입을 열었다.

"그렇다면 다른 곳으로 가지 말고…… 여기 블레이즈 저택에서 일해 주세요."

쿤은 아직 어렵게 준비한 가짜 이력서를 내밀기도 전이었다.

생각보다 너무도 쉽게 얻어 낸 미라벨의 허락에 그는 가볍게 고개를 숙여 예를 표할 뿐이었다.

"네, 원하신다면."

*　*　*

이레나는 저번에 레드필드에게 결혼식 준비를 한 번 방해받고, 원래 계획했던 일정보다 더 바쁘게 보낼 수밖에 없었다.

일방적으로 계약 해지를 통보한 업체들과는 다시 거래를 하고 싶지 않았다.

전부 새로운 곳으로 알아보기 위해 이레나는 한동안 눈코 뜰 새 없이 바빴다. 그리고 드디어 모든 준비를 끝마친 상황이었다.

이제부턴 결혼식 날까지 컨디션 관리를 하면서, 마지막으로 블레이즈 저택에서 이레나가 해 왔던 일들을 미라벨에게 넘겨주기만 하면 되었다.

오랜만에 찾아온 여유에 이레나는 가장 먼저 미라벨이 있는 곳을 파악해 그곳으로 걸음을 옮겼다.

"미……!"

하지만 막 미라벨의 이름을 부르려 할 때, 눈에 들어오는 인물이 있었다.

전혀 예상지 못한 사람이 미라벨의 뒤편에 태연하게 서 있는 걸 발견하고, 이레나가 우뚝 걸음을 멈췄다.

'……카샤 경?'

아무리 봐도 미라벨과 같이 서 있는 남자는 쿤이었다.

이레나는 아무런 보고도 받지 못한 상황이었기에 당황스럽게 느껴질 수밖에 없었다.

정신을 차린 이레나가 표정을 딱딱하게 굳힌 채로 서둘러 미라벨을 향해 다가갔다.

"앗, 언니!"

그러자 미라벨이 먼저 알아보고 반갑게 맞아 주었지만, 매섭게 굳어진 이레나의 표정은 쉬이 풀리지 않았다.

"여기 있었구나……. 그런데 뒤에 계신 분은 누구야?"

이레나가 짐짓 아무것도 모르는 척 말을 건네자, 미라벨이 재빨리 한 손으로 쿤을 가리키며 인사를 시켜 주었다.

“아, 언니는 처음 보지? 이쪽은 이번에 내가 고용한 분이셔.”

일개 고용인을 대하는 태도라기엔 미라벨의 말투는 너무 정중했다.

이레나는 그것을 의아하게 쳐다봤지만, 그보단 현재 쿤이 정체를 감추고 블레이즈 저택에 잠입했다는 사실이 더 신경 쓰였다.

쿤은 이미 한 번 남부 지방에 있는 블레이즈 성에도 위장 잠입을 한 적이 있었고, 그런 게 그의 주특기라는 걸 알고 있었기에 지금의 상황을 어렵지 않게 유추할 수 있었다.

이레나가 못마땅한 시선으로 쿤을 쳐다보았지만, 그는 아무것도 모르는 척 고개를 숙이며 먼저 인사를 건넸다.

“쿤 카샤라고 합니다.”

누가 봐도 처음 보는 사람이라고 느낄 만큼 뛰어난 연기력이었다.

이레나는 그가 갑자기 블레이즈 저택에 잠입한 것이 마음에 들지 않았지만, 그렇다고 그걸 미라벨이 있는 장소에서 티를 낼 수는 없었기에 적당히 맞장구를 쳐 주었다.

“그렇군요.”

하지만 어딘가 냉랭한 이레나의 반응에 옆에 있던 미라벨이 슬쩍 눈치를 보며 말을 덧붙였다.

“이쪽은 우리 언니예요. 곧 황태자 전하와 결혼하셔서 황태자비가 되실 분이죠.”

“그렇습니까? 축하드립니다.”

이레나는 안색 하나 바뀌지 않고 축하의 인사를 건네는 쿤이 새삼 대단하다고 느껴졌다.

잠입이 전문이라는 건 익히 알고 있었지만, 이렇게 눈앞에서 보고 있자니 그게 왜 주특기라고 했는지 자연스레 이해가 되었다.

지금까진 쿤을 그저 무뚝뚝한 성격이라고만 생각했는데, 의외로 감정을 감추는 게 탁월했다. 그게 연기력으로 발휘가 되다 보니 감쪽같다고 해야 할까.

이레나는 하고 싶은 말이 많았지만, 아직 쿤이 여기까지 잠입한 정확한 이유를 알지 못했기에 일단은 경계하는 눈빛으로만 쳐다볼 뿐이었다.

이레나의 최종 목표는 가족들을 지켜 내는 것이었다. 거기다 미라벨은 그중에서도 가장 보호하고 싶은 대상이다. 당연히 쿤 같은 암살자가 미라벨의 근처를 어슬렁거리는 게 달가울 리 없었다.

이레나도 본심을 숨긴 채 아무것도 모르는 척 말했다.

“그런데 여기서 뭐하고 있었어? 오랜만에 여유가 생겨서 너하고 시간을 좀 보내려고 찾아왔는데.”

“아, 정말?”

"응. 정원에서 같이 차라도 한잔 마실까?"

"나야 좋지. 얼른 메리한테 차를 준비하라고 시켜야겠다."

"그럼 이번에 황태자비가 된 것을 축하한다면서 선물로 들어온 귀한 차가 있어. 아직까지 나도 먹어 본 적 없는 차인데, 같이 마시자."

"오, 좋아! 그럼 내가 메리한테 가서……."

미라벨은 말을 하다말고 잠시 쿤을 쳐다보았다. 마치 이 자리에 그를 두고 가는 게 걱정이라도 되는 것처럼 말이다.

하지만 그에 대한 이레나의 반응이 더 빨랐다. 지금은 미라벨을 잠시 멀리 보낸 후, 쿤에게 어떻게 된 상황인지 자초지종을 묻는 게 시급했기 때문이다.

"그래, 얼른 메리한테 갔다 와. 여기서 기다리고 있을게."

"아…… 응."

이레나의 말에 미라벨은 어쩔 수 없이 고개를 끄덕거렸다.

미라벨은 내심 쿤과 이레나를 단둘이 두고 가는 게 마음에 걸렸지만, 이레나가 아무런 이유도 없이 하인들을 괴롭히지 않는다는 걸 알고 있었기에 애써 걱정되는 마음을 지웠다.

어차피 블레이즈 저택에 고용된 이상, 쿤은 이레나뿐만 아니라 다른 가족들과도 안면을 익혀야 했으니까.

잠시 머뭇거리던 미라벨이 떨어지지 않는 발걸음을 옮겼다.

지금처럼 고민할 바엔 서둘러 다녀오는 게 낫겠다는 판단이 들었기 때문이다.

"그럼 얼른 갔다 올 테니까, 여기서 잠시만 기다려!"

미라벨은 재빨리 앞을 향해 나아갔지만, 워낙 체력이 약해서 평범한 사람의 걸음걸이와 비슷한 정도의 속도였다.

그렇게 미라벨이 시야에서 사라지자, 이레나가 낮은 목소리로 입을 열었다.

"이게 어떻게 된 일이에요?"

"미리 보고 드리려고 했는데 죄송합니다. 저도 블레이즈 저택에 고용된 후에 정신없이 불려 다니느라 아가씨께 방문할 틈이 없었습니다."

"누가 그렇게 카샤 경을 부린 거죠?"

"작은 아가씨께서 저한테 이것저것 일을 많이 주시더군요."

쿤은 담담하게 말했지만, 이레나는 문득 의문이 생길 수밖에 없었다.

평상시 미라벨은 하녀는 몰라도 하인을 곁에 두는 편이 아니었다. 더군다나 그만큼 쿤에게 시킬 일이 뭐란 말인가.

이레나는 일단 이해가 가지 않는 일은 제쳐 두고, 쿤에게 다시 본격적인 질문을 던졌다. 곧 있으면 미라벨과 메리가 돌아올 텐데 최소한 그 전에 알아 둬야 할 부분이 있었으니까.

"저한테 올릴 보고가 늦었다 치더라도, 왜 여기까지 들어온 거예요?"

"장군의 명이셨습니다."

"전하가요?"

"네."

"이유가 뭐죠?"

그 질문에 쿤은 잠시 가라앉은 눈동자로 이레나를 쳐다봤다.

이제부터 시작하는 말들은 미리 이레나에게 하려고 준비해 놓은 것들이었다.

사실 쿤이 여기까지 잠입한 이유는 정체불명의 실력자를 잡아내기 위해서였지만, 칼라일이 그 내용을 비밀로 하라고 명령했으니 어쩔 수 없었다.

"저번에 2황자의 파티에 참석하시고 위험한 일에 휘말릴 뻔하지 않았습니까? 장군께서 아가씨의 안전을 더 가까운 곳에서 지키라 명하셨습니다."

"그건 이미 지난 일이에요. 거기다 내게 이렇게까지 근접한 호위가 필요 없다는 건 전하가 더 잘 아실 텐데……."

이레나는 잠시 말을 멈췄다. 쿤은 자신의 검술 실력을 모르기 때문에 더 이상 말해 봐야 무슨 뜻인지 알지 못할 것이다.

이레나가 답답한 마음에 나지막이 한숨을 내쉴 때였다.

뭔가 못마땅해한다는 것을 눈치챈 쿤이 재빨리 말을 이었다.

"장군께선 아가씨 이외에 다른 가족분들에 대한 안전도 염려하셨습니다. 혹시라도 있을지 모르는 사태에 미리 대비를 해 두는 건 나쁘지 않다고 생각합니다."

실제로는 위급한 상황이 찾아오면 이레나만 구하라고 했지만, 쿤은 이레나를 설득하기 위해 교묘하게 말을 바꿀 수밖에 없었다.

"제 가족들 말인가요?"

그 말에 이레나는 저도 모르게 가장 먼저 미라벨을 떠올렸다.

아무래도 자신이나 데릭 오라버니, 그리고 아버지는 전부 검술을 익힌 사람들이었다. 그런데 미라벨만은 누군가의 표적이 되면 정말로 위험할 수 있었다.

설마 미라벨을 건드릴 사람이 있을까 싶었지만, 만약의 상황을 생각해 보니 온몸의 털이 삐쭉 서는 느낌이었다.

'누구라도 내 동생을 건드리면…… 가만 안 둬.'

아직 일어나지 않은 일을 상상하는 것만으로도 분노로 인해 가슴 속에서 뜨거운 열기가 치미는 것 같았다.

잠시 생각을 정리한 이레나가 살짝 고개를 끄덕이며 말을 이었다.

"카샤 경이 미라벨의 안전을 지켜 주시겠다면, 저도 블레이즈 저택에 직접적으로 잠입한 것에 대해서 불만을 갖지 않을게요."

"……알겠습니다."

쿤은 왠지 이 부분에선 거짓말을 하는 게 마음에 걸렸다. 사실 미라벨의 안전을 지켜 줄 마음 따윈 가지고 있지 않았으니까.

그래서일까. 쿤은 그답지 않게 뒷말을 덧붙였다.

"작은 아가씨뿐만이 아닙니다. 다른 가족분들의 안전도 두루 살피도록 하겠습니다."

"아니에요. 가족들 중에 미라벨이 가장 연약하니 특별히 신경 써 주세요."

하지만 한결같은 이레나의 말에 쿤은 어쩔 수 없이 고개를 끄덕였다.

"……그리하겠습니다."

어쩌다 보니 칼라일은 이레나를, 이레나는 미라벨을 신경 써 달라는 묘한 상황이었다.

"그런데 저번에 미라벨과 한번 마주친 적이 있지 않아요?"

"언제를 말씀하시는 건지……."

생각지도 못한 이레나의 질문에 쿤은 저도 모르게 말꼬리를 흐렸다. 설마 이레나가 황태자궁에서 있었던 일을 알아차린 건가 하는 생각이 들 때였다.

이레나가 아무렇지 않은 목소리로 말을 이었다.

"남부 지방에서 수도로 올라오면서 미라벨과 마주친 적이 있잖아요."

예전에 쿤은 아픈 미라벨을 구해 준 적이 한 번 있었다. 당시 잠에서 깬 미라벨이 곰 인형과 닮은 남자를 보지 못했냐며, 이레나에게 사라진 쿤을 애타게 찾았던 게 기억에 남았다.

쿤도 그제야 이레나가 말하는 시기가 언제인지 알아차렸다.

"아, 그때 말씀하시는 겁니까?"

"그럼 그때 말고도 또 있나요?"

"……아닙니다. 그건 작은 아가씨께서 언급하신 적이 없어서 저도 잘 모르겠습니다만, 딱히 알아보지 못하시는 걸 보면 아마 잊어버리신 듯합니다."

사실 쿤은 미라벨이 그때의 추억을 똑똑히 기억하고 있다는 걸 알고 있었다.

하지만 그걸 굳이 사실대로 이레나에게 말할 이유가 없었고, 어떻게 알았냐고 물어도 대답할 방도가 없었기에 대충 얼버무리고 말았다.

그리고 이레나 또한 시간이 꽤나 흐른 일이었기에 수긍할 수밖에 없었다.

"그렇겠죠? 카샤 경을 보고도 별다른 말이 없었다면, 아무래도 잊어버렸을 확률이 크겠네요."

그렇게 서로 목소리를 낮추고 긴밀한 대화를 나누고 있을 때, 저 멀리서 미라벨과 메리가 이쪽을 향해 다가오는 모습이 보였다.

꽤나 급하게 다녀왔는지 미라벨은 숨을 크게 몰아쉬며 말했다.

"허억, 헉. 두 사람이 무슨 얘기하고 있었어?"

궁금증이 가득 담긴 미라벨의 눈동자를 바라보며 이레나는 아무것도 아니라는 듯 고개를 양옆으로 저었다.

"아무 말도 안 했어. 오늘 처음 봤는데 무슨 얘기를 하겠어."

이레나가 시치미를 떼자 쿤도 옆에서 고개를 살짝 끄덕이며 맞장구를 쳤다.

하지만 마리벨이 멀리서 보기엔 두 사람이 친밀하게 대화를 나누는 것만 같았다. 이렇게 둘 다 아니라고 잡아떼니 더 이상 할 말은 없었지만 말이다.

괜히 신경이 쓰인 미라벨은 두 사람이 서 있는 중간으로 파고들었다.

지금까지 단 한 번도 이레나에게 질투라는 감정을 가져 본 적이 없었지만, 쿤이 이레나를 더 좋아한다면 꽤나 섭섭한 마음이 생길 것 같았다.

갑작스러운 미라벨의 행동에 이레나와 쿤의 시선에 의아한 감정이 담길 때였다.

메리가 힘겹게 피크닉 바구니에 담아 온 찻잔 세트를 들고, 한 손으로 이마에 흐르는 땀을 닦아 내며 말했다.

"어휴, 작은 아가씨께서 재촉하시는 통에 빠짐없이 챙겨 왔는지 모르겠네요. 두 분 아가씨께서는 어디서 티 타임을 가질 예정이세요?"

그 말에 이상한 기분이 들었던 이레나는 상념을 깨고 대답했다.

"날씨가 좋으니 정원으로 가자. 괜찮지? 미라벨."

"응, 좋지!"

평상시처럼 환하게 웃는 미라벨의 얼굴을 보면서 이레나는 방금 전에 느꼈던 묘한 기류를 머릿속에서 지워 버렸다.

예전에 막연하게 쿤 같은 사람이 미라벨의 안전을 지켜 주면 좋겠다고 생각했는데, 실제로 그런 일이 벌어진 게 나쁘지 않았다.

외부인이 블레이즈 저택에 직접적으로 잠입한 걸 눈감아 줘야 한다는 게 마음에 걸렸지만, 그래도 손해보단 이득이 더 많다고 판단되었다.

어차피 칼라일의 수하들이 이레나의 주변을 예의 주시하고 있다는 걸 알고 있었으니까.

미라벨의 이상한 행동들은 그저 동생의 안전이 더욱 든든해졌다는 이유만으로 쉽게 넘길 수 있었다.

*　*　*

쿤은 해가 완전히 지고 나서야 블레이즈 저택 내에 배정받은 자신의 방으로 돌아갈 수 있었다.

끼이익—

문을 열고 방 안에 들어가자, 자신보다 먼저 들어와 있는 남자가 시야에 들어왔다.

어차피 블레이즈가의 하인은 2인 1조로 방을 사용하고 있었기에, 누군가와 함께 방을 쓰게 되리라는 것은 이미 알고 있는 사항이었다.

먼저 2층 침대의 위 칸을 차지하고 있던 남자가 쿤이 들어오는 소리를 듣고 고개를 내밀어 쳐다보았다.

남자는 그저 하인이라고 하기엔 꽤나 준수한 얼굴을 가지고 있었고, 웃는 인상이 무척이나 서글서글해 보였다.

그가 먼저 쿤에게 말을 건넸다.

"안녕? 나랑 같은 방을 쓰게 된 동료인가 보네."

"……."

하지만 쿤은 아무런 대답도 없이 2층 침대의 아래 칸으로 다가갔다. 그럼에도 상대방은 굴하지 않은 채 입을 열었다.

"앞으로 오랫동안 보게 될 사이인데 서로 통성명은 해야지."

그가 먼저 악수를 청하듯, 손을 내밀며 말을 이었다.

"내 이름은 바토리 코벤, 그쪽은?"

쿤은 바토리가 내민 손을 눈으로만 힐끔 쳐다보곤 무시한 채 지나갔다. 그리곤 돌아선 상태에서 나지막이 입을 열었다.

"쿤 카샤."

차가운 쿤의 반응에 바토리는 그저 재밌다는 듯이 입꼬리를 올려 웃었다.

24
새로운 시작

쿤의 블레이즈 저택 생활이 시작되었다.

원래부터 이레나의 곁을 보호하기 위해 셀 수도 없이 방문했던 저택이지만, 이제는 남들의 눈을 속이지 않고도 당당히 걸어 다닐 수 있었다.

그리고 그에 대한 장점과 단점은 분명히 존재했다.

장점은 굳이 번거롭게 남들의 시선을 신경 쓰지 않아도 된다는 것이었고, 반대로 단점은 저택 내에 너무 얼굴이 알려져 비밀리에 움직이기가 어렵다는 점이었다.

현재 쿤은 우편배달부로 위장한 칼라일의 수하에게 자신의 상태를 보고하고 있었다.

"장군께 잠입에 성공했다고 전해 드리거라."

"네!"

원래대로라면 쿤이 직접 칼라일에게 가서 보고를 올렸겠지만, 이제부터는 다른 사람들의 입을 통하거나 편지로 전달해야 했다.

하지만 전서구나 편지를 이용하는 것은 혹시라도 외부에 노출이 될 가능성이 있기 때문에 가능하면 직접 사람을 통하는 게 나았다.

다행히 그 부분에 대해선 크게 걱정하지 않아도 되었다.

블레이즈가의 식료품을 운반하는 납품 업체나, 정원을 가꾸기 위해 일시적으로 고용됐던 정원사, 그리고 저택 내부를 수리하기 위한 전문가 등.

하루에도 블레이즈 저택을 방문하는 수많은 사람들이 존재했고, 그중에 대다수는 이미 칼라일 측의 사람들로 채워진 상태였다.

그렇지 않았다면 지금까지 이레나가 붉은색 손수건을 창문에 걸 때마다 그토록 빨리 알아차리기는 쉽지 않았을 것이다.

'이 정도면 일단 결혼식을 치르기 전까지는 충분하다고 생각했는데…….'

갑자기 정체불명의 실력자가 나타나자 이쪽도 나름대로 비상이 걸릴 수밖에 없었다. 최대한 블레이즈 저택 안을 철통처럼 지켰다고 생각했는데 거기에 허점이 뚫렸다는 소리나 다름없었으니까.

'결국엔 이렇게 잠입까지 하게 되었군.'

아무래도 저택을 출입하는 외부 인력과 저택 내에서 함께 생활하는 내부 인력이 같을 수는 없었다.

지금처럼 바깥에서만 감시하기엔 분명 한계라는 게 존재했다.

하지만 그것을 뻔히 알면서도 쉽게 사람들을 투입하지 못한 이유는 여기가 다름 아닌 블레이즈 저택이기 때문이다.

일단 이곳은 워낙 고도의 훈련을 받은 기사들이 많이 드나드는 장소였고, 블레이즈 백작가의 정보망 또한 만만치 않아서 자칫 잘못하면 정체를 들킬 위험성도 높았다.

무엇보다 이레나가 가만히 있지 않을 가능성도 배제할 수 없었다.

이미 감시를 받고 있다는 사실을 어느 정도 알고 있었지만, 그게 블레이즈 저택 내부까지 침입한다는 것은 또 달랐다.

어느 가문마다 감추고 싶은 비밀이 있기 마련이라 탐탁지 않게 여기는 게 당연했다.

'이렇게까지 쉽게 잠입한 건 아무래도 작은 아가씨의 공이 크려나.'

며칠 동안이나 가짜 이력서를 만들기 위해 심혈을 기울였는데, 미라벨 덕분에 거의 면접도 없이 일할 수 있게 되었다. 뿐만 아니라 이레나를 설득하는데도 미라벨에 대한 내용이 큰 영향을 끼친 것 같았다.

물론 이렇게 유리한 점만 있으면 좋으련만, 쿤이 입고 있는 피해도 상당히 컸다.

칼라일에게 말을 전하기 위해 서둘러 발길을 재촉하는 우편배달부의 뒷모습을 쿤이 물끄러미 지켜보고 있을 때였다.

타닥타닥—

작은 발걸음 소리가 들려오더니, 이내 쿤의 뒤편에서 누군가가 불쑥 얼굴을 드러냈다.

"여기서 뭐 해요?"

초롱초롱한 녹색 눈동자를 빛내며 물어 오는 사람은 바로 미라벨이었다.

그녀는 쿤이 블레이즈 저택에 고용이 된 이후로 한시도 가만히 내버려 두지 않았다. 마치 엄청난 감시를 받는 느낌이었다.

"그냥 잠깐 서 있었습니다. 그러는 작은 아가씨는 여기서 뭐 하십니까?"

"점심시간이 다 된 것 같아서 그쪽을 찾으러 다녔어요."

쿤은 대체 왜 식사 시간에 자신을 찾으러 다녔는지 이해가 가지 않았다.

그리고 미라벨은 하인을 대하는 말투라고 하기엔 쿤에게 지나치게 공손했다.

쿤이 특유의 무표정한 얼굴로 나지막이 말했다.

"저를 어렵게 대하실 필요 없습니다. 그저 다른 하인들 대하듯 편하게 부르세요."

"그럼 뭐라고 부를까요?"

"그냥 쿤이라고 불러 주십시오."

"정말요? 정말 그래도 돼요?"

미라벨은 환한 표정으로 마치 선물을 받은 것처럼 기뻐했다.

쿤은 그런 미라벨의 반응이 조금 당황스러울 수밖에 없었다.

주인 아가씨가 저택에서 일하는 하인의 이름을 부르는 건 당연했다. 그래서 쿤 역시도 순순히 허락을 한 것이었는데, 미라벨은 마치 성이 아닌 이름을 불러 달라는 말에 기뻐하는 것처럼 느껴졌다.

특별한 의미가 담겨있는 게 전혀 아니었음에도 불구하고 말이다.

미라벨이 조심스레 입을 열었다.

"쿠운?"

"……네."

쿤이 마뜩잖은 표정으로 대답했음에도 미라벨은 뭐가 그리 좋은지 까르르 웃음을 터뜨렸다.

그리곤 봄바람같이 산들거리는 목소리로 쿤에게 말했다.

"저도 단둘이만 있을 땐 미라벨이라고 불러 주세요."

"제가 이름을 허락한 건 그런 뜻이 아닙니다. 일개 하인이 어찌 주인 아가씨의 이름을 함부로 부르겠습니까?"

"괜찮아요. 제가 허락하니까요."

쿤은 이따금 미라벨과 대화를 하고 있으면, 혼자 벽에다 대고 말을 하는 것처럼 느껴질 때가 있었다.

지금까지 이만큼이나 거부하는 티를 냈음에도 달라붙는 사람은 쿤의 인생에 처음이었다.

쿤이 굳이 의도하지 않아도 무표정한 얼굴에 딱딱한 분위기, 친근감이 없는 말투로 인해 주변에 가까이 다가오려고 하는 사람이 없었다.

그리고 그게 편했다.

그런데 미라벨은 끊임없이 쿤이라는 문에다 대고 노크를 해 대는 것 같았다. 자꾸만 그런 기분이었다.

쿤은 평상시보다 더욱 차갑게 대꾸했다.

"사양하겠습니다. 작은 아가씨의 이름을 부르는 건 도리에 맞지 않습니다."

"알겠어요. 그럼 나중에 한 번 생각해 보세요."

딱 잘라 거절을 했음에도 미라벨은 자신의 뜻을 굽힐 생각이 없어 보였다. 오히려 천천히 생각해 보라며 권유를 하고 있었다.

쿤은 더 이상 대꾸하지 않은 채 입을 다물었다.

그러자 미라벨이 그의 옷소매를 잡아당기면서 말을 이었다.

"어서 같이 가서 점심 먹어요."

"알아서 먹겠습니다."

"제가 쿤을 위해 준비해 놓은 게 있으니까 군소리 말고 따라오세요. 아까는 아가씨라서 이름을 못 부르겠다더니, 이제는 아가씨의 말을 무시하려고 하는 건가요?"

미라벨은 한없이 물렁한 것 같으면서도, 어떨 때 보면 이렇게나 당돌했다.

쿤은 하는 수 없이 나지막하게 대답했다.

"……알겠습니다."

쿤이 미라벨을 따라 도착한 곳은 블레이즈가의 가족끼리 식사를 하는 장소였다.

다행히 이곳 식당 안에는 다른 사람들의 모습은 보이지 않았지만, 쿤의 표정은 딱딱하게 굳을 수밖에 없었다.

일개 하인이 이런 곳에서 주인 아가씨와 함께 식사를 한다는 건 아무리 생각해도 많이 이상했다.

더구나 쿤은 여기서 더 이상 저택의 사람들에게 주목을 받고 싶지 않았다. 가뜩이나 미라벨의 편애로 쿤을 의식하는 자들이 늘어나고 있는 상황이었다.

"어서 앉으세요."

미라벨이 먼저 자리에 앉아 자신의 반대편 의자를 가리켰다.

하지만 쿤은 그 말을 따르지 않은 채 우두커니 서 있었다.

"아가씨, 하인과 겸상을 하는 건 좋지 않습니다."

"무엇이 옳고 그른지는 제가 정해요. 쿤은 그저 그 자리에 앉아서 제가 준비한 음식들을 먹으면 돼요."

쿤은 저도 모르게 한숨이 새어 나오려는 걸 참고, 어쩔 수 없이 식당의 자리에 앉았다.

미라벨이 설령 말도 안 되는 걸 요구해도 쿤은 그것을 거절할 수 있는 입장이 아니기 때문이다.

두 사람 다 자리에 앉자 곧이어 닭 한 마리와 인삼, 대추 등 온갖 영양제를 넣어서 푹 삶은 보양 음식이 준비되었다.

음식을 나르는 다른 시종들이 쿤의 모습을 의아하게 쳐다봤지만, 감히 미라벨 앞에서 함부로 입을 열만큼 어리석은 사람은 없었다.

"많이 먹어요. 그때 다친 상처가 신경 쓰여서 특별히 준비했어요."

쿤은 물끄러미 자신의 앞에 놓인 음식을 쳐다보았다.

신분이 미천한 그가 지금까지 단 한 번도 먹어 보지 못한 종류의 귀한 음식이었다.

설령 칼라일이 몸보신을 하라며 약재를 보내 주더라도, 쿤은 그걸 생째로 씹어 먹었을 뿐 이렇게 요리를 해서 먹은 적이 없었다.

"제가 좋아하는 음식 중 하나예요. 어렸을 때부터 몸이 약해서 많은 보양식을 먹었는데 그중에 이게 가장 입맛에 맞더라고요."

수줍게 말하는 미라벨을 바라보며 쿤은 그저 고개를 끄덕거렸다.

신분 차이라는 것은 이만큼이나 서로 다른 것이었다. 쿤이 지금껏 한 번도 맛보지 못한 음식을, 미라벨은 즐겨 먹었다고 표현할 정도로 말이다.

지금이야 칼라일의 수하로서 신분이 그리 낮지는 않았지만, 그렇다고 미천한 쿤의 태생이 바뀌는 것은 아니었다.

쿤은 묵묵히 앞에 놓은 스푼을 들어 준비한 음식을 입 안에 넣었다.

그윽한 약재의 향기와 부드러운 닭고기의 맛이 일품이었지만, 그걸 쿤이 맛있다고 표현하고 싶지는 않았다.

그리고 지금의 쿤을 더 불편하게 만드는 것은, 자신이

먹는 모습을 초롱초롱하게 빛나는 눈으로 쳐다보는 미라벨이었다.

"어때요? 입맛에 맞아요?"

"제 입맛엔 뭐든 맛있습니다."

그냥 '네'라고 대답하고 끝낼 일을 쿤은 저도 모르게 삐딱하게 대꾸하고 말았다.

스스로도 유치하다는 생각이 들어서 슬쩍 미간을 찡그릴 때였다.

미라벨이 천진난만한 표정으로 대답했다.

"다행이네요. 주방장한테 많이 준비하라고 했으니 마음껏 드세요."

이런 날 세운 대답도 아무런 거리낌 없이 받아들이는 모습이 미라벨답다면 미라벨다웠다.

미라벨은 누가 봐도 사랑을 듬뿍 받고 자라난 백작가의 아가씨였다.

쿤은 자신과 너무 다른 그녀를 가끔 어떻게 대해야 할지 곤혹스러울 때가 있었다.

'……하긴 이런 날도 오래 가진 않을 테지.'

어차피 이런 상황도 정체불명의 실력자를 붙잡는 날까지만 유지되는 한정적인 기간이었다.

조금만 참으면 다시 원래의 일상으로 돌아갈 테니, 쿤이 조바심을 가질 필요는 없었다.

쿤은 그렇게 편하게 생각하기로 했다.

하지만 그 후로도 미라벨은 끊임없이 쿤을 쫓아다녔다.

쿤이 정원을 빗자루로 쓸고 있을 때도, 나무를 모아 장작을 팰 때도, 잠시 그늘에서 쉬고 있을 때도 말이다.

한마디로 표현하자면, 너무나도 귀찮았다.

쿤은 오늘도 뒤쫓아 오는 미라벨을 따돌리기 위해서 일부러 발걸음을 빨리했다.

사실 마음만 먹으면 제대로 뛰지도 못하는 미라벨쯤은 눈 감고도 피할 수 있었다.

"쿤, 쿠운—."

미라벨은 마치 어미를 뒤쫓는 병아리마냥 쿤을 쫓아서 헐레벌떡 뛰어오던 중이었다.

콰당!

그러다 어느 순간 돌부리에 걸려 넘어졌다.

"으앗!"

하지만 미라벨은 바닥에 쓸린 무릎을 확인하는 것보다 먼저 고개를 들어서 멀어져 가는 쿤의 뒷모습을 쳐다보았다.

그 간절한 시선이 뒤통수가 따가울 만큼 느껴져서 쿤은 저도 모르게 걸음을 멈추고 말았다.

그리곤 하는 수 없이 다시 발길을 돌려 미라벨이 넘어져 있는 곳을 향해 걸어갔다.

"어……?"

미라벨은 눈 깜짝할 사이에 자신의 앞으로 다가온 쿤을 신기하다는 듯이 올려다보았다.

쿤이 진짜 제 속도를 숨기지 않고 움직였더니, 미라벨이 보기엔 너무 빨랐던 모양이다.

쿤이 손을 내밀면서 아무렇지 않은 척 말을 건넸다.

"괜찮으십니까?"

"네, 네에."

미라벨이 그의 손을 잡자, 쿤은 힘을 줘서 그녀를 일으켜 세웠다.

풍성한 드레스의 치맛자락에는 붉게 물든 핏방울이 번져있었다. 아마도 무릎이 까져서 상처가 난 것 같았다.

"그러게 왜 자꾸 쫓아오십니까?"

언뜻 언짢음이 묻어나오는 쿤의 질문에 미라벨이 환한 표정으로 대꾸했다.

"혹시 제가 넘어지는 바람에 돌아온 건가요?"

"……."

그 말에 쿤은 어떤 대답을 해야 할지 망설여졌다.

어쨌든 미라벨은 주인 아가씨였고, 쿤은 하인이었다. 사실대로 말하기엔 하극상이나 다름없어 보일 것 같았다.

하지만 쿤의 대답보다 먼저 미라벨이 다시금 입을 열었다.

"헤, 다행이에요. 그래도 절 신경 쓰고 계셨군요. 저는 제가 귀찮은 게 아닐까 걱정했거든요."

지레짐작하는 미라벨의 발언에 쿤은 순간 마음이 착잡해졌다.

당연히 귀찮았다. 이 정도로 눈치를 줬는데도 알아차리지 못한다면 그건 바보나 마찬가지다.

하지만 미라벨의 말은 멈추지 않고 이어졌다.

"다음에는 쿤이 빨리 걸어가면 그냥 넘어져야겠어요. 도저히 제 속도로는 따라잡을 수가 없다는 걸 깨달았거든요."

"이렇게까지 저를 잡으시려는 이유가 뭡니까?"

"지금처럼 얘기도 하고, 같이 밥도 먹고……."

"다른 하인들이랑 하십시오."

"저는 쿤이랑 하고 싶어요."

"……그럼 다른 사람들이 특별 취급이라고 흉을 볼 겁니다."

"그래도 신경 안 써요."

미라벨의 선한 눈망울에 강한 의지가 깃들었다.

쿤은 이럴 때마다 미라벨을 정말 종잡을 수 없다고 생각했다. 한없이 약한 게 그녀의 본모습인 건지, 아니면 이렇게 안하무인처럼 느껴질 정도로 당돌한 게 맞는 건지 말이다.

쿤은 다친 미라벨의 무릎 쪽을 바라보다가 이내 입을 열었다.

"오늘은 이레나 아가씨의 웨딩드레스를 만들러 가지 않으십니까?"

미라벨이 유독 쿤을 자유롭게 내버려 두는 시간이 바로 그때였다.

결혼식의 날짜가 가까워질수록 웨딩드레스의 완성을 서둘러야 했기 때문에 미라벨도 상당히 바쁜 나날들을 보내고 있었다.

"그래서 조금 있다가 다시 돌아가 봐야 해요. 잠깐 시간이 나서 나왔어요."

"그럼 쿤이 나오지 마시고 쉬십시오. 몸도 약하신 분이 왜 이렇게 바깥출입을 하십니까?"

"제 걱정이 된다면 도망 좀 가지 말아요."

"……하."

쿤이 할 말을 잃고 말았다.

그때였다. 걸음을 옮기던 미라벨이 다친 무릎이 쓰라린지 얼굴을 찡그렸다.

"아야."

쿤이 힐끔 미라벨을 쳐다보곤 나지막이 입을 열었다.

"하녀를 불러오겠습니다."

"아, 아니에요. 잠깐 앉아서 쉬면 나아질 거예요. 어디 앉을 데가…… 아! 저기 의자가 있네요."

미라벨이 손가락으로 단단한 돌로 만든 1인용 의자를 가리켰다.

사실 저건 사람이 앉으라고 만든 게 아니라 돌로 된 장식품이었다. 물론 의자처럼 생겼기에 필요에 따라선 앉아도 상관이 없는 것이었다.

미라벨이 돌로 된 의자를 향해 한 발자국을 내디딜 때였다.

그 모습을 가만히 쳐다보던 쿤이 무표정한 얼굴로 말했다.

"기다리십시오."

"네?"

미라벨이 그게 무슨 의미인지 몰라 쳐다보았지만, 곧이어 쿤이 어떤 뜻으로 그런 말을 한 건지 이해할 수 있었다.

쿤은 저벅저벅 돌로 만든 의자를 향해 걸어가더니, 아무렇지 않게 그 의자를 번쩍 들어 올렸다.

그리고는 그대로 미라벨의 바로 앞까지 옮겨 주었다.

"와—"

미라벨은 저도 모르게 입을 벌리고 말았다.

저 의자의 무게가 얼마나 무거운지는 이 저택에 살고 있는 미라벨이 가장 잘 알았다. 그런데 호리호리하게 생긴 쿤이 조금의 어려움도 없이 그것을 옮겨 냈다.

"정말 대단해요."

미라벨의 칭찬에도 쿤은 안색 하나 바뀌지 않은 채 대꾸했다.

"앉아서 쉬십시오."

미라벨은 얼른 쿤이 옮겨 준 의자에 엉덩이를 대고 앉았다. 돌로 된 의자라 딱딱하기 그지없었는데 이상하게도 그 어떤 의자보다 편안하게 느껴졌다.

미라벨이 돌로 된 의자에 앉은 상태로 쿤을 올려다보면서 말했다.

"역시 친절하시네요."

그 말에 쿤이 납득할 수 없다는 표정으로 미라벨을 쳐다보았다.

"친절이요? 설마…… 저를 말씀하시는 겁니까?"

"그럼 여기 다른 사람이 있나요?"

미라벨은 말과 함께 배시시 웃어 보였다.

쿤이 정말 손닿을 수 없는 곳으로 도망가 버리면 잡을 수 없을 텐데, 그는 마지막에 항상 어쩔 수 없다는 듯 미라벨에게 잡혀 주었다.

그래서 미라벨은 자꾸만 더 쿤을 쫓게 되었다.

'이런 내 마음 알려나?'

미라벨이 우두커니 서 있는 쿤을 올려다보고 있자니, 그의 뒤편으로 보이는 청명한 파란 하늘이 함께 눈에 들어왔다.

이젠 정말로 봄이 오려는 것 같았다.

문득 날씨가 좋아서 나들이를 가면 제격이란 생각이 들었다.

"언니 결혼식이 끝나면 우리 같이 피크닉 갈까요?"

"……."

유유자적한 미라벨과 달리, 쿤은 하루빨리 블레이즈 저택에 숨어든 정체불명의 실력자를 잡아야겠다고 속으로 다짐했다.

* * *

시간은 빠르게 흘러, 어느덧 결혼식이 치러지기 하루 전날이었다.

잠시 눈을 붙였던 이레나는 새벽녘에 잠에서 깨어 결국 부스스한 모습으로 침대에서 일어났다.

'드디어 내일이야.'

이제 하루만 더 있으면, 드디어 결혼식이었다.

오랫동안 준비했던 결혼식이 이제는 바로 한 걸음 앞

까지 다가와 있었다.

점점 결혼식 날짜가 가까워지고 있다고 생각은 했지만, 막상 당장 내일 식을 치른다고 생각하니 마음이 이상했다.

이레나는 아침에 일어나서 괜히 지금까지 준비했던 결혼식에 관한 목록들을 다시 한 번 체크해 보았다.

식장은 루퍼드 제국에서 가장 큰 벨루에 광장이었다.

현재 그곳에는 주례가 서게 될 높은 단상과 이레나가 걸어갈 버진로드, 그리고 손님들이 앉을 테이블과 의자가 비치된 상태였다.

또한 커다란 벨루에 광장을 화려한 결혼식장으로 꾸며 줄 보라색 라벤더와 여러 가지 장식품들도 이미 도착해서 직접 눈으로 확인을 했다.

나머지 자잘한 것들은 내일 아침까지 순차적으로 채워져서 완성이 될 예정이었다.

'피로연이 치러질 황궁도 이미 준비가 끝났고…….'

결혼식이 끝나면 다른 왕국에서 온 사신들과 귀족들을 모아 놓고 피로연을 치르게 된다.

그 장소도 무시할 수 없었기에 여러 가지로 신경을 쓴 상태였고, 이미 거의 준비를 마쳤다고 보고를 받은 상황이었다.

'결혼식 때 손님들에게 나갈 코스 요리를 다시 한 번 확

인해 봐야겠다.'

워낙 성대하게 치러지는 황태자의 결혼식이다 보니, 결혼식장에서 나가는 코스 요리와 피로연에서 준비되는 음식이 달랐다.

수도에서 솜씨 좋다고 소문난 주방장 여러 명을 고용해서 벌써 요리의 종류를 정해 놓은 상태였지만 왠지 마음이 놓이지 않았다.

그나마 칼라일이 황실의 주방장까지 전부 동원해 주어서 예상보다 수월하게 진행할 수 있었다.

'또…….'

귀족들은 계급 사회였기 때문에 결혼식장 내의 자리 배치에 대해서도 굉장히 신경을 써야 했다.

어떻게 보면 여성들의 모임인 티 파티와 같은 맥락이었는데, 신분이 높은 사람이 더 앞줄에 앉는 게 마땅하기 때문이다.

이것을 정하느라 그동안 이레나가 얼마나 골머리를 앓았는지 모른다.

이레나는 다시 한 번 초대 명단에 적혀있는 귀족들과 다른 왕국 사신들의 자리 배치도를 바라보며, 혹시나 잘못된 것이 없나 고민했다.

괜스레 마음이 싱숭생숭해서 다시 들여다봤지만, 결혼식에 대한 준비는 이미 완전히 끝마친 상태다.

남은 건, 미라벨과 마담 미첼이 마지막까지 심혈을 기울이고 있는 웨딩드레스 정도랄까.

이미 초안은 이레나도 확인을 했지만, 미라벨은 칼라일이 구입해 준 다섯 벌의 드레스 중에 황금색이 뒤섞여 있는 독특한 디자인을 추천했다.

딱히 세기의 결혼식까지 바라는 건 아니었는데, 미라벨은 어디에서나 쉽게 볼 수 없는 가장 아름다운 웨딩드레스를 만들겠다며 열의가 대단했다.

"이렇게 하루 전날까지 고생을 하는 걸 보면, 대체 어떤 드레스가 나오려는 건지 모르겠네."

아직 완성이 된 건 아니었지만 이상하게도 그 부분에 대해선 별로 걱정이 들지 않았다.

미라벨에 대한 믿음이 있어서일까?

사실 이레나는 굳이 수정하지 않아도 앤코 의상실에서 보았던 드레스 다섯 벌이 모두 마음에 들었다.

그런데 그것보다 더 아름답게 꾸미기 위해서 새로 손보고 있다고 하니, 그저 어떤 디자인이 나올지 궁금증이 생길 뿐이었다.

오히려 이레나가 마음이 쓰이는 건, 미라벨이 너무 무리를 하는 바람에 안 그래도 연약한 몸이 축나진 않을까 하는 점이었다.

"……후우."

이레나는 창밖으로 떠오르는 해를 바라보며, 이제는 완전히 습관이 되어 버린 아침 운동을 하기 위해 자리에서 일어났다.

쓸데없는 생각이 많을 땐 차라리 몸을 움직이는 게 나았다. 그건 오래된 경험에서 우러나온 판단이었다.

이레나는 바닥에 엎드린 채 한 손으로만 몸을 지탱하고 팔굽혀펴기를 시작했다.

"하나, 둘……."

바닥이 아주 가까이 닿을 때쯤 다시 몸을 일으키는 동작이 끊임없이 반복됐다.

오늘이 이렇게 저택 내에서 숨죽여 운동하는 마지막 날인지도 몰랐다.

아침 식사를 하러 내려온 이레나는 오랜만에 데릭과 단둘이 식탁에 앉았다.

미라벨은 웨딩드레스를 작업하느라 아침은 거르겠다는 통보를 보내왔고, 아버지는 현재 저택을 비운 상태였기 때문이다.

"안녕히 주무셨어요?"

"그래."

이레나가 평상시와 다름없는 인사를 건네자, 데릭은 가볍게 고개를 끄덕이며 무뚝뚝하게 받아 주었다.

여기까지는 언제나의 아침과 전혀 다를 바가 없는 하루의 시작이었다.

그런데 무표정한 데릭이 힐끔 이레나를 쳐다보면서 재차 입을 열었다.

"너는…… 잘 잤느냐? 여인들은 결혼식 전날에 심적으로 많이 떨린다고 하던데."

"아, 저는 괜찮아요."

이레나가 희미하게 웃으며 긴장하고 있는 기색을 감췄다.

이미 한 번의 생을 살아 봤지만, 사실 이레나조차도 결혼을 치르는 건 이번이 처음이어서 괜스레 마음이 싱숭생숭한 건 어쩔 수 없었다.

하지만 데릭은 이레나의 괜찮다는 대답에도 그녀를 빤히 쳐다봤다.

그게 마치 이레나의 속마음을 꿰뚫어 보고 있는 것 같아서, 이레나는 어색하게 입꼬리를 올릴 수밖에 없었다.

"오라버니야말로 제 결혼식 때문에 검술 대회가 늦춰져서 속상하시겠어요."

데릭은 수도에서 열리는 검술 대회의 우승을 준비하고 있었다. 그런데 갑자기 생긴 황태자의 결혼식과 시기가 겹치는 바람에 미뤄지게 된 것이다.

데릭이 말했다.

"상관없다."

지나치게 짧은 답변이었지만 정말로 데릭은 크게 개의치 않는 것 같았다.

그때 하녀 메리가 식당 안으로 들어서면서 밝게 인사를 건넸다.

"좋은 아침입니다. 도련님, 아가씨. 그럼 오늘의 아침 식사는 소화하시기 편한 죽으로 올리겠습니다."

이레나는 원래 아침 식단과 달라진 음식에 의아한 표정을 지어 보였다.

"죽?"

"네. 데릭 도련님께서 아가씨를 위해 특별히 요청하신 거예요."

"아……."

이레나의 놀란 시선이 데릭에게로 향할 때였다.

데릭은 슬쩍 미간을 찌푸리며 아무렇지 않은 표정으로 입을 열었다.

"내가 언제 특별히 요청했다는 거냐? 그저 결혼식 전날이니 체하지 않을 만한 음식을 준비하라 한 것일 뿐이다."

그는 자각하지 못하는 것 같았지만, 그 말 자체가 특별히 요청한 것이나 다름없었다.

왜냐면 기사인 데릭은 단 한 번도 식당에서 나오는 음식에 대해 이러쿵저러쿵 의견을 내본 적이 없었다.

어렸을 때부터 아버지에게 남자는 음식을 가리는 게 아니라고 교육을 받아서일까.

데릭은 정말로 뭐든 잘 먹었다. 지금껏 같이 지내온 이레나조차도 그가 어떤 음식을 좋아하고, 어떤 음식을 싫어하는지 파악하지 못할 정도로 말이다.

그런 그가 처음으로 식당에다가 소화가 잘되는 요리를 요구했는데, 그게 절대로 아무것도 아닌 게 아니었다.

메리 역시 속마음을 잘 표현하지 않는 데릭의 성격을 알고 있었기에 코를 쓱 만지며 재빨리 말을 수정했다.

"네. 제가 방정맞게 조금 과장을 했습니다. 도련님께서 오늘 그저 소화가 잘되는 음식을 준비하라고 하셨답니다."

눈치 빠른 메리의 대처에 이레나는 왠지 웃음이 새어 나왔다.

이 상황 자체가 무척이나 따뜻하게 느껴졌기 때문이다.

이레나가 뭉클한 감정을 억누르며 입을 열었다.

"오라버니, 감사해요……."

더 그럴듯한 감사의 인사를 전할 수 있는 말재간이 있다면 좋았겠지만, 사실 이런 상황에서 이레나도 쑥스러움이 가장 먼저 밀려왔다.

데릭은 언제나처럼 이레나의 따스한 시선을 피하며 무뚝뚝하게 대답할 뿐이었다.

"식기 전에 들거라."

그렇게 평상시와는 조금 다른, 결혼식 하루 전날의 아침 식사가 시작됐다.

미라벨이 웨딩드레스 작업을 위해 점심까지 거르자, 이레나는 걱정이 되어서 직접 움직일 수밖에 없었다.

아무리 결혼식이 중요하다고 해도 그게 미라벨만큼 소중하진 않았다.

이레나는 은쟁반 위에다 미라벨이 간편하게 먹을 수 있는 여러 종류의 음식을 담아 곧장 방으로 찾아갔다.

똑똑—

방문을 두드렸음에도 안에서는 여전히 재봉틀이 돌아가는 소리만 들려올 뿐이었다.

걱정스러운 마음에 이레나가 큰 목소리로 다시 한 번 불러 보았다.

"미라벨, 잠깐만 나와 보렴."

그제야 쿵쿵거리며 문가로 다가오는 발소리가 들려왔다.

곧이어 열린 문 사이로 조금 수척해진 미라벨이 밝게 웃는 모습이 보였다.

"아, 언니 왔어?"

"아무리 그래도 식사까지 거르면 어떻게 해. 그렇게까지 심혈을 기울일 필욘 없어."

"에이, 그래도 언니의 결혼식인데 내가 할 수 있는 최선을 다하고 싶어서 그래."

미라벨의 이런 마음이 너무나 고맙고 어여뻤지만, 그래도 혹시라도 무리해서 쓰러지진 않을까 이레나는 걱정이 이만저만이 아니었다.

이레나가 직접 들고 온 은쟁반을 내밀며 말했다.

"이거라도 좀 먹으면서 해."

"알겠어. 이왕 온 김에 잠깐 들어와서 볼래?"

그 말에 이레나는 고개를 끄덕이며, 미라벨을 따라 방 안으로 들어섰다.

"거의 다 완성은 된 거야?"

"응. 이렇게까지 촉박하게 잡고 있어서 미안해. 갑자기 예술혼이 불타다 보니까, 막 손에 놓을 수 없는 거 있지?"

미라벨이 정말로 미안하다는 듯 배시시 웃어 보이자, 이레나는 저도 모르게 그녀를 따라 미소 짓고 말았다.

이렇게까지 신경 써 주는 그 마음만으로도 충분히 고마웠다.

"언니 마음에 쏙 들었으면 좋겠다. 아직 완성까지 조금 남은 걸 감안해서 한 번 봐 줘."

이레나는 미라벨의 손에 이끌려 마네킹이 입고 있는 웨딩드레스 앞까지 걸어갔다.

그리고 직접 눈으로 웨딩드레스를 확인하게 된 이레나

는 저도 모르게 우뚝, 걸음을 멈춰 설 수밖에 없었다.

"미라벨, 이건……."

차마 말문이 막혀서 입 밖으로 말소리가 새어 나오지 않았다.

마담 미첼을 한 번 더 만났을 때, 그녀가 미라벨을 향해 천재라고 추켜세워 주었지만 그게 이 정도일 줄은 몰랐다.

이 웨딩드레스를 보는 순간, 이레나도 마담 미첼의 말처럼 미라벨은 정말 천재가 아닐까 하는 생각이 가장 먼저 머릿속에 들었다.

너무나도 아름다웠다.

순백의 웨딩드레스에 장식된 고급스러운 황금색의 문양은 독특할 뿐만 아니라 경이로울 정도로 절묘한 조화를 이루고 있었다.

이레나가 아니라 그 누가 입었다고 해도 최고의 신부로 만들어 줄 만큼 환상적인 작품이었다.

마담 미첼의 의상실에서 느꼈던 만족감과는 또 다른 느낌이었다. 이건 정말로 하나의 예술 작품을 보는 듯 경외감까지 들었다.

"……대단해, 어떻게 이렇게 만들 생각을 했어?"

이레나의 순수한 감탄에 미라벨은 안심이라는 듯 대답했다.

"나는 아이디어만 냈을 뿐이고, 마담 미첼의 경험이 큰 도움이 됐어. 그리고 사실 형부의 재력이 완성을 시킨 거나 다름없어."

"형부? 카릴을 말하는 거야?"

갑자기 생각지도 못한 이름이 언급되자, 이레나는 눈을 동그랗게 뜨고 미라벨을 쳐다볼 수밖에 없었다.

미라벨은 마치 혼나기 직전의 어린아이처럼 난처한 표정을 지으면서 천천히 설명하기 시작했다.

"그게 아무래도 전보다 화려한 드레스를 만들려고 하다 보니 재료값이 만만치 않더라고. 치맛자락이 무척이나 반짝이는 거 보이지?"

"응."

"사실 저게 전부…… 다이아몬드야."

"뭐라고?"

이레나는 이 웨딩드레스에 숨겨진 진실을 듣고 깜짝 놀랄 수밖에 없었다.

처음엔 마냥 아름답다고만 생각했는데 듣고 보니, 이 웨딩드레스 안에 얼마나 많은 금액이 들어갔을지 상상조차 되지 않았다.

비즈처럼 장식된 이 수많은 것들이 실제 다이아몬드로 제작된 거라니, 가격은 차마 측정할 수 없는 수준이었다.

만약 하나라도 바닥에 떨어진다면…….

이레나는 순간 저도 모르게 이마를 짚을 수밖에 없었다.

"다이아몬드로 만들어진 웨딩드레스라니……."

"사실 나도 상상만 했지 현실로 실현하긴 힘들 것 같다고 생각했는데, 형부가 이 얘기를 듣고 한번 해 보자고 권유를 하는 바람에…… 나도 그만 넘어가 버리고 말았어."

칼라일이 얼마나 통이 큰 남자인지 이제는 너무나 잘 알고 있었기 때문에 이레나의 머릿속에 두 사람의 대화 장면이 그려지는 듯했다.

이레나조차 번번이 알면서도 당하고 마는데, 미라벨이 칼라일을 상대로 이런 제안을 거절하기란 쉽지 않았을 것이다.

그리고 가뜩이나 지참금도 없이 치러지는 결혼식인데 이토록 많은 금액을 투자하면서 이레나를 신경 써 줄 줄은 몰랐다.

'당신이란 남자…… 정말 못 말리겠군요.'

단순히 금액 때문이 아니었다. 칼라일은 결혼식에 대해 정말로 많은 부분을 신경 써 주고 도와주고 있었다.

이레나가 필요하다고 말하는 것, 혹은 그렇지 않은 것까지도 모두 세밀하게 관심을 기울이고 있었다는 게 새삼 마음속 깊이 와 닿았다.

의도치 않게 하나둘씩 자꾸만 받다 보니, 이제는 정말 무언가가 흘러넘칠 것 같았다.

물도 한 방울씩 떨어지다 보면 어느새 바위를 쪼갠다고 하는데, 칼라일의 공세에 이레나의 마음에도 고마운 감정이 생기지 않을 수가 없었다.

"……혹시 화났어?"

미라벨이 우물쭈물한 표정으로 물어보자, 이레나가 어쩔 수 없다는 듯 미소 지었다.

"아니야. 카릴한테 감사의 인사를 해야겠다. 이렇게 예쁜 웨딩드레스를 입게 될 줄은 몰랐는데."

"응. 분명 역사에 길이길이 남을 세기의 결혼식이 될 거야!"

사실 그렇게 거창한 결혼식까지 바란 건 아니었는데, 이레나도 이렇게 휘황찬란한 웨딩드레스를 보고 있자니 많은 귀족들의 입에 오르내릴 것 같다는 예감이 들었다.

"결혼식이 끝나면 내가 다이아몬드는 전부 수거해서 다시 형부한테 돌려줄 테니까, 혹시라도 너무 마음 쓰지 마."

"그래. 고마워."

미라벨의 말에 그나마 이레나의 마음이 한결 가벼워졌다.

지금까지 겪어본 칼라일은 무언가 선물을 하고 난 뒤에 다시 돌려받는 타입이 아니었지만, 이번만큼은 기필코 돌려줘야만 할 것 같았다.

"언니 허락도 없이 형부한테 다이아몬드를 받아서 미안해. 형부가 언니한텐 일단 비밀로 하자고 하셔서…… 그리고 나도 예쁜 웨딩드레스를 만들고 싶다 보니 너무 욕심이 나서 그랬어."

미라벨도 그 부분이 지금까지 마음에 걸렸던 모양이었다.

마치 고해성사를 하듯 내뱉는 그 말에 이레나는 괜찮다는 듯이 미소를 지어 보였다.

애초에 미라벨이 이토록 욕심을 부리는 이유는 다 이레나 때문이었다. 그 진심을 모를 수는 없었다.

"무슨 말인지 알겠어. 그동안 너무 고생 많았어, 내 동생."

"응. 언니, 결혼 너무너무 축하해."

미라벨이 스르륵 이레나의 품 안에 안겨 왔다. 그러자 이레나 또한 두 팔을 벌려서 사랑스러운 동생을 세게 껴안아 주었다.

결혼을 앞둔 이레나의 심란한 마음처럼, 그녀를 떠나보내는 미라벨의 마음 또한 매우 복잡했다.

미라벨이 자그맣게 말했다.

"내가 내일, 세상에서 제일 예쁜 신부로 만들어 줄게."

"응."

이레나는 미라벨의 진심 어린 마음을 느끼면서 여태껏 자신을 쫓아다니던 날이 선 긴장감이 조금씩 무뎌지고 있다는 걸 깨달았다.

그렇게 결혼식 전날 하루는 순식간에 지나갔다.

이레나는 마지막으로 저택에서 피부 관리를 받고, 저녁 식사 또한 소화가 잘되는 부드러운 음식으로 섭취했다.

마지막엔 미라벨과 같이 한 침대에 누워 오붓하게 잠자리에 들었다. 이런저런 이야기를 오래도록 나누다 보니 꽤나 늦은 시각이 되었지만 그럼에도 더없이 즐거웠다.

어쩌면 이제는 이런 시간을 쉽게 가질 수 없다는 걸 마음 한편으로 알고 있었기 때문인지도 모르겠다.

아마도 내일부터는 많은 것이 바뀔 것이다.

새로운, 시작이었다.

25
세기의 결혼식

결혼식 당일.

이레나는 눈을 뜨는 그 순간부터, 매우 분주하게 움직여야 했다.

아침부터 여러 명의 전문가에게 메이크업과 헤어를 받았으며, 그 외에도 보다 완벽한 치장을 돕기 위해 가문의 모든 하녀들이 총동원되었다.

뿐만 아니라 멀리서 찾아와 준 마가렛은 물론, 미라벨 또한 계속해서 이레나의 옆자리를 지키며 세밀하게 신경을 써 주는 중이었다.

마침내 그렇게 모든 준비를 마친 이레나가 어젯밤 완성된 웨딩드레스를 입고 나오는 순간이었다.

"세상에!"

가장 먼저 마가렛이 탄성을 질렀다.

마가렛 외에도 주변에 있던 수많은 하녀들과 전문가들이 모두 하나같이 입을 벌리고 놀란 표정을 지어 보였다.

그만큼 이레나는 눈부시게 아름다웠다.

마치 이 세상에 존재하는 사람이 아니라고 느껴질 정도로 압도적인 미가 풍겼다.

평상시에도 이레나의 외모가 아름다운 건 알았지만, 오늘은 정말 그 누가 보아도 찬사를 보내지 않을 수 없을 정도로 눈이 부셨다.

마가렛이 믿을 수 없다는 듯이 말했다.

"정말이지 너무 아름다워요, 블레이즈 영애. 지금껏 수많은 결혼식장을 다녀 봤지만 이토록 아름다운 신부는 처음이에요."

그 과분한 칭찬에 이레나가 흐릿한 미소를 지으며 대꾸했다.

"오늘만큼은 빈말이라고 해도 그런 칭찬을 듣고 싶었어요."

"거짓말이 아니에요. 설령 다른 사람한테 물어봐도 똑같은 대답일걸요? 그렇지 않나요, 여러분?"

마가렛이 동조해 달라는 듯 다른 하녀들을 쳐다보자, 방안에 있던 모든 여인들이 고개를 끄덕이며 입을 열었다.

"너무 예뻐요, 아가씨."

"최고예요!"

모두가 각자 한마디씩 칭찬을 내뱉자, 이레나는 쑥스러우면서도 행복한 그런 알 수 없는 기분에 사로잡혔다.

자연스레 이레나의 시선이 자신을 이렇게 아름답게 꾸며 준 미라벨에게로 향했다.

미라벨은 이 광경을 무척이나 흐뭇한 표정으로 지켜보고 있었다.

이레나는 지금껏 누구보다 고생해 준 미라벨에게 진심을 담아 전했다.

"다 네 덕분이야. 고마워, 미라벨."

이레나의 말에 미라벨은 민망하다는 듯이 얼굴을 붉히면서도 밝게 미소 지으며 대답했다.

"모델이 뛰어난 거야. 아무리 옷이 날개라도 언니가 아니었다면 이만큼이나 아름답지 않았을 거야."

그렇게 훈훈한 분위기를 이어 가고 있을 때였다.

바깥에서 똑똑, 하고 방문을 두드리는 소리가 들려왔다.

하녀 메리가 가장 먼저 문가로 다가가며 입을 열었다.

"누구신가요?"

그러자 바깥에서 블레이즈 저택의 집사인 마이클의 목소리가 들려왔다.

"주인님께서 도착하셨습니다."

"아, 네. 잠시만요."

메리가 후다닥 달려가 이레나에게 밖에 알포드가 찾아왔다고 말을 전해 주었다.

이미 식장에 들어설 준비는 어느 정도 끝난 상태였기 때문에 이레나는 지체 없이 모두를 바라보면서 입을 열었다.

"다들 아침부터 고생 많았어요. 바깥에 아버지가 오셨다고 하니, 전부 제자리로 돌아가서 각자의 임무에 충실해 주세요. 필요한 게 있으면 다시 부를게요."

그 말에 하녀들이 동시에 입을 모아 대답했다.

"네, 아가씨."

모두 하나같이 단결된 모습에 마가렛은 새삼 대단하다는 눈빛으로 이레나를 쳐다보았다.

아무리 명망 높은 귀족 가문이라 해도 이렇게 고용인들의 위계질서를 잡기가 쉽지만은 않았다. 하녀라고 아무런 이유도 없이 주인 아가씨에게 충성하는 건 아니었으니까.

마가렛은 놀란 마음을 추스르며, 이레나를 향해 입을 열었다.

"그럼 바깥에서 기다리고 있을 테니, 백작님이 돌아가시면 말씀해 주세요."

"네, 고마워요. 영애."

마지막까지 남아 있던 미라벨도 알포드와 이레나만의 시간을 만들어 주고 싶었는지, 덩달아 바깥으로 걸음을 옮기면서 말을 꺼냈다.

"나도 같이 나가 있을게. 이따 봐, 언니."

"그래."

그렇게 모두가 바깥으로 사라지자, 최종적으로 알포드가 들어왔다.

근사하게 턱시도를 차려입고 있는 알포드는 마지막으로 봤을 때와 크게 달라진 게 없었다.

물론 의상 때문에 더욱 빛을 발하긴 했지만, 여전히 근엄한 표정에 무게감 있는 분위기가 멋있는 중년의 신사 같았다.

"준비는 다 되었느냐?"

"네, 아버지. 부족함 없이 준비하였으니 걱정하지 마세요."

지금까지 알포드는 이레나의 결혼 준비에 관해 단 한 번도 물어본 적이 없었다.

원래대로 지참금을 내야 했다면 모르겠지만, 그마저도 생략이 되다보니 얼떨결에 알포드와 상의할 일이 남아 있지 않았다.

알포드는 눈부시게 아름다운 이레나의 모습을 잠시 바라보고 있다가 불쑥 안주머니에서 무언가를 꺼내 내밀었다.

이레나가 순간 의아한 표정으로 그것을 내려다보았다.

알포드의 손에는 붉은색의 보석함이 들려 있었는데, 그 안에 앙증맞은 진주 귀걸이 한 쌍이 고고하게 놓여 있었다.

가만히 그 귀걸이를 쳐다보던 이레나의 머릿속에 불현듯이 떠오르는 기억이 있었다.

"아, 이건……."

"그래. 네 어미의 물건이다. 결혼식 때에는 오래된 물건을 하나 가지고 있어야 한다지. 너에게 물려주라는 유언에 따라 오랫동안 간직했다."

"아버지……."

이레나는 조심스럽게 그 진주 귀걸이를 받아 들었다.

알포드는 무심한 눈동자로 그런 이레나의 모습을 바라보다가 말을 이었다.

"너는 이제부터 블레이즈가의 영애가 아니라 루퍼드 제국의 황태자비가 되는 것이다. 이 순간 이후부터 나조차 네게 말을 낮추는 일이 없겠지."

"……네."

"막중한 자리에 오른 만큼 잘해야 한다. 절대로 이 아비의 이름에 먹칠을 하지 말거라."

오늘 같은 날…… 조금은 더 다정한 말을 건네주셨으면 좋았겠지만, 이레나는 이미 이런 아버지의 성격에 대해 너무 잘 알고 있었다.

이레나가 굳은 눈동자로 고개를 끄덕이며 말했다.

"명심하겠습니다."

이레나는 이제부터 황태자비라는 위치에서 블레이즈 백작가의 멸문을 막아 낼 것이다.

그걸 누가 알아주든 말든 상관없었다. 중요한 것은 다른 누구도 아닌 자신의 손으로 모두를 지켜 낸다는 것이었으니까.

애초에 알포드가 이렇게 책임감을 얹어 주지 않아도, 이미 이레나의 어깨에는 충분히 많은 것들을 짊어지고 있었다.

알포드는 할 말을 다 끝냈다는 듯, 몸을 돌리면서 나지막이 말을 건넸다.

"그럼 식장에서 보자꾸나."

"네, 아버지."

그렇게 블레이즈 백작과, 블레이즈 영애로서 만나는 순간이 끝났다.

이제 결혼식이 끝나면 부녀지간이기 전에 이레나는 황태자비였고, 알포드는 황실의 제 4 기사단을 이끄는 단장일 것이다.

혼자 남은 이레나는 가만히 거울 속에 비친 자신의 모습을 바라보다가, 이내 알포드가 남겨 주고 간 진주 귀걸이를 조심스럽게 채웠다.

과거에 어머니가 아끼던 귀걸이였다. 괜스레 이 귀걸이를 끼고 있던 어머니의 모습이 생각나서 마음이 뭉클해졌다.

'어머니가 살아 계셨다면 좋았을 텐데…….'

이왕 시간을 되돌린 김에 어머니가 돌아가시기 전으로 갔다면 좋았을 걸 그랬다. 그럼 지금 이 모습을 보여 드릴 수 있었을지도 모르는데.

너무 오래전이라 이레나의 기억 속에서도 희미해진 어머니였지만, 그럼에도 다정한 말투는 여전히 뇌리에 남아 있었다.

—렌, 언제나 네가 옳다고 생각하는 길로 가려무나.

아직까지도 예전에 어머니가 남겨 주신 말씀이 마음속 깊숙하게 남아 이레나의 원동력이 되어 주고 있었다.

잠시 어머니와의 기억을 추억하고 있을 때였다.

바깥에서 쿵쾅거리는 발소리와 함께 미라벨의 들뜬 목소리가 들려왔다.

"언니 잠깐 안으로 들어가도 돼?"

"그래, 무슨 일이야?"

이레나의 대답에 미라벨이 방문을 활짝 열어젖히며 밝은 표정으로 말했다.

"황실에서 티아라가 도착했어!"

루퍼드 제국에선 황실과 관련된 중대한 결혼식이나, 그에 준하는 고위 귀족들의 결혼식에만 직접 티아라를 하사했다.

그렇기에 황태자비가 되는 이레나에게도 티아라가 내려온 것이었다.

황실에서 이렇게 티아라를 하사받는다는 것은 엄청난 영광이었기에 곧이어 마가렛조차도 눈을 빛내며 구경하러 왔다.

뚜벅뚜벅—

새하얀 제복을 차려입은 황실의 전령들이 한 치의 흐트러짐 없는 자세로 이레나에게 다가와 머리를 조아렸다.

"폐하께서 보내셨습니다. 부디 이 티아라로 결혼식을 더욱 빛내 주십시오."

투명한 보석들이 오밀조밀하게 박혀 있는 티아라는 한눈에 봐도 휘황찬란하기 그지없었다. 사방으로 반짝반짝 빛이 나는 게 눈이 부실 정도다.

이레나는 자신의 바로 앞까지 다가와 무릎을 꿇고 있는 전령에게서 우아한 손짓으로 티아라를 건네받았다.

"그리하겠습니다."

이레나의 짧은 대꾸에 무릎을 꿇은 전령들이 큰 목소리로 외쳤다.

"감사합니다. 비전하. 루퍼드 제국에 무한한 영광을—"

정식으로 결혼식을 치르기 전, 처음으로 들어보는 비전하라는 호칭이었다.

이레나조차도 갑작스러운 호칭에 살짝 놀란 눈빛을 해 보였지만, 그와 달리 주변에 삼삼오오 모여 있던 자들은 새삼 감탄한 얼굴이었다.

곧이어 주변에서 하나같이 함성을 내질렀다.

"우와아—"

이처럼 가문의 사람들에게 호응을 받으며 이레나는 다시 한 번 오늘이 자신의 결혼식 날이라는 것을 실감했다.

그렇게 결혼식의 마지막 준비가 모두 끝이 났다.

* * *

달그락, 달그락.

이레나는 온통 황금으로 만들어진 황실의 마차를 타고 결혼식이 치러질 벨루에 광장으로 향했다.

길거리마다 제국민들이 황금 마차를 향해 꽃을 뿌려 주며 오늘의 결혼식을 축하하고 있었다.

이레나는 이따금 마차의 창문 바깥으로 손을 흔들어 주며 제국민들에게 감사한 마음을 전했다.

그렇게 드디어 마차가 벨루에 광장에 도착하자, 이레

나는 생각보다 더 많은 인파가 몰린 것을 보고 깜짝 놀랄 수밖에 없었다.

모두가 마차 가는 길을 비켜 주었기에 통행에는 어려움은 없었으나, 길거리에서 구경하고 있는 다른 이들은 발을 디딜 틈조차 없을 것 같다고 생각될 정도였다.

'……아무리 황태자의 결혼식이라지만 이렇게까지 몰릴 줄이야.'

설리반은 병환으로 공식 석상에 모습을 드러내지 않은 지 꽤 오래되었다. 자연스럽게 제국민들의 관심이 칼라일에게 쏠리고 있다는 것을 보여 주는 단편적인 예였다.

이레나는 황금 마차에서 내리자마자 곧장 신부 대기실로 향했다.

어느새 결혼식을 치르기로 약속한 시간이 임박했기 때문이다.

그 전에 최종적으로 옷매무시를 가다듬고, 보라색 꽃으로 꾸며진 부케를 확인하며, 황실에서 하사받은 티아라 아래로 투명한 베일을 쓰는 시간이 주어졌다.

분명 계약 결혼이라는 걸 뻔히 알고 있는 상황임에도 이상하게 가슴이 뛰었다.

'결혼은 처음이라 그런가.'

그저 사람들에게 보여 주기 위한 결혼식이라는 걸 잘 알면서도 마음은 좀처럼 가라앉지 않은 채 콩닥콩닥, 뛰고 있었다.

막상 여기까지 도착하자 칼라일은 어떻게 하고 있는지 궁금해졌다.

루퍼드 제국에는 결혼식장에 들어가기 전에 신랑과 신부가 마주하면 좋지 않다는 미신이 있어서, 여태껏 칼라일을 만나지 못했다.

그는 과연 여기까지 잘 도착했는지, 혹시 자신처럼 떨고 있지는 않은지 자꾸만 생각이 났다.

그러던 찰나였다.

신부 대기실로 멀끔하게 제복을 차려입은 기사 한 명이 다가와서 블레이즈가의 하녀에게 조심스레 말을 건넸다.

"이제 나오셔야 합니다."

하녀는 그 말을 곧장 이레나에게 와서 전했고, 이레나는 이제 드디어 무대로 올라갈 시간이 다가왔다는 걸 깨달았다.

최대한 긴장한 티를 내지 않은 채, 이레나가 천천히 바깥으로 걸어 나왔다.

이레나의 아름다운 모습을 본 몇몇 사람들의 눈동자가 하나같이 커다랗게 뜨여졌다. 하지만 놀람은 잠시, 모두가 환호를 하며 오늘의 결혼식을 축하해 주었다.

이레나가 걷는 길목은 모두 새하얀 융단으로 깔려져 있

었는데, 가장 먼저 만난 사람은 바로 아버지인 알포드였다.

알포드가 칼라일이 있는 단상까지 데려다주기 위해 이레나를 기다리고 있었다.

이레나는 떨리는 손으로 알포드의 손을 잡고 결혼식장의 정중앙을 걸었다.

또각또각―

그런 이레나의 입장에 맞춰 고풍스러운 음악 연주가 흘러나오기 시작했다.

오늘의 주인공이자, 신부인 이레나의 등장에 하객들 모두가 일제히 자리에서 일어났다.

수많은 귀족들과 각 왕국의 사신들로 인해 이 넓은 벨루에 광장이 가득 차 있었다. 그뿐만 아니라 광장 밖에서 이 결혼식을 지켜보는 수많은 제국민들의 시선까지.

모두가 이레나의 아름다운 모습을 숨죽여 바라보며 경외와 찬사를 보내고 있었지만…….

정작 이레나의 시선을 온통 차지한 건, 버진로드의 끝에 서 있는 칼라일이었다.

칼라일은 그저 단순히 서 있는 것뿐인데도 마치 그림처럼 근사했다.

검은색의 턱시도가 새삼 놀라울 정도로 무척이나 잘 어울렸다. 정말이지 동화 속에나 나올 만큼 완벽한 신랑의 모습이었다.

어느덧 알포드의 에스코트를 받으며 칼라일의 바로 앞까지 도착했을 때였다.

스윽, 알포드는 천천히 이레나의 손을 칼라일에게 넘겨주며 나지막한 목소리로 말했다.

"잘 부탁드립니다. 전하."

"……그래."

칼라일은 과하다 싶을 정도로 베일 속에 가려진 이레나의 얼굴을 뚫어지게 쳐다보았다. 그 시선이 너무 강렬해서 이레나가 괜히 낯부끄러울 정도였다.

그렇게 누가 봐도 선남선녀인 두 사람이 주례자가 있는 단상 위로 함께 걸어갔다.

워낙 큰 광장이다 보니 그들이 걸어야 할 길이가 꽤 되었다.

그사이, 칼라일이 약간 가라앉은 목소리로 입을 열었다.

"내 예상보다 더 예쁘군."

"말씀만이라도 감사해요."

"빈말이 아니야. 그대는 가끔씩 꽁꽁 숨겨 두고 나 혼자만 보고 싶을 정도야. 남들과 공유하기엔 너무…… 아깝거든."

그 말에 긴장으로 굳어 있던 이레나의 얼굴이 살짝 붉어졌다.

무척이나 달콤한 말이었다.

그래서일까. 오늘따라 그 말이 참, 가슴 떨렸다.

오늘의 결혼식 주례는 대륙에서 가장 덕망 높은 대신관이 보게 되었다. 새하얗게 샌 머리카락과 수염, 그리고 입가에 달린 인자한 미소만 봐도 자애로운 느낌이 물씬 풍기는 사람이었다.

대신관이 입을 열었다.

"시작하기에 앞서 두 분의 결혼식을 진심으로 축하드리는 바입니다. 그리고 이곳에 참석해 주신 모든 여러분께 신의 은총이 깃들기를 기원합니다. 결혼이란 자고로 한 남자와 여자가 만나 가정을 이끌며……."

이레나는 전혀 집중이 되지 않는 주례사를 가만히 듣고 있었다.

그러다 문득 시선을 돌려보니, 칼라일이 옆에서 아직까지도 자신을 빤히 쳐다보고 있다는 사실을 알아차렸다.

'설마 버진로드에서부터 계속 나만 보고 있었던 거야?'

머릿속엔 설마라는 생각이 강하게 들었지만, 어쩐지 자신의 짐작이 틀리지 않을 것 같았다.

당연히 대신관을 쳐다보고 있어야 할 칼라일의 고개가 자신 쪽으로만 고정되어 있었다고 생각하자 왠지 모를 민망함이 밀려들었다.

마치 신부가 사랑스러워서 어쩔 줄 모르는 신랑의 행동처럼 느껴졌다.

그래서인지 칼라일의 눈빛에서부터 애정이 뚝뚝 흘러 넘치는 것 같았다. 이레나는 그 뜨거운 시선이 닿은 부위가 녹아서 흘러내릴 것만 같다는 착각이 들 정도였다.

그렇게 긴 시간이 흘러 대신관의 말이 이어졌다.

"신랑은 한평생 신부를 존중하고 아끼며, 사랑할 것을 맹세하겠습니까?"

그 질문에 칼라일은 한 치의 망설임도 없이 대답했다.

"맹세합니다."

대신관의 인자한 시선이 이번엔 이레나에게로 향했다.

"이번엔 신부에게 다시 묻겠습니다. 신부는 한평생 신랑을 존중하고 아끼며, 사랑할 것을 맹세하겠습니까?"

"……네."

"이로써 두 사람이 부부의 연으로 맺어졌음을 선포합니다. 신께서 두 분의 앞날에 끊임없는 축복을 내리시기를."

이레나가 절로 안도의 한숨을 내쉬며, 이제 드디어 끝난 건가 라는 눈빛으로 대신관을 바라보고 있을 때였다.

대신관이 마지막 남은 한마디를 내뱉었다.

"자, 그럼 맹세의 키스를—"

생각해 보면 결혼식의 마무리는 항상 키스였다. 당연

한 순서였는데 이레나는 지금껏 결혼식 준비에 바빠 그 것을 염두에 둔 적이 없었다.

예상치 못한 상황에 이레나가 놀란 눈빛으로 칼라일을 쳐다보았지만, 그녀와 달리 그는 무척이나 담담한 표정으로 서 있었다.

칼라일의 손이 천천히 이레나의 얼굴을 가리고 있던 베일을 들어 올렸다. 그러자 그녀의 아름다운 외모가 숨김없이 드러나 하객 쪽에서 뒤늦게 감탄하는 소리가 들려왔다.

묘한 열기를 머금은 칼라일의 푸른 눈동자가 서서히 이레나를 향해 가까이 다가오기 시작했다.

어차피 피할 수 없는 자리라는 걸 알았기에, 이레나는 두 눈을 질끈 감는 것으로 지금의 키스를 허락했다.

'……!'

곧 칼라일의 뜨거운 입술 감촉이 느껴졌다.

이레나는 당연히 입술끼리 닿고 마는 가벼운 입맞춤일 거라고 생각했는데…….

이제 끝났다고 생각하는 찰나, 갑자기 칼라일의 커다란 손이 이레나의 허리와 뒷목을 감싸 안으며 고정시켰다.

그리고는 녹아내리다 못해, 마치 잡아먹힐 것만 같은 강렬한 키스가 이어졌다.

너무나도 농밀한 입맞춤에 꽉 감고 있던 이레나의 두 눈이 놀라서 크게 뜨여졌다.

하지만 거기서 다시 한 번 심장이 쿵, 떨어질 수밖에 없었다.

칼라일의 가느다랗게 뜬 눈동자가 정확히 이레나를 바라보고 있었다.

그 집어삼킬 것 같은 시선에 정면으로 마주치자, 온몸이 옴짝달싹도 못 한 채 완전히 사로잡힌 것 같다는 착각이 들었다.

'……심장이 터지겠어.'

쿵쿵쿵쿵쿵.

가파르게 뛰는 심장 소리만큼이나 온 입 안이 얼얼하게 느껴질 정도로 숨이 막히는 키스였다.

그리고 그건 두 번의 생애 만에 경험하는 첫 키스였다.

* * *

결혼식의 하객석 쪽.

칼라일과 이레나의 키스를 지켜보던 젊은 소년이 저도 모르게 얼굴을 붉히면서 말했다.

"큼큼, 아무리 그래도 저건 너무 진한 거 아닌가."

옆에 앉아 있는 할아버지가 딱히 반응이 없자, 소년이 다시 한 번 입을 열었다.

"할아버지는 어떻게 생각해?"

"……뭐가 말이냐?"

"이 결혼 말이야."

"생각이랄 게 무어 있겠느냐. 우리와는 하등 상관이 없는 일인 것을."

"하지만 황태자 전하가 황제로 등극하면 정치의 판도가 많이 바뀔 텐데?"

"그래도 상관없다."

십 대 후반으로 보이는 젊은 소년은 차후 크라우스 상단을 이끌어갈 재목으로 촉망받는 해리였다.

그리고 해리의 옆에 앉은 노인은 그의 친할아버지이자, 현재 크라우스 상단을 이끌고 있는 총수 에반스 백작이었다.

에반스가 묘한 눈빛으로 저 멀리에 있는 칼라일과 이레나를 지켜보며 무심하게 말을 이었다.

"누가 황제가 되든 다 똑같을 뿐이야."

* * *

이레나는 멍했다. 한순간 머릿속에 결혼식이 치러지는 이 벨루에 광장에 얼마나 많은 사람들이 있는지 잊혀졌다.

오롯이 자신의 시야 안을 가득 메운 건, 불꽃같이 타오르는 칼라일의 푸른 홍채뿐이었다.

그렇게 잠시 후, 이레나의 입술을 집요하게 탐하던 칼라일의 뜨거운 입술이 떨어졌다.

이레나가 놀란 눈빛으로 그를 바라보며 잠시 얼어붙어 있는 사이, 칼라일은 그녀의 축축해진 입술을 슥 엄지로 닦아 주었다.

그 행동이 너무나 태연하게 느껴져서 순간 이레나의 붉은 눈동자가 떨렸다.

'대체…….'

이 남자는 무슨 생각인 걸까?

잠시 동안 멍해졌던 머릿속에 수많은 생각들이 쏟아졌다.

애초에 칼라일은 이레나의 생각과 달리 단순한 입맞춤으로 끝낸다는 선택지가 없었을지도 모른다. 그저 결혼식의 마지막은 당연히 진한 키스로 끝내야 된다고 생각했는지도 모르지.

어쩌면 이레나와 사랑하는 사이를 연출하기 위해서 이 정도는 해야 된다고 판단했을 수도 있었다.

칼라일의 심리를 추측하는 여러 가지의 생각들이 머릿속을 가득 채웠지만, 이 중에 무엇이 맞는 건지 알 방법이 없었다.

그때 문득 칼라일과 단둘이서 배를 타던 날, 그가 했던 말이 떠올랐다.

—내게 궁금한 게 있으면 뭐든 물어보라고. 다른 사람한텐 몰라도 그대에겐 전부 솔직하게 말해 줄 테니까.

이레나는 여전히 떨리는 눈동자로 칼라일을 쳐다보며, 그에게만 들릴 정도로 목소리를 낮춰 말했다.

"……지금 무슨 생각해요?"

칼라일의 푸른 눈동자 안에는 여전히 식지 않은 열기가 머물러 있었다.

그가 변함없이 일렁거리는 눈빛으로 이레나를 그윽하게 바라보며 대답했다.

"한 번 더, 하고 싶다는 생각."

"……!"

이레나의 붉은 눈동자가 조금 전보다 더욱 크게 뜨여질 때였다.

맹세의 키스를 마친 두 사람에게 우레와 같은 박수와 환호가 쏟아졌다.

"와아아아아—"

곧이어 펑 하고 터지는 커다란 소리와 함께, 파란 하늘을 수놓는 현란한 폭죽들이 나타났다.

이레나가 하객석을 바라보니 환한 표정으로 축하를 해주고 있는 미라벨, 그리고 복잡한 표정의 데릭 오라버니와 언제나처럼 근엄한 아버지의 얼굴들이 순차적으로 눈에 들어왔다.

그밖에도 아는 사람들이 많았다.

남부 지방 사교계에서 올라와 준 마리사와 그 측근들. 그리고 수도권 사교계의 실세인 스텔라와 무도회의 마돈나로 같이 뽑힌 적이 있던 율리아 후작 영애.

거기다 표독스러운 표정으로 째려보고 있는 엘렌과 사라의 얼굴까지.

이레나는 그제야 오늘이 바로 자신의 결혼식이라는 걸 다시 한 번 상기할 수 있었다. 마치 아주 잠깐 다른 공간에 들어갔다가 다시 현실로 빠져나온 느낌이었다.

칼라일은 정말 신묘한 남자였다. 오늘같이 벼르고 벼르던 날마저 귀신처럼 이레나를 홀리는 재주를 가지고 있었으니까.

다행히도 시간이 지나자 금방이라도 터질 것처럼 두근대던 심장 박동도 가라앉기 시작했다.

이레나는 혼란스러웠던 감정을 빠르게 갈무리하며, 하객과 제국민들을 향해 아무렇지 않은 척 손을 흔들며 인사했다. 그리곤 칼라일에게만 들릴 정도로 작은 목소리로 말을 건넸다.

"한 번은 허락했지만, 두 번은 안 돼요."

칼라일은 마치 곤란하다는 듯이 미간을 찡그리면서 피

식 웃었다.

“내 신부는 너무 빈틈이 없는 게 탈이로군.”

그 말에 이레나가 슬쩍 눈을 흘겼다. 정신을 바짝 차리지 않으면 칼라일의 페이스대로 휘둘려 버릴 것 같았다.

‘바람둥이가 확실해.’

그는 여자를 다루는 솜씨가 너무나 능숙해 보였다. 반면에 이런 경험이 없는 이레나로서는 방금 전과 같은 상황이 닥치면 저도 모르게 주춤거리고 말았다.

하지만 그래선 안 되었다. 어차피 키스보다 더한 것까지 하게 될지도 모른다고 이미 마음의 각오를 다진 상태다.

고작 이 정도의 스킨십에 지나치게 놀란 모습을 보여주고 싶진 않았다. 더구나 자신이 직접 허락한 키스이기도 했고, 정말로 어쩔 수 없는 상황이었던 것도 맞으니까.

이레나는 애써 화상을 입을 것만 같았던 뜨거운 첫 키스의 기억을 마음 한편으로 밀어 두었다.

지금은 그보다 먼저 해야 할 일들이 많았으니까.

‘황후와 2황자…….’

이레나의 선명한 붉은 눈동자에 황제 설리반과 황후 오펠리아, 그리고 그 뒤에 앉아 있는 2황자 레드필드의 모습이 비쳐졌다.

아직 상대해야 할 적들이 많이 남아 있었다.

이 자리에선 보이지 않았지만, 최종 보스 격이나 다름없는 미래의 반왕 파벨루크까지 말이다.

이레나는 결코 조금의 빈틈도 보여서는 안 됐다. 허점을 드러내는 순간 곧바로 목덜미를 물어뜯을 수많은 적들이 지금 바로 눈앞에 존재하고 있었으니까.

이제부터 저번 생에 다하지 못한 복수를 시작할 것이다.

이레나는 성대하게 치러진 결혼식이 끝난 후, 슬슬 자리를 이동하기 위해 발을 내딛는 순간이었다.

스윽, 칼라일의 손이 기다렸다는 듯 이레나에게로 향했다. 지금부터 이레나가 가는 길을 에스코트해 주겠다는 뜻이었다.

새삼 칼라일이 눈가를 누그러트리며 웃고 있다는 걸 깨달았다.

이레나가 의아하게 물었다.

"기분이 좋아 보이네요."

"당연한 걸 묻는군. 오늘이 우리의 결혼식 날이잖아."

계약 결혼이 시작되는 게 뭐가 그리 좋은지 이해가 되지 않았지만, 자신을 향한 칼라일의 온기 어린 시선이 싫지만은 않았다.

그렇게 이레나는 칼라일의 손을 잡고 서서히 결혼식이 치러진 벨루에 광장을 나섰다.

나오는 길에 힐끔 황후 오펠리아와 2황자 레드필드를 쳐다보다가, 다시금 칼라일을 빤히 올려다보며 말했다.

"당신 같은 파트너를 얻어서…… 저도 기분이 좋아요."

레드필드가 초대한 파티에 참석하고 난 뒤에 다시 한 번 느꼈다. 자신이 칼라일을 선택한 게 얼마나 잘한 일이었는지를.

앞으로 상대해야 할 적들이 셀 수도 없이 많았지만, 지금처럼 칼라일의 손을 잡고 같이 걸어간다면 아무리 어려운 역경이 닥쳐도 헤쳐 나갈 수 있을 것 같았다.

굳은 의지를 다지고 있는 이레나의 얼굴을 칼라일이 알 수 없는 눈동자로 바라보며 흐릿하게 웃었다.

"내 신부가 제법 기특한 소리를 하는군."

* * *

결혼식을 끝낸 이레나와 칼라일은 마차를 타고 다시 황궁으로 향했다.

방금 전 결혼식을 사람들에게 보여 주기 위한 일종의 쇼라고 표현한다면, 이제부터가 본격적인 정치의 시작이었다.

신부인 이레나는 아침부터 치장에 온 힘을 쏟느라 손님들을 제대로 맞이하지 못했지만, 지금부터 황궁에서 치러지는 피로연장에서는 달랐다.

루퍼드의 각 곳에서 올라온 수많은 귀족들과 주변 왕국들에서 온 사신까지 직접 만나는 중요한 자리가 될 것이다.

이레나는 황궁에 도착하자마자 다이아몬드로 만들어진 화려한 웨딩드레스를 벗고, 보다 심플하면서도 우아하게 제작된 이브닝드레스로 갈아입었다.

애초에 피로연장에서 입으려고 준비한 것이었으며, 앞에서 보기엔 여성스러움이 물씬 풍기는 단아한 드레스였으나 뒷면은 아찔한 등허리 라인이 그대로 드러나는 은근히 섹시한 스타일이었다.

또각또각—

피로연장에 참석할 준비를 마친 이레나가 서둘러 바깥으로 나오자, 그곳에는 이미 칼라일이 먼저 와서 기다리고 있었다.

그가 과감하게 드러난 이레나의 허리선을 유심히 바라보다가 약간 가라앉은 목소리로 말했다.

"이건 내 예상과 좀 다르군."

"왜요? 이번에도 남한테 보여 주기 아까워요?"

문득 결혼식장에서 칼라일이 한 말이 떠올라서 이레나가 장난스럽게 대꾸했다.

하지만 칼라일은 그런 농담에도 진지하게 고개를 끄덕거렸다.

"잘 아네."

그 말에 이레나는 풋 하고 웃음을 터뜨릴 수밖에 없었다.

왠지 이 상황이 우스웠다. 칼라일은 이런 칭찬 아닌 칭찬들을 정말로 진지하게 내뱉었다.

불현듯 그가 예전에 이레나를 본 사람들의 눈알을 파내고 싶어질 것 같다는 말을 한 기억이 떠올랐다.

이런 표현력은 정말이지 칼라일이라서 할 수 있는 것이었다.

"오늘이 결혼식 첫날이에요. 벌써부터 남편처럼 의상에 간섭하지 말아요."

이레나의 장난기 섞인 말투에 칼라일이 다소 누그러진 표정으로 대꾸했다.

"그대는 예쁘니까 뭐든 잘 어울려. 하물며 이런 드레스를 그대가 입었으니 당연히 눈이 부시게 아름답지."

낯부끄러워질 정도로 직설적인 칭찬을 칼라일은 아무렇지 않게 내뱉었다.

괜스레 듣고 있는 이레나가 얼굴이 붉어질 때였다.

칼라일이 자신보다 작은 이레나에게 슬쩍 고개를 숙이며, 귓가에 대고 조금 더 가라앉은 목소리로 속삭였다.

"하지만 가능하면 나와 함께 있을 때만 입어 줬으면 좋겠어. 아니면 내가 질투에 눈이 뒤집힐지도 모르겠거든."

"……?"

"내가 없는 자리에 그대가 이런 모습으로 다른 남성과 함께 있다면, 그자의 신변이 그렇게 평안하지만은 않을 테니."

그저 장난으로 넘기기엔 칼라일의 뒷말이 묘하게 살벌했다.

왜일까. 과거에 칼라일이 했던 말이 지금 이 순간 떠올랐다.

—……죽일 거야. 그대와 접촉했던 남자들 전부 다. 이 세상에 남자가 나 하나뿐이면, 그때는 그대가 나를 바라봐 주겠지.

칼라일은 만약 이레나가 바람을 피운다면 상대 남성을 모조리 죽이겠다고 말을 한 적이 있었다. 그런데도 이레나만은 건드리지 않겠다고 한 것이 이상할 정도로 기억에 남았다.

지금 이 순간이 그때와 비슷하게 느껴졌다.

이레나가 뭘 입고 다니든 간섭하지는 않겠지만, 그걸 본 다른 남성들은 가만히 내버려 두지 않겠다는 뜻처럼 말이다.

이레나는 물끄러미 칼라일을 올려다봤다.

'……장난이겠지?'

자신이 던진 농담을 이렇게 받아치는 것일 뿐이라 생각했다.

설마 정말로 그런 행동을 한다면 그건 이레나를 향한 지나친 소유욕이었다. 하지만 칼라일이 그렇게 자신에게 집착할 일은 없다고 여겼다.

이레나는 그저 가볍게 웃으면서 대꾸했다.

"그럼 앞으로 카릴은 저와 만나는 남성들을 관리하느라 바빠지시겠군요."

"오늘 그대를 보고 있자니 아무래도 그럴 것 같군."

칼라일의 말투 역시 가벼웠지만 그의 입가에 달린 미소에는 묘하게 음습한 그늘이 져 있었다. 하지만 이레나는 더 깊게 생각할 수가 없었다.

칼라일이 이레나의 손등에다가 입을 맞추며 예를 표했기 때문이다.

"모든 게 다 너무나 아름다운 그대 때문이야."

"카릴……!"

아무리 오늘부터 황태자비가 되었다곤 하지만, 이렇게 칼라일에게 정중한 대우를 받는 건 익숙해지지 않았다.

부부간의 존중은 필요한 것이었지만, 황실의 남자들은 자신의 권위가 실추될까 우려해 필요 이상의 행동은 하지 않았다.

하지만 칼라일은 헌신과 존경이란 의미가 담겨 있는

손등 키스를 이처럼 아무렇지 않게 하고 있었다.

이레나가 약간 놀란 눈빛으로 칼라일을 쳐다보고 있을 때였다.

그가 근사한 미소를 입가에 머금은 채 말을 이었다.

"그럼 슬슬 가 볼까."

이레나는 가만히 칼라일이 입을 맞춘 자신의 손등을 바라보다가, 곧이어 정신을 차리고 고개를 살짝 끄덕거렸다.

"네."

이제 주인공이 입장할 시간이었다.

*　　*　　*

칼라일과 이레나가 피로연장으로 다가서자, 입구를 지키고 있던 문지기가 허리가 휠 정도로 깍듯하게 인사를 하며 문을 열어 주었다.

끼이이익―

그리고 드러난 피로연장은 이레나의 준비대로 고급스럽게 꾸며져 있었다.

이레나는 혹시 차질이 생긴 부분은 없나 눈으로 훑어보았지만, 모든 게 다 계획대로 완벽하게 진행이 되고 있는 것 같았다.

두 사람의 등장에 이미 피로연장 안에 도착해 있던 많은 사람들의 시선이 쏠렸다.

가장 먼저 황제 설리반이 입을 열며 반겨 주었다.

"우리 아들 내외가 드디어 도착했군요."

짝짝짝!

그의 인사말에 맞춰 모든 사람들이 박수로 오늘 결혼식을 올린 두 사람을 열렬하게 환영해 주었다.

그 모습에 이레나는 싱긋 웃음을 지으며, 칼라일과 함께 설리반이 있는 곳으로 다가갔다.

황제인 설리반과 황후 오펠리아는 가장 상석에 앉아 있었고, 그런 그들과 나란히 마련된 주인공석이 보였다.

설리반은 이레나와 칼라일에게 주인공석 자리를 가리키며 부드러운 표정으로 말을 이었다.

"결혼 일정이 빠듯했을 텐데 수고 많았다, 며늘아가. 잠시라도 앉아서 쉬거라."

"네, 아버님."

그들 사이에 자연스럽게 오고 가는 '며늘아가'와 '아버님'이라는 호칭에 칼라일이 묘한 눈빛으로 이레나를 쳐다봤다. 하지만 이레나는 전혀 신경 쓰지 않은 채, 얼굴에 한가득 가식적인 미소를 짓고 있었다.

결혼식이 쇼였다면, 이곳은 연극 무대였다.

이레나는 공식적인 황태자비로서 참가한 이 첫 번째

피로연장에서 가능한 확실한 자리매김을 하고 싶었다.

곧이어 칼라일과 이레나가 오붓하게 자리에 앉자, 그 모습을 흐뭇하게 바라보고 있던 설리반이 다시 입을 열었다.

"자, 그럼 다시 시작하도록 하지."

"네. 폐하! 이번엔 프리그랑에서 온 사신단입니다."

젊은 관리의 말에 준비하고 있던 프리그랑의 사신들이 앞으로 다가와 깊게 허리를 수그리며 인사를 올렸다.

프리그랑에서 왔다는 말에 이레나의 눈빛이 절로 다가오는 이들에게 향했다.

원래부터 다른 왕국에서 온 사신단들에게 관심이 있었지만, 프리그랑은 그중에서도 유독 관심이 가는 곳이었다.

다름 아닌 미라벨 때문이었다.

언젠가 디자인에 재능이 있는 미라벨을 프리그랑으로 유학을 보내야 할지도 몰랐다. 이미 한 번 이런 이야기를 나눈 적도 있었고, 미라벨은 고민을 해 보겠다고 답을 했었다.

"제국의 황제 폐하와 황후 폐하, 그리고 황태자 전하와 비전하를 한자리에서 뵙게 되어 영광입니다. 루퍼드 제국에 무한한 영광을!"

프리그랑 왕국을 대표하는 사신은 머리를 한 갈래로 높이 묶은 단아한 미모의 여성이었다.

보통은 남자 사신단을 보내기 마련인데, 자유분방한 왕국답게 이례적으로 여성을 대표로 이곳까지 보낸 모양이었다.

패션의 선두 주자로 유명한 곳이라 그런지, 그녀는 평범한 드레스가 아닌 깔끔한 제복을 입고 있었는데 그마저도 이레나의 눈에 굉장히 마음에 들었다.

설리반이 말했다.

“여성의 몸으로 이 먼 곳까지 오느라 고생이 많았겠구나.”

“아닙니다, 폐하. 똑같은 신체를 가진 사람인데 성별이 무어 중요하겠습니까? 이렇듯 루퍼드 제국의 황제 폐하를 만나 뵙게 되어 가문의 영광일 따름입니다.”

말도 제법 야무지게 하는 모습이 이레나의 관심을 끌기 충분했다.

그녀는 곧이어 뒤편에 있는 다른 사람에게 눈짓을 주며, 프리그랑 왕국에서부터 가져온 선물을 설리반의 앞으로 내밀었다.

“이것은 저희 프리그랑 왕국에서만 취급하는 가장 귀한 원단입니다. 모쪼록 폐하의 마음에 드셨으면 좋겠습니다.”

“프리그랑에서 온 원단이라면 나보단 황후의 마음에 더 들겠구나.”

그 말에 황후 오펠리아는 부드러운 미소를 머금은 채 대답했다.

"아무리 작은 것이라 해도 폐하의 물건인데 소인이 어찌 탐하겠습니까. 나중에 선물로 하사해 주신다면 그때나 감사히 받겠습니다."

"하하하, 그 말 명심하게. 황후."

"당연하지요. 폐하."

겉보기엔 화목한 대화였지만, 묘하게 뼈가 느껴지는 내용들이었다.

프리그랑에서 온 여자 사신은 재빨리 눈치를 보면서 칼라일과 이레나를 향해 자연스럽게 말을 건넸다.

"결혼식을 축하드리기 위해 황태자 전하와 비전하의 선물도 따로 가져왔답니다. 부디 약소하지만 성의를 받아 주세요."

조심스럽게 건넨 선물은 설리반에게 보내는 것과 마찬가지로 프리그랑에서만 나오는 고급스런 원단이었다.

아무래도 프리그랑 왕국은 패션이 아니고선 딱히 특산물이 없었기에 이런 선물을 고른 것 같았다.

이레나는 따스한 표정으로 대꾸했다.

"감사히 받겠습니다."

친절한 이레나의 태도 때문일까. 한순간 프리그랑의 여자 사신과 허공에서 눈이 마주쳤다.

그러자 여자 사신이 황송하다는 듯 황급히 고개를 내릴 때였다.

설리반의 근처에 서 있던 젊은 관리가 다시금 입을 열었다.

"이번엔 카르테니아 왕국에서 온 사신단입니다."

수많은 왕국의 사신단이 도착해 있는 상황이어서 꾸물거릴 시간이 없었다. 프리그랑에서 온 여자 사신은 재빨리 허리를 굽히며 뒤로 물러났다.

곧 찢어지게 가난한 왕국으로 유명한 카르테니아의 사신이 앞으로 나왔다.

감각적이고 독특한 프리그랑 왕국의 복식에 비해, 카르테니아에서 온 사신들은 상대적으로 초라하기 그지없었다.

"위대하신 폐하와 영민하신 전하를 뵙습니다. 루퍼드 제국에 무한한 영광을."

새로운 카르테니아의 사신 역시 설리반에게 보내는 선물과 칼라일의 결혼식을 축하하기 위한 선물을 따로 가지고 왔다.

그렇게 끊임없는 축하 행렬이 이어졌다.

어느새 이레나와 칼라일의 앞에는 각 왕국의 사신들이 바치는 각양각색의 선물들이 수북하게 쌓여 있었다.

이레나는 새삼 다른 왕국들이 루퍼드 황실에 보내는

공물이 엄청나게 많다는 걸 깨달았다. 아마 여러 가지 이유가 있겠지만, 그중에 가장 큰 것은 바로 자신들의 왕국을 침략하지 말아 달라는 일종의 뇌물인 듯했다.

아주 오래전부터 루퍼드 제국이 벌인 전쟁은 셀 수 없이 많았다. 역대 황제들이 전부 피에 미친 악귀처럼 침략을 일삼다 보니, 사실 주변의 왕국들 중에 피해를 입지 않은 곳이 없었다.

이제껏 수많은 왕국들이 루퍼드 제국과의 전쟁에서 패배하고 몰락했다.

그걸 꾸준히 지켜봐 왔던 주변의 국가들에게 루퍼드 제국은 두려움의 상징이었다. 그 어디도 감히 루퍼드 제국이 가지고 있는 군사력을 따라오진 못했기 때문이다.

그나마 설리반이 통치하고 있는 루퍼드 제국은 평화로웠지만, 현 황태자로 책봉이 된 칼라일은 이전의 황제들처럼 패도적인 성향을 가지고 있었다.

다시금 피에 얼룩진 역사가 탄생할까, 노심초사하는 모습을 보이는 건 당연한 건지도 몰랐다.

하물며 칼라일에 대한 일화는 오히려 루퍼드 제국 안에서보다 변방에서 직접 부딪쳐 본 적이 있는 다른 왕국들에게 더 잘 알려져 있었다.

이레나는 계속해서 이쪽을 힐끔거리는 사신단들을 바라보며 생각했다.

'그래서 자꾸 쳐다보는 건가?'

각 왕국의 사신들은 설리반에게 가장 먼저 고개를 조아렸지만, 모두 하나같이 칼라일의 눈치를 살폈다.

이레나는 그 눈빛들에서 동일한 두려움을 읽었다.

이미 한 번의 생을 살아 본 이레나로서는 칼라일이 다른 왕국들에게 어떠한 평가를 받았었는지 익히 잘 알고 있었다.

그들이 가장 먼저 얘기를 했었다. 반왕 파벨루크의 반역은 황태자 칼라일이 살아 있었다면 실패했을지도 모른다고 말이다.

이레나가 새삼스러운 눈빛으로 칼라일을 쳐다보았다.

그 시선을 느낀 칼라일은 다른 이들을 보던 무심한 표정을 지우고, 부드럽게 눈가를 누그러트리며 웃었다.

곧 칼라일이 살짝 고개를 숙이며, 이레나의 귓가에 대고 속삭였다.

"왜 그렇게 보는 거지? 부인?"

조금은 장난스럽게 들리는 질문이었지만, 왠지 무척이나 낯간지럽게 느껴지는 말투였다. 아마 부인이라는 호칭 때문인지도 모르겠다.

칼라일의 급변한 분위기에 다른 왕국의 사신단들이 경악한 표정으로 이쪽을 바라보고 있는 게 확연히 느껴졌다.

이레나도 일부러 칼라일의 귓가에 대고 나지막이 대답했다.

"사신들이 자꾸 카릴을 훔쳐보는 것 같아서요."

그 말에 칼라일의 푸른 홍채가 순간 매섭게 변했다. 그가 사신단으로 온 자들을 하나하나 훑어보며 약간 가라앉은 목소리로 대꾸했다.

"저들이 마음에 들지 않는다는 건가?"

어딘가 살벌하게 들리는 그 질문에 이레나는 살짝 고개를 흔들었다.

"아니요. 그냥 신기해서 쳐다봤어요. 다들 카릴을 잘 아는 것 같아서요."

"몇몇은 본 적이 있는 것 같기도 하지만, 글쎄…… 나에 대한 소문을 들어 본 적이 있나 보지."

"하나같이 겁을 집어먹은 표정이던데, 소문의 내용이 아주 무시무시한가 보죠?"

이미 다 알고 있는 사실을 이레나가 농담 삼아서 물어볼 때였다.

잠시 멈칫한 칼라일은 곧바로 단호하게 부정을 했다.

"그렇지 않아. 나름대로 인정을 많이 베풀었다고 생각하는데…… 혹시 나에 대해 험담을 하는 놈이 있다면 알려 줘."

"왜요? 처리하려고요?"

한 번의 생을 살았던 이레나는 이미 칼라일이 어떠한 악명을 지녔는지 대충 알고 있었다.

하지만 칼라일은 그런 자신의 행적을 알리고 싶지 않은지 에둘러 표현했다.

"처리라니, 그저 잘 타이르려고 하는 것이지."

그 말에 이레나가 참지 못하고 작게 웃음을 터뜨렸다. 칼라일에게 두 번 타이름을 받았다간 정말 죽을지도 몰랐다.

그렇게 자기들끼리만 쑥덕거리는 두 사람의 다정한 모습을 주변의 많은 사람들이 신기하다는 듯이 쳐다보았다.

굳이 사신단뿐만이 아니었다. 루퍼드 제국의 귀족들은 물론, 그중에는 멀지 않은 곳에 앉아 있던 황후 오펠리아도 포함되어 있었다.

그 둘을 바라보는 오펠리아의 눈빛은 마치 무척이나 흥미로운 것을 발견한 것처럼 예리하게 빛났다.

* * *

결혼식을 축하하기 위해 찾아온 각 왕국의 사신단들에게서 대충 인사를 다 받았을 때였다.

처음보다 안색이 많이 안 좋아진 설리반이 조용한 목소리로 입을 열었다.

"난 잠시 쉬어야겠구나."

그 말에 칼라일과 이레나가 곧바로 자리에서 일어났다.

칼라일이 먼저 무표정한 얼굴로 대꾸했다.

"배웅해 드리죠."

"됐다. 주인공인 네가 빠져서야 되는 자리더냐."

설리반은 옆자리에 조용히 앉아 있는 오펠리아를 향해 능청스럽게 말을 건넸다.

"내 몸이 좋지 않으니, 아무래도 당신이 옆에 있어 줘야겠소."

"호호, 설마 폐하께서 사라지면 소인이 해코지라도 할까 봐 데려가시려는 건 아니겠지요?"

오펠리아는 부드러운 미소를 짓고 있었지만, 그 말투까지 다정하게 느껴지지는 않았다.

그럼에도 설리반은 익숙하다는 듯 전혀 아무렇지 않게 그 말을 받아쳤다.

"그럴 리가. 이런 나를 챙겨 줄 이가 당신밖에 없으니 하는 소리요."

"알겠습니다. 같이 들어가시지요."

오펠리아는 마치 어쩔 수 없다는 듯 미소 지으며 우아한 몸짓으로 익숙하게 설리반을 부축했다.

겉보기엔 하나도 이상하지 않은 상황이었지만, 왠지

그 분위기는 묘하게 험악했다.

그 둘을 가만히 지켜보고 있던 이레나가 나지막한 목소리로 인사를 건넸다.

"조심히 들어가세요. 아버님, 어머님."

설리반이 피식 웃으면서 대꾸했다.

"그래, 재밌게 놀거라. 며늘아가."

곧이어 이레나와 오펠리아의 시선이 마주쳤지만, 서로 품위 있게 고개를 까딱하는 것으로 인사를 대신하고 스쳐 지나갔다.

칼라일은 점점 멀어져 가는 설리반과 오펠리아의 뒷모습을 차가운 표정으로 쳐다보고 있을 뿐이었다.

황제 내외가 사라지자 이 피로연장에서 가장 높은 지위를 가진 사람은 자연스럽게 칼라일과 이레나가 되었다.

설리반이 의도하고 만들어 준 자리인지는 알 수 없었으나, 이레나는 얼떨결에 찾아온 이 기회가 나쁘지 않았다.

이제 이 피로연장에서 그 누구의 눈치를 볼 필요도 없어졌으니까.

"저를 보러 남부 지방에서 찾아와 주신 분들도 많이 계시던데, 저는 그럼 잠시 반가운 분들에게 인사를 드리고 오겠습니다."

칼라일도 이레나의 뜻을 알아차렸는지, 가볍게 고개를 끄덕이며 대답했다.

"그러도록 해. 나중에 볼일이 끝나면 내게로 와. 내가 아는 이들을 소개해 주지."

"알겠어요."

그렇게 이레나는 칼라일에게서 떨어져 나왔다. 상석에서 내려온 이레나에게 많은 사람들의 이목이 집중되었지만, 그녀는 가장 먼저 멀리 남부 지방에서 찾아온 마리사에게 다가갔다.

이레나가 환한 미소와 함께 먼저 말을 건넸다.

"홀렌드 부인, 제 결혼식까지 먼 길을 와 주셨군요."

"어머, 비전하!"

마리사의 호칭은 단시간 안에 크게 바뀌어 있었다. 역시 남부 지방 사교계의 실세답게 전혀 실수하지 않는 모습이었다.

재빨리 마리사와 그 측근들이 전부 고개를 숙이며 인사했다.

"제국의 비전하를 뵙습니다. 루퍼드 제국에 무한한 영광을."

이레나는 아직 이런 인사말에 익숙해지지 않았지만, 겉으로는 전혀 그런 티를 내지 않은 채 부드러운 미소를 지어 보였다.

어찌 됐든 남부 지방은 블레이즈 가문이 위치하고 있는 곳이었다.

앞으로 미라벨이 돌아가게 되더라도 마리사의 도움이 많이 필요할 테고, 블레이즈 가문을 위해서라도 남부 지방의 귀족들과 친분을 유지하는 건 나쁘지 않았다.

남부, 동부, 서부, 북부, 그리고 중앙의 수도권.

루퍼드 제국은 이렇게 크게 다섯 가지의 지역으로 나뉘었다. 가장 먼저 고향이나 다름없는 남부 지방을 장악하는 건 당연한 수순이었다.

마리사가 말했다.

"아까 결혼식장에서 비전하의 웨딩드레스를 보고 저희가 다 놀랐지 뭐예요. 혹시 실례가 안 된다면 어느 의상실에서 맞추셨는지 여쭤도 될까요?"

웨딩드레스는 여자들의 가장 큰 관심거리였기 때문에 이 질문이 나올 거라 이미 예상한 터였다.

이레나는 친절하게 대답해 주었다.

"웨딩드레스는 수도에 있는 앤코 의상실에서 맞췄어요. 제 동생이 디자인이 소질이 있어서 아이디어도 많이 냈고요."

"어머, 그때 뵈었던 레이디 미라벨 말씀이신가요? 어린 나이에 대단하시네요."

마리사가 일부러 더 추켜세워 주는 게 느껴졌지만, 이

레나는 짐짓 아무것도 모르는 척 입가를 가리고 웃음을 지었다.

높은 자리에 올라온 이상, 사람들의 아첨이 따르는 건 당연한 일이었다.

마리사와 같이 서 있던 귀부인은 정말로 궁금했는지 조심스럽게 질문을 던졌다.

"웨딩드레스의 디자인도 단연 으뜸이셨지만, 전체적으로 범상치 않아 보이던데……."

"아! 사실 그게 말이죠. 저는 극구 사양을 했는데도 불구하고…… 전하께서 웨딩드레스에다 다이아몬드를 장식으로 박아 주신 거예요."

이레나는 곤란하다는 표정을 지으면서도 일부러 은연중에 자랑을 늘어놓았다.

이왕 큰돈을 들여서 만든 웨딩드레스인데, 이런 곳에라도 써먹어야지 그나마 아깝지 않을 것 같았다. 그리고 무엇보다 틀린 말도 아니었고 말이다.

질문을 던진 귀부인이 경악한 눈동자로 재차 입을 열었다.

"다, 다이아몬드요? 그럼 그 수많은 장식들이 전부 다 진짜 보석이란 말씀이신가요?"

"네. 그렇게 되었네요."

"어머나, 세상에!"

그 말을 옆에서 듣고 있던 마리사도 새삼 부러운 눈빛으로 이레나를 바라보며 입을 열었다.

"역시 비전하께서 황태자 전하의 사랑을 독차지하고 계신가 봐요. 이번에 소문으로 들었어요. 황태자 전하가 결혼식에 지참금도 거부하시고 받지 않으셨다고 하더라고요."

주변에서 그 소문이 진짜냐는 듯, 눈을 빛내며 쳐다보는 시선들이 느껴졌다.

이레나는 부끄러운 표정을 지으면서도 슬쩍 고개를 끄덕거렸다.

"네, 전부 사실이에요. 저야 전하께 정말 감사할 따름이죠."

지금까지 반신반의했던 귀족들이 절로 놀란 표정을 지으면서 감탄사를 내뱉었다.

"어머, 황태자 전하께서는 정말로 로맨티시스트인가 봐요."

"부러워요, 비전하. 두 분은 정말 하늘이 맺어 준 인연 같으세요."

이레나는 최대한 행복한 표정을 지어 보이며, 사랑하는 사람과 결혼해서 너무나 기뻐하는 새색시의 역할에 충실했다.

사실 이레나는 본래 이렇게 남들에게 자랑을 늘어놓는

걸 그다지 좋아하지 않았다. 본인이 즐겁기만 하면 됐지, 꼭 그걸 남들에게 드러내 놓을 필요가 있나 싶었기 때문이다.

행복은 누군가와 경쟁을 하는 것이 아니었다.

저마다 원하는 행복이 다르고, 본인의 삶에 만족하는 것만이 오히려 즐겁게 살아갈 수 있는 길이라고 믿었으니까.

하지만 그건 이레나의 원래 성격이었고, 황태자비가 되어 정치를 하려면 모든 걸 그렇게 꽁꽁 감추기만 해서는 안 되었다.

칼라일이 자신에게 쏟는 애정도 드러내야 했으며, 무엇보다 부족하지 않은 재력을 과시하며 권력에 점점 다가서야 했기 때문이다.

돈이 많은 것도 하나의 힘이었다.

칼라일이 준 많은 드레스와 보석들 덕분에 현재 이레나는 개인적으로 가지고 있는 재산도 상당히 많은 상태다.

이제부터는 이 많은 재산들을 어떻게 효과적으로 사용할지에 대해 고민해 봐야 했다.

이레나가 차분한 목소리로 말했다.

"그동안 홀렌드 부인에게 많은 도움을 받았어요. 보답하는 마음으로 이번에 프리그랑에서 받은 귀한 원단을 보내 드리고 싶은데 부디 거절하지 말아 주세요."

각 왕국에서 받은 결혼 선물들은 사실상 조공이나 다름없었다. 말만 선물이라고 포장할 뿐, 친분이 있는 사이끼리 주고받는 통상적인 선물과는 엄연히 달랐다.

그래서 황제 역시 각 왕국에서 받은 물건들을 결혼식에 도움을 준 귀족들에게 쉽게 하사품으로 내려 주곤 했다. 이번에 이레나가 받은 프리그랑의 원단도 다른 이에게 선물로 준다고 해서 전혀 흠이 되는 부분이 아니었다.

오히려 이레나의 몫을 양보해 준다는 느낌이라 받는 사람에겐 더없이 귀한 선물로 느껴질 뿐이었다.

"비전하, 어찌 그렇게 귀한 물품을……!"

마리사는 정말 이런 상황을 한 번도 상상해 본 적 없는 듯 깜짝 놀란 표정을 지어 보였다.

하지만 이건 이레나의 진심이었다. 그동안 남부 지방에서 생활하면서 마리사의 배려에 고마웠던 적이 많았다.

은혜보단 복수를 먼저 갚아야 하는 처지였지만, 가능하다면 좋은 감정도 똑같이 되돌려 주고 싶었다.

"다음에는 제가 선물한 원단으로 만든 드레스를 입고 황궁으로 한번 놀러 오세요."

"정말로 감사합니다, 비전하."

마리사는 진심으로 감격한 표정이 되었고, 주변에서는

마리사와 이레나의 관계를 부러운 눈빛으로 쳐다보았다.

이레나는 이번 일이 남부 지방의 실세인 마리사에게 조금이라도 도움이 되었기를 바랐다. 황태자비와 친분이 있는 사이라는 건 꽤나 좋은 배경이 될 테니까.

이렇게 마리사와 충분한 인사를 마친 이레나가 다시금 자리를 이동하기 위해 입을 열었다.

"그럼 나중에 또 봐요."

"네, 네! 비전하!"

처음보다 더욱 정중해진 마리사의 인사를 받으며, 이레나는 또 다른 귀족들을 만나기 위해 피로연장을 걸었다.

이미 주변에서는 방금 전 이레나가 한 말이 빠르게 퍼져 나갔는지, 그녀가 결혼식에서 입은 웨딩드레스에 대해 열띤 대화가 오가고 있었다.

간간이 들려오는 그 대화 소리를 들으며, 이레나가 흡족한 표정을 짓고 있을 때였다.

문득 이레나의 눈에 생각지도 못한 인물이 들어왔다.

'저건…….'

밝은 초록빛깔 드레스에 한껏 치장을 한 예쁘장한 영애, 바로 엘렌이었다.

이미 결혼식장에 그녀가 앉아 있는 모습도 힐끗 본 적이 있었기에 피로연장에 나타난 것이 크게 의아한 상황은 아니었다. 셀비 후작가는 꽤나 힘 있는 권력가라서 참석하는 것이 당연했다.

잠시 엘렌을 쳐다보고 있던 이레나는 곧바로 그쪽을 향해 걸어갔다.

바닥에서 또각또각, 울리는 구두 소리가 점점 가까워져서일까?

술에 잔뜩 취한 듯 보이는 엘렌이 문득 이레나를 발견하곤 눈을 크게 떠 보였다. 그리곤 이내 못마땅하다는 표정으로 이맛살을 찌푸렸다.

엘렌의 강한 적개심이 뻔히 보였지만, 이레나는 신경쓰지 않은 채 그녀에게로 다가갔다.

"오랜만이네요, 셀비 영애."

나름 트집이 잡히기 싫었던 건지, 엘렌은 내키지 않는 표정을 지으면서도 이레나를 향해 정중한 인사를 건넸다.

"제, 제국의 비전하를 뵙습니다. 루퍼드 제국에 무한한 영광을."

"이번에 황후 폐하의 황궁 시녀가 되었다고 들었어요."

"아, 네. 맞아요."

그 황궁 시녀라는 단어에 엘렌의 얼굴이 살짝 득의양양하게 변했다.

이레나는 그 모습에 실소를 머금은 채 나지막이 말을 이었다.

"축하할 일이네요. 다신 사교계에 얼굴도 못 들고 다닐 줄 알았는데 영애에겐 구명줄이 내려온 것이나 다름없을 테니까요."

"……!"

"그러니 마지막으로 경고하는데, 그 구명줄 잘 붙잡고 있어요. 한 번만 더 나를 음해하려고 했다간……."

이레나가 슬쩍 엘렌에게 몸을 밀착하며, 그녀에게만 들릴 정도로 작게 속삭였다.

"이번엔 정말 봐주지 않을 거거든요."

이레나는 갑자기 엘렌이 황후의 황궁 시녀가 된 것이 여러 가지로 의심스러웠다.

이미 두 사람은 서로에게 좋은 관계가 아니었다.

이레나는 엘렌 덕분에 매일 밤 남자를 갈아 치우는 엄청난 색녀라고 오해를 받을 뻔했고, 엘렌도 현재 이레나를 시기해서 그녀의 얼굴을 망가뜨리려 한 악녀라고 소문이 퍼져 있었다.

물론 이레나는 억울한 모함을 당한 것이었고, 엘렌은 조금 과장은 됐을지 모르나 있는 사실 그대로였다.

하지만 결과적으로 이미 지나간 일이었다.

당시에 칼라일에게 말했듯 가능한 셀비 후작가와 척을 지고 싶지 않았다. 그건 칼라일이 황위를 물려받는 데 도움이 되는 일이 아니었으니까.

하지만 계속해서 이레나를 건드리려고 한다면 더 이상은 봐줄 수 없었다.

언제까지나 기어오르려고 하는 것을 그냥 내버려 둘 수는 없는 노릇이었으니까.

원래대로라면 칼라일이 황제가 되고 난 후에 못다 갚은 원한을 돌려주려 했지만, 엘렌이 여기서 멈춘다면 이레나 또한 아량을 베풀 생각이었다.

그러니까 이건 한마디로 이레나가 던지는 최종통보였다.

"내 말, 잊지 말고 명심해요."

이레나는 당당한 표정으로 싱긋 웃어 보이곤, 바로 몸을 돌려 다른 방향을 향해 걸어갔다.

곧이어 이레나의 눈에 근처에서 숨죽인 채 지켜보고 있던 사라의 얼굴이 들어왔다.

남부 지방 티 파티에서부터 엘렌의 옆에 찰싹 붙어 있던 사라였기에 그녀의 얼굴을 모르지 않았다. 가끔은 엘렌보다 사라가 더 얄밉게 보일 때도 있었으니까.

눈이 마주친 사라가 서둘러 이레나에게 고개를 숙이며 인사를 하려고 하는 찰나였다.

이레나가 나지막한 목소리로 경고를 내뱉었다.

"어디가 더 이득인지, 줄을 잘 보고 서는 게 좋을 거예요."

그리고 이레나는 그대로 사라를 지나쳐서 피로연장의 중심으로 걸어갔다.

사라는 딱딱하게 굳은 얼굴로 그런 그녀의 뒷모습을 쳐다보고 있을 뿐이었다.

챙그랑!

혼자 남겨져 있던 엘렌이 시뻘겋게 달아오른 얼굴로 서 있다가, 결국 부들부들 떨리는 손으로 들고 있던 술잔을 놓치고 말았다.

덕분에 완전히 깨어진 유리 파편들이 사방으로 튀었다.

주변에서 수군거리며 엘렌과의 거리를 벌렸지만, 정작 엘렌에게는 지금 그런 모습들이 전혀 눈에 들어오지 않았다.

으드득, 엘렌이 분노에 찬 표정으로 이빨을 갈았다.

이레나가 다음으로 찾아간 사람은 바로 수도권 사교계의 실세라 불리는 스텔라였다.

부득이하게 엘렌을 상대하기 위해 스텔라의 숨겨진 아들을 약점으로 잡았다. 그로 인해 스텔라는 어쩔 수 없이 잠재적인 적으로 분류할 수밖에 없었다.

입장 바꿔 생각해 보면 스텔라의 치명적인 약점을 쥔 이레나가 이렇게 버젓이 황태자비가 되었는데, 그녀의 속이 좋지만은 않을 것이다.

그렇게 스텔라가 있는 장소에 찾아가 보니, 그곳엔 이 피로연장에서 가장 많은 귀부인들이 자리하고 있었다.

이레나가 가까이 다가온 것을 눈치챈 스텔라가 뜻밖에도 환한 미소를 지으면서 반겨 주었다.

"어머, 비전하가 직접 이곳까지 행차해 주셨네요."

스텔라의 말에 수도권 다른 귀부인들의 시선이 더욱 집중되었다.

곧 이레나를 본 모두가 약속이라도 한 것처럼 입을 모아 인사를 올렸다.

"제국의 비전하를 뵙습니다. 루퍼드 제국에 무한한 영광을."

마주치는 사람마다 이렇게 인사를 해대니, 이레나는 무척이나 어색한 기분이었지만 이번에도 아무렇지 않은 척 미소 지을 뿐이었다.

"네, 반가워요. 전 비비아나 백작 부인을 찾아왔는데 여기에 다 계셨군요."

"어머나, 비전하께서 저를 찾으실 줄은 몰랐네요. 저는 잠깐 비전하와 담소를 나누고 다시 합류하겠습니다."

스텔라는 일말의 당황하는 기색도 없이 천연덕스러운 표정으로 대꾸했다. 아니, 오히려 의미심장한 말투가 마치 이레나와 친분이 있는 것처럼 느껴질 정도였다.

주변의 귀부인들이 깔깔깔 웃으며 두 사람을 배웅했다.

“네, 다녀오세요. 부인.”

“비전하, 오늘 결혼식 축하드려요.”

각자 한마디씩 내뱉으니 순식간에 왁자지껄해졌지만, 이레나와 스텔라는 그저 옅은 미소를 지으면서 그들의 말을 받아 줄 뿐이었다.

그렇게 두 사람은 인적이 드문 야외 테라스로 나왔다.

벌써 해가 진 시간이었지만, 봄이라 그런지 선선한 바람이 부는 게 딱 좋은 날씨였다.

다행히도 야외 테라스에는 다른 사람이 없었기에 단둘만이 남을 수 있었는데, 그럼에도 스텔라는 여전히 얼굴에 사람 좋은 미소를 짓고 있었다.

“비전하, 무슨 일로 저를 보자고 하셨나요?”

너무나도 태연한 행동에 오히려 이레나가 의아하게 느껴질 정도였다.

마치 저번에 이레나가 협박했던 만남이 완전히 기억에서 사라진 것 같다는 착각을 불러일으켰다.

어떤 말로 대화를 시작할지 고민하던 이레나는 결국 단도직입적으로 묻기로 결심했다.

“저를 이렇게 반겨 주실 줄은 몰랐군요.”

“제가 비전하를 반가워하면 안 되는 이유라도 있나요?”

오히려 적반하장으로 느껴질 법한 질문이었다.

이레나는 대체 스텔라가 무슨 생각을 하고 있는지 궁금했기에 다시금 질문을 던졌다.

"아무래도 우리의 첫 만남이 좋지만은 않았으니까요. 그렇지 않나요?"

"그건 이미 비전하께서 함구해 주시겠다고 약속을 해 주셨기에 저는 잊기로 했어요."

이레나는 오히려 적개심을 드러내지 않는 상대가 더 무섭다는 것을 다시 한 번 몸소 깨달았다.

역시 수도권 사교계의 실세라 불리는 여자의 처세술은 뛰어났다.

스텔라는 대놓고 이레나에게 적의를 표현해 봤자 자신에게 이득이 되는 게 하나도 없다는 것을 이미 알고 있는 것이다.

'하지만 날 경계하지 않을 리는 없지.'

누구라도 마찬가지였다. 감추고 싶은 비밀을 알고 있는 상대가 편할 리는 없었으니까.

이레나의 머릿속에는 문득 그런 문구가 떠올랐다.

'아군은 가까이. 적군은 더, 가까이.'

스텔라는 어쩌면 꺼림칙한 상대인 이레나를 더 가까이에 두려는 수작인지도 몰랐다. 하지만 그건 이레나도 마찬가지였다.

스텔라를 이대로 내버려 두기엔 찝찝했다. 하지만 그렇다고 아무런 움직임도 보이지 않은 스텔라를 먼저 건드릴 수도 없어서 이번 기회에 그녀의 심정을 떠보려고 했는데…….

스텔라는 생각보다 훨씬 고수였다.

그리고 그게 이상하게도 이레나는 마음에 들었다.

언제 뒤통수를 칠지 모르는 사람이었지만, 생각해 보면 누구라도 완벽한 믿음을 가지고 시작하는 관계는 없었다.

이레나는 일단 스텔라를 곁에 두기로 결심했다. 가능하다면 자신의 사람으로 만들고 싶었다.

"혹시나 비비아나 부인이 불안해하진 않을까 신경이 쓰였는데, 오히려 저를 믿어 주신다고 표현해 주시니 제 마음이 한결 놓이는군요."

"당연한 말씀입니다. 이 대륙에서 루퍼드 제국의 황태자비를 믿지 못할 사람은 없지요. 저 역시 혹시라도 비전하께서 저를 꺼리실까 봐 염려했는데 참으로 다행입니다."

적절한 아첨이 섞인 듣기 좋은 말이었다.

이레나는 만약 루퍼드 제국이 프리그랑 왕국처럼 자유분방했다면, 스텔라도 다른 왕국으로 파견을 보내야 했을지도 모른다고 생각했다.

그만큼이나 재능이 아까웠다.

어찌 됐든 이레나는 당장 이 자리에서 스텔라의 본심을 알아내기란 어렵다고 판단했다.

스텔라는 표면적으로 이레나에게 순종하고 있었고, 이레나 또한 그런 스텔라를 내칠 생각이 없었으니까.

이레나가 부드러운 미소를 머금으며 말을 이었다.

"서로 마음이 통한다니 좋군요. 오늘 피로연이 끝나고 언제 한 번 황궁으로 와 주세요. 제가 직접 초대장을 보내 드리겠습니다."

"어머, 영광입니다. 비전하."

두 사람 모두 자신의 본심을 숨긴 채, 서로에 대한 염탐을 하고 있는 상황이었다.

그리고 우습게도 둘 다 그러한 사실을 눈치채고 있었지만, 애써 아무것도 모르는 척 연기를 하고 있다는 것이다.

그렇게 스텔라와의 짧은 만남을 끝낸 이레나가 다시 실내의 피로연장으로 들어섰다.

뒤따라 나온 스텔라가 곧이어 이레나를 향해 꾸벅, 인사를 하며 입을 열었다.

"그럼 나중에 또 뵙겠습니다. 비전하."

"그래요, 부인."

이레나와 헤어진 스텔라는 다시 귀부인들과 함께 있던 장소로 돌아갔다.

이레나는 그 뒷모습을 물끄러미 쳐다보고 있다가 이번엔 피로연장에서 누구를 만나러 갈까, 고민하고 있을 때였다.

어느새 이레나를 향해 조금씩 가까워지는 발걸음 소리가 들려왔다.

이레나는 곧바로 그 인기척을 알아차렸지만, 너무 빨리 눈치채면 혹시라도 수상하게 여길까 봐 모르는 척을 하고 있었다.

곧이어 발소리가 근처에서 멈추더니, 자신을 부르는 맑은 목소리가 들려왔다.

"비전하, 다시 뵈어 반갑습니다."

그 말에 뒤늦게 고개를 돌려보니, 조금 전에 프리그랑 왕국에서 왔다는 여자 사신이 서 있었다.

이레나 또한 인상 깊었던 사람이었기에 곧바로 알아볼 수 있었다.

"아, 당신은……."

"전 로그 애쉬모어라고 합니다."

단정한 제복을 입고 있는 로그의 모습을 바라보다 이레나가 물었다.

"애쉬모어 경이라고 부르면 될까요?"

로그가 기사인지는 알 수 없었지만, 최소한 검술을 익힌 여자라는 건 확실했다. 몸에 배어 있는 자세만 보더라도 충분히 짐작할 수 있는 부분이었다.

"아닙니다. 그냥 로그라고 불러 주세요. 비전하."

초면에 이름을 허락하는 건 꽤나 친해지고 싶다는 뜻이나 다름없었다.

"그러죠, 로그."

하지만 이레나는 그걸 거절하지 않고 수락했다. 다른 왕국의 사신들에 대해서도 관심이 많았지만, 그중에서 특히 프리그랑 왕국은 미라벨 때문이라도 친분을 가지고 싶었기 때문이다.

이레나의 흔쾌한 허락에 로그의 표정이 조금 밝아졌다.

"결혼식장에서도 뵈었지만 비전하는 정말로 아름다운 분이신 것 같습니다. 식장에서 입고 계신 웨딩드레스도 진심으로 감명 깊게 보았어요."

"과분한 칭찬에 몸 둘 바를 모르겠군요. 웨딩드레스는 제 동생이 디자인에 재능이 있어서 아이디어를 많이 내준 작품이에요."

"아, 동생분이 뛰어난 재능을 가지고 계시군요."

로그의 칭찬에 괜스레 이레나의 기분이 좋아졌다. 이제는 황태자비라는 직책 때문에 자제를 하려고 했는데, 누구라도 미라벨을 칭찬해 주면 제 일처럼 기쁜 건 어쩔 수 없었다.

이레나가 희미한 미소를 지은 채로 입을 열었다.

"그런데 혹시 제게 따로 하실 말이 있는 건가요?"

"아, 사실 프리그랑 왕국에서 비전하께 바친 원단을 다른 귀부인께 선물하셨다는 얘기를 들었습니다."

이레나는 그 원단을 남부 지방의 마리사에게 주겠노라 약속했다. 벌써 그 얘기가 퍼졌다니 사람들의 입이 참 빠른 것 같았다.

이레나가 살짝 고개를 끄덕이자, 로그가 조심스럽게 말을 이어 나갔다.

"그래서 제가 가지고 있는 다른 원단을 비전하께 선물로 드리고 싶습니다."

"제게요?"

"네, 비전하. 부디 기쁘게 받아 주셨으면 합니다."

모든 왕국이 그러하듯, 로그도 어차피 국가 대 국가로 보낸 선물은 다른 귀족들에게 하사품으로 많이들 내린다는 것을 알고 있었다.

하지만 이렇게 개인적인 만남을 약속하고 건네는 선물의 의미는 완전히 달랐다.

그 말을 들은 이레나의 붉은 눈이 기묘하게 빛났다.

사람의 관계라는 게 어찌 보면 참으로 단순하기 짝이 없었다.

누군가에게 무언가를 받으면, 그만큼 되돌려 준다. 정

치의 기본은 '기브 앤 테이크'라는 짧은 말로 설명할 수 있었다.

'과연 로그는 내게 원단을 주고, 무엇을 가져가고 싶은 걸까?'

이레나는 궁금증이 들었다. 그래서 로그의 제안을 거절하지 않고, 일단 이야기나 한번 들어 보자는 심정이었다.

"로그가 주는 성의를 거절할 수는 없지요. 그럼 사신단이 떠나기 전에 황궁으로 한번 부르겠습니다."

"네, 감사합니다! 비전하!"

로그는 제법 긴장하고 있었던 모양인지 안도하는 기색이 역력했다.

이레나가 그 모습을 호기심 어린 눈빛으로 바라보고 있을 때였다.

'아!'

문득 이레나의 시야 안에 미라벨이 들어왔다.

가족들도 당연히 피로연장에 참석했을 거라고 생각은 했지만, 어디에 있는 건지 보이지 않아서 내심 찾고 있던 중이었다.

이레나는 서둘러 미라벨을 향해 발걸음을 옮기며, 로그에게 작별의 인사를 남겼다.

"그럼 다음에 보죠."

"네, 비전하. 루퍼드 제국에 무한한 영광을—"

로그의 깍듯한 인사를 받으며 이레나는 순식간에 미라벨이 있는 곳으로 다가갔다.

미라벨은 누군가와 함께 신나게 수다를 떨고 있는 중이었다.

이레나가 먼저 입을 열었다.

"미라벨!"

그 소리를 들은 미라벨이 고개를 돌리더니, 곧 이레나를 발견하고 햇살 같은 미소를 지어보였다.

"아, 언니! 아니, 비전하!"

아직 적응이 되지 않았는지 미라벨이 서둘러 이레나의 호칭을 바꾸곤 '헤헤' 하고 웃었다.

그 모습이 너무 사랑스러워서 이레나는 저도 모르게 미소를 머금을 수밖에 없었다.

"지금까지 어디 있었어?"

"아, 글렌 언니랑 같이 구경하고 있었어."

"글렌?"

그러고 보니 미라벨의 옆에 있는 여자는 이레나도 익히 잘 아는 얼굴이었다. 숱이 많은 붉은 머리카락에 주근깨 가득한 얼굴.

과거로 돌아온 지 얼마 되지 않았을 때, 사촌인 글렌의 결혼식을 핑계로 블레이즈가를 빠져나왔는데 그때 결혼한 그녀가 직접 찾아온 것이었다.

"맙소사, 글렌. 여기까지 거리가 꽤 멀었을 텐데 어떻게 온 거야?"

이레나의 말에 글렌이 순박한 미소를 머금으며, 재빨리 고개를 숙여 인사를 건넸다.

"비전하를 뵙습니다. 루퍼드 제국의 무한한 영광을."

"우리 사이에 이런 인사는 생략해도 돼."

"제 결혼식 때 이레나 언니가 보내 주신 미용사 때문에 정말 많은 도움을 받았어요. 당연히 저도 언니의 결혼식에 참석해야죠. 아니, 비전하."

가족들은 아직까지 이레나의 신분이 적응되지 않는지, 호칭을 뒤섞어서 불렀는데 그 모습이 왜 이리 정겹게 느껴지는 건지 모르겠다.

이레나는 지금까지 정치적인 인물만 만나다가, 이렇게 가족들을 만나니 얼마나 반가운지 말로 다 표현할 수 없을 정도였다.

"수도까지 오느라 고생 많았어. 둘 다 저녁 식사는 한 거야?"

가장 맏언니인 이레나는 미라벨과 글렌을 바라보며 이것저것 챙겨 주기 바빴다.

잠시 가식적인 황태자비의 모습은 벗어던지고, 진짜 이레나가 되는 시간이었다.

*　　*　　*

칼라일 역시 여러 사람들에게 둘러싸여 있었지만, 얼마 지나지 않아 모두를 물리치고 혼자만의 시간을 가지고 있었다.

그 특유의 카리스마 때문인지 아무도 접근하지 못했는데, 그런 칼라일의 곁으로 한 개의 그림자가 가깝게 다가왔다.

누군가의 기척을 느낀 칼라일이 고개를 돌리자, 거기에는 이미 이전에 한 번 마주친 적이 있는 익숙한 얼굴이 자리하고 있었다.

바로 이레나의 오라비인 데릭이었다.

"여기서 뭐 하십니까? 전하."

칼라일은 일전에 데릭에게 꽤나 차가운 냉대를 받은 적이 있었다. 하지만 지금의 데릭은 그때와 사뭇 다른 분위기였다.

칼라일은 무뚝뚝한 데릭만큼이나 높낮이 없는 목소리로 대꾸했다.

"부인을 기다리고 있네."

그 부인이라는 건 이레나를 가리키는 호칭이었다.

순간 데릭의 눈빛에 잠시 이채가 어렸지만, 곧이어 차분한 표정으로 다시 말을 이어 갔다.

"잠시 옆에 자리해도 되겠습니까?"

"편한 대로."

칼라일은 허락만 했을 뿐, 딱히 데릭을 향해 먼저 말을 걸거나 하지는 않았다.

그리고 그건 데릭도 마찬가지였다. 무언가 할 말이 있어서 찾아왔을 텐데 쉽게 입을 열지 못한 채 우두커니 서 있었다.

그렇게 조용한 침묵이 흘렀다.

희한한 건 남들은 불편하게 느낄지 모르는 이 고요함을, 둘 다 전혀 아무렇지 않게 생각하고 있다는 점이었다.

오랜 적막 끝에 데릭이 먼저 입을 열었다.

"……전하."

"할 말 있으면 해."

"이레나를 잘 부탁드립니다. 꼭 행복하게 해 주십시오."

갑작스러운 말에 칼라일의 날카로운 시선이 데릭의 얼굴로 향했다.

마치 맹수가 먹잇감을 탐색하는 듯한 그 눈빛에도 데릭은 주눅 들지 않은 채 담담한 표정으로 제 할 말을 이어 나갔다.

"그렇게만 해 주신다면 블레이즈가는 평생 전하를 따를 것입니다."

가만히 이야기를 듣고 있던 칼라일이 결국 피식하고 웃음을 지었다.

"블레이즈가는 원래 황제파 가문이지. 지금 그 말은 이레나를 불행하게 만들면 돌아설지도 모른다는 말로밖에 들리지 않아."

"……."

데릭은 딱히 부정하지 않았다. 아버지인 알포드는 어떻게 생각할지 모르겠으나, 데릭이 블레이즈가를 잇는다면 그리할 생각이었으니까.

칼라일도 그 말 속에 담긴 의도를 뻔히 눈치챘음에도 그저 작은 웃음을 한 번 짓는 것으로 그쳤다. 왜냐면 이유는 하나였다.

"한 번만 말할 테니, 똑똑히 들어. 그런 쓸데없는 걱정을 할 필요는 없어. 내 힘이 닿는 데까지 최선을 다해서 이레나를 행복하게 만들어 줄 생각이니까."

"……진심이십니까?"

"말했을 텐데, 딱 한 번만 말하겠다고."

칼라일의 솔직한 말에 데릭의 눈빛이 흔들렸다. 그가 이렇게까지 말해 줄 거라고는 생각하지 못했기 때문이다.

미라벨이 그런 말을 한 적이 있었다. 칼라일의 눈을 들여다보면 이레나를 얼마나 사랑하는지 보일 거라고 말이다.

지금 데릭이 느끼는 감정을 확신할 수는 없었지만, 그때 그 말이 어떤 뜻이었는지 조금은 알 것만 같았다.

잠시 생각을 정리한 데릭이 자신의 마음을 단 한마디로 압축시켜 표현했다.

"……충성을 다하겠습니다. 전하."

칼라일의 입가에선 다시 한 번 웃음이 새어 나왔다. 지금 데릭의 충성이 이레나의 행복에 따른 한정적인 것이라는 걸 알았기 때문이다.

칼라일은 매서운 눈빛으로 옆자리에 선 데릭을 한 번 훑어보았다.

원래대로였다면 이런 말을 듣는 것 자체가 기분 나빴을 테지만, 데릭이 이레나의 오라비라서인지 칼라일은 그마저도 싫지 않았다.

칼라일이 무심한 표정으로 시선을 돌리며 말했다.

"그 충성이 어떨지 기대하지."

"뭐든 맡겨만 주십시오."

그렇게 예기치 못한 두 남성의 관계가 만들어졌다.

누가 봐도 우월한 비율의 칼라일과 데릭이 함께 서 있으니, 주변의 여성들이 자꾸만 힐끔거리고 있다는 걸 당사자들만 관심을 두지 않고 있었다.

*　*　*

레드필드는 피로연장의 구석에 앉아서 조용히 와인을 마시고 있었다. 그리고 그의 옆으로는 젊은 귀족 자제들이 함께 자리하고 있었다.

그 여러 명의 귀족들은 모두 레드필드가 주최하는 파티의 단골손님들이었다.

이레나가 참석했을 땐 가면무도회란 컨셉 때문에 모두 얼굴을 가리고 있지만, 그게 아니었다면 이 중에 몇몇은 충분히 알아보았을 것이다.

"2황자님, 비전하께서 파티에 참석하셨다고 하지 않았습니까? 그렇다면 저희 파티에 관한 비밀을 알게 되신 건……."

레드필드가 듣기 싫다는 듯 그 말을 잘랐다.

"그럴 리 없어. 무언가를 눈치채기엔 너무 짧은 시간이었고, 설령 그랬다 한들 제까짓 게 뭘 할 수 있겠어?"

"하지만……."

쾅!

귀찮게 말이 계속 이어지자, 레드필드는 들고 있던 와인 잔을 거칠게 테이블에 내려놓았다.

"시끄러워. 믿지 못한다면 네가 가서 직접 까발려 봐. 어머니와 아니타 가문이 내 뒤에 있는데, 감히 나를 건드릴 수 있는 게 누군지 말이야."

"죄, 죄송합니다. 2황자님."

레드필드는 사죄의 말을 듣고도 기분이 더럽다는 듯이 표정을 구겼다.

레드필드라고 해서 이레나를 이대로 순순히 내버려 둘 생각은 아니었다. 하지만 모든 건 적절한 시기라는 게 있기 마련이다.

레드필드는 일부러 이레나에게 결혼식을 방해할 것처럼 압박을 가하긴 했으나, 실제로 그런 일을 본격적으로 벌였다면 오펠리아가 가만있지 않았을 것이다.

이미 오펠리아는 칼라일의 결혼식을 그대로 내버려 두라고 명령을 한 적이 있었다.

레드필드도 남들에게 쉽게 덜미를 잡힐 만큼 멍청하지는 않았다. 그랬기에 지금까지 오펠리아의 눈을 속이고 즐길 수 있었던 것이다.

'형수님, 기다려요.'

불쾌한 감정이 억누른 레드필드의 표정에 한순간 비열한 웃음이 맺혔다.

'자꾸 앙탈을 부리니까, 내가 더 뺏고 싶어졌잖아.'

〈다음 권에서 계속〉